JN192018

ハヤカワ文庫JA
〈JA1302〉

七都市物語
〔新版〕

田中芳樹

早川書房
8091

カバー／口絵／挿絵　小林智美

目次

〔大転倒後の地球〕

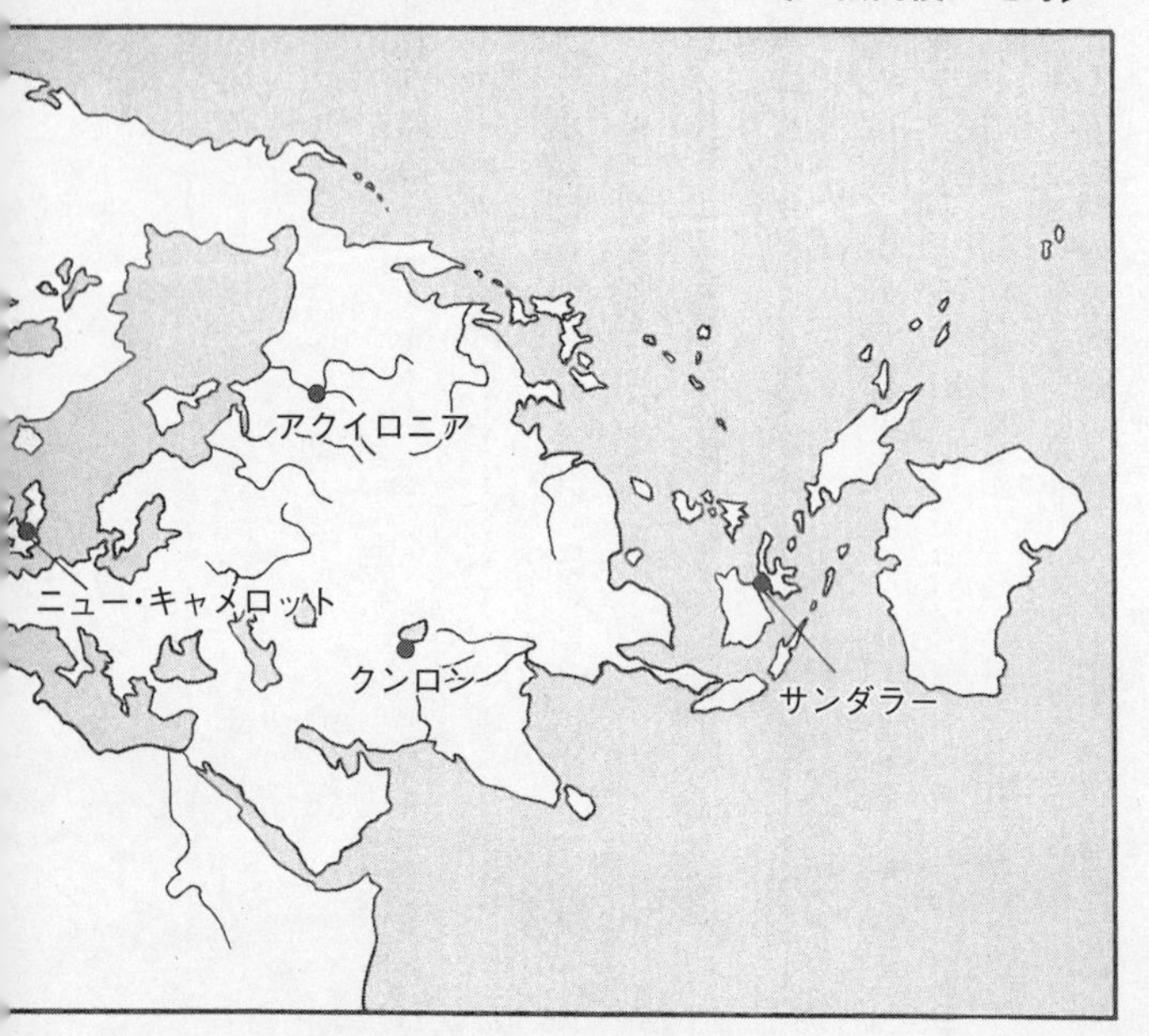

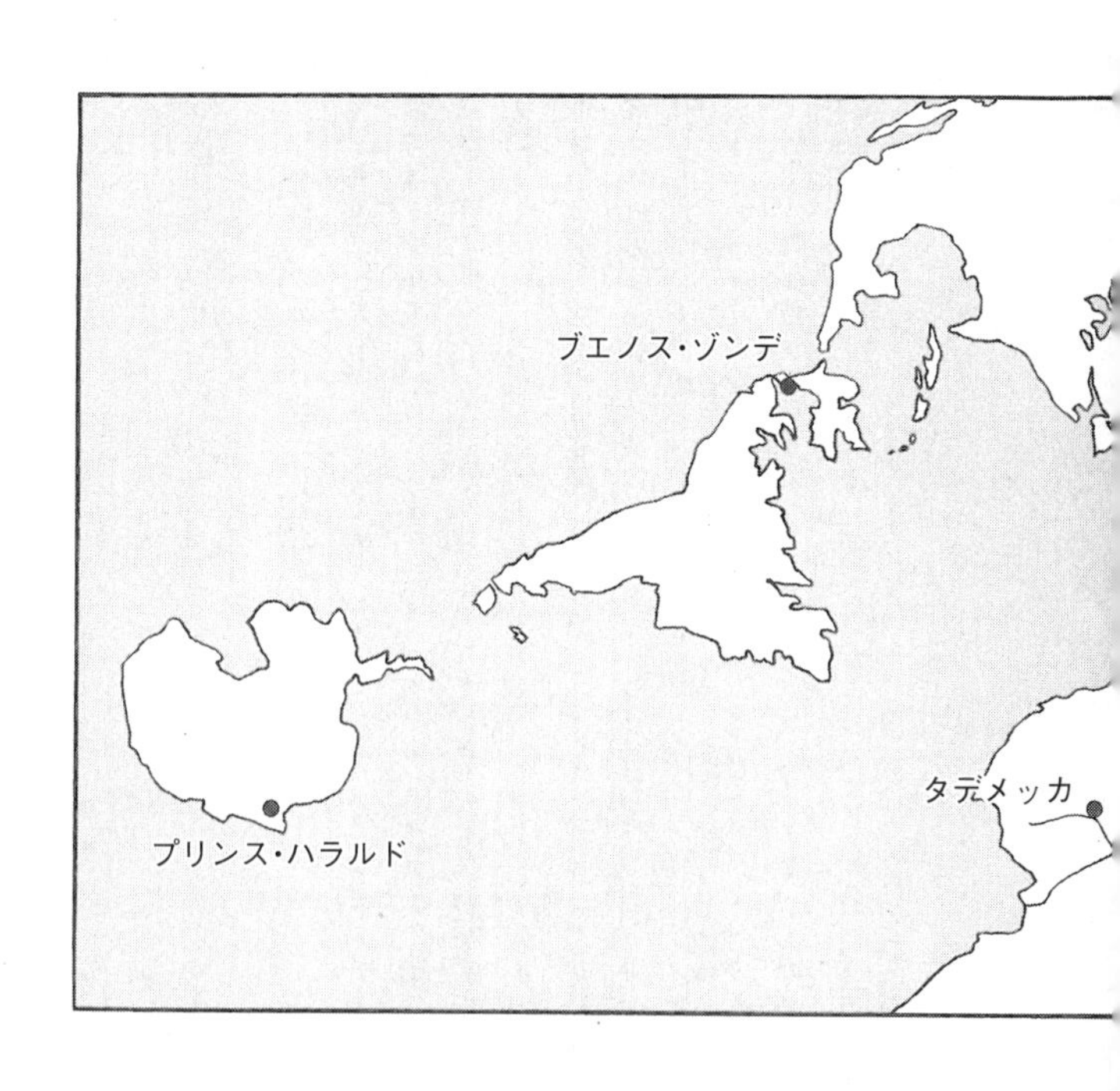
ブエノス・ゾンデ
プリンス・ハラルド
タデメッカ

登場人物

チャールズ・コリン・モーブリッジ
・ジュニア……………………アクイロニア市のもと元首の子息
ニコラス・ブルーム……………アクイロニア市の新元首
リュウ・ウェイ…………………ブルームの友人であり参謀役
マリーン…………………………リュウ・ウェイの姪
アルマリック・アスヴァール（ＡＡＡ）……アクイロニア正規軍大佐
ケネス・ギルフォード…………ニュー・キャメロット市の幹部
エゴン・ラウドルップ…………ブエノス・ゾンデ市執政官
カレル・シュタミッツ…………プリンス・ハラルド市総司令官
ユーリー・クルガン……………シュタミッツの腹心。参謀長
ギュンター・ノルト……………ブエノス・ゾンデ市北部管区司令官

ケネス・ギルフォード：ニュー・キャメロット市の幹部

アルマリック・アスヴァール（ＡＡＡ）：
アクイロニア正規軍大佐

ニコラス・ブルーム：
アクイロニア市の新元首
エゴン・ラウドルップ：
ブエノス・ゾンデ市執政官
ギュンター・ノルト：
ブエノス・ゾンデ市北部管区司令官

リュウ・ウェイ：
ブルームの友人であり
参謀役
マリーン：リュウ・ウェイの姪

カレル・シュタミッツ：プリンス・ハラルド市総司令官
チャールズ・コリン・
モーブリッジ・ジュニア：
アクイロニア市のもと元首の子息

七都市物語〔新版〕

北極海戦線

0

……周知のように、西暦二〇八八年に月面都市において成立した「汎人類世界政府（パン・ヒューマン・ワールド・ガバメント）」は、その素朴な理想主義をよそおった名称とうらはらに、「大転倒（ビッグ・フォールダウン）」の破局を、月面の安全地帯から見物する恵まれた立場の少数者によって発足させられたものであった。

「大転倒」によって、北極点は、地球最大の海である太平洋の東北部に移動した。座標は、それまで使用された数値によれば、北緯二二度〇四分、西経一四〇度二六分である。当然ながら南極点も移動し、その位置はアフリカ大陸とマダガスカル島を分かつモザンビーク海峡であった。

地球全体が「大転倒」したことにともなって、五億平方キロにおよぶその表面は、辞書に記されるかぎりの多彩な災厄に見舞われることとなった。豪雨、洪水、地震、暴風、火山噴火、地すべり、山くずれ——あらゆる神話の荒らぶる神々が能力のかぎりをつくして地母神を責めたてたが、被害者であると同時に加害者ともなったのは、彼女の不肖の子らである人類であった。原子力発電所と生物化学兵器施設は、破壊の跡から悪意と臭気にみちた毒素を吐き出して地母神を苦悶させた。

三年にわたる災厄の連続と、それにともなう一〇〇億人の死を、月面都市に居住する二〇〇万人の男女は、三八万キロをへだてた虚空の高みから見物していた。彼らが心を傷めなかったという証拠はどこにもないのだが。

……二〇九一年にいたって、月面都市の生存者たちは、神々の降臨よろしく地球の表面に最初の一歩をしるした。惨禍は悲しむべきであったが、過去を歎くより現状を改善するべく努力することが重要であった。とにかく、人口過剰、とくに貧困層の増大という社会的困難は一掃されたわけである。これこそ摂理というべきであり、今度こそ秩序的な人類文明の再建が期待される、と、彼らは考えた。

完全な都市建設と資源開発の計画にもとづき、一変した自然環境と無数の白骨におおわれた地球上には、七つの都市が姿をあらわすことになった。これは同時に地球の表面を七分割し、それぞれの地域の統治・支配・開発を分担させることを意味した。「大転倒」時の災厄に耐えぬいて生き残った人々の再組織も、それに準じておこなわれた。

……七つの都市は、つぎのような名称と特性を有していた。

第一に、アクイロニア。これはシベリア大陸のレナ川の中流平野に建設された。いまやシベリアは氷雪と凍土の重圧から解放され、地下で惰眠をむさぼってきた膨大な資源は、貪欲な開発の手で毛布をはぎとられようとしている。アクイロニアは、シベリアの地上と地下を支配するだけでなく、幅三キロにおよぶレナ川をへて、温暖化した北極海（これはもはや実状に即した名ではないが）へとつづく航路を手中におさめることとなり、発展への道は幅広く開けていた。

第二に、プリンス・ハラルド。これは、いまや北極海同様その名称にふさわしくない「南極」大陸の、消えさった氷河の跡に建設された。埋蔵資源の巨大さと、それにともなう潜在的な発展のエネルギーはアクイロニアをさえ凌駕（りょうが）するものとの期待がかけられた。

第三に、タデメッカ。これはかつて不毛（サハラ）と称されながら「大転倒」後の気象変動によって豊沃な亜熱帯性草原となったアフリカ大陸の一角、ニジェール川のほとりに建設された。タデメッカとは、古代にこの地方に栄えたガラマンテス族の王都の名で、その富と強兵はヘロドトスによって記録されるところである。

第四に、クンロン。これは「大転倒」にともなう陥没によって標高二〇〇〇メートル前後にまで沈下したチベット高原の一角に建設された。三万平方キロの広大な新陥没湖にのぞみ、あらたな赤道のほぼ直下にあって、熱帯高原特有の常春の気候にめぐまれる。
第五に、ブエノス・ゾンデ。美わしの地平線を意味する名だが、当初は気はずかしくもエル・ドラドと名づけられるはずであった。アマゾンの流域への大西洋海域の進攻と、アンデス山脈の大陥没によって、旧赤道の南方で大西・太平両洋が強烈な接吻をかわした結果、この都市が建設された。アマゾン海の最奥にあって、ペルー海峡を扼している。新北極からの寒風は、アンデスの残骸にはばまれるため、比較的温和である。

　第六に、ニュー・キャメロット。そのいささか時代錯誤的な名称があらわすように、グレートブリテン島のほぼ中央部に建設された都市で、北極海方面の支配権をアクイロニアと二分する立場にあったが、名称が人心に影響を与えでもするのか、ここの市民たちには、アクイロニアをおさえて北極海周辺全域の支配者たろうとする気分が強く、一方では大西洋・地中海方面をめぐってタデメッカと対立しがちである。

　第七に、サンダラー。ユーラシアとオーストラリア両大陸間の多島海に位置し、海をへてあらたな両極に通じる海陸交通の要所である。名称は、中世にこの多島海を支配した王侯の名に由来する。気候的には、「大転倒」前の熱帯が亜熱帯に変わった。火山活動の被害が大きかった地域である。

　これら七つの都市は、地球の表面で、建設的な、あるいは非建設的な競争にいそしむこととなった。

地球の、まさに表面で。なぜなら、七つの都市に住む人々は空を飛ぶ手段を所有しえなかったからである。

オリンポスの神々が人類に火を禁じたように、月面都市の住人たちは地上人たちから航空・航宙技術を奪った。地上七都市に対する月面都市の絶対的な支配権を維持するために、空をゆく技術と人的資源を独占したのである。移住後にそのような体制を押しつけられて、七都市の住民たちは怒ったが、抵抗の手段はすでになかった。

そのユーモア感覚がどのていどの水準であったかに関してはさまざまな意見があるだろうが、月面都市の住民たちが地上人たちを監視し制圧するために構築したのは、「オリンポス・システム」と称されるものだった。それは月面に設置された出力二〇万メガワットのレーザー砲と、衛星軌道につらなる二四個の無人軍事衛星、それらによってコントロールされる一万二〇〇〇個の浮遊センサーから成っていた。これらすべてに最新の鏡面加工がほどこされた。

これらのシステムは、一定質量と一定速度の物体が地上五〇〇メートルに達すると、即座に破壊するようになっていた。月面都市を母港として登録されたシャトルや航空機のみが、その破壊からまぬがれることができたのだ。七都市あわせて六〇回にわたり、自主製作機が破壊されると、ついに地上人たちは月面都市の専横に対する抵抗を断念した。こうして月が地球を支配するシステムが完成された。

月面都市の栄華が突然、終曲をかなでたのは、西暦二一三六年のことである。月からのシャトルが欠航し、通信波がとだえた。地上人たちは不安と解放感の混在するなかに立ちすくんで三ヶ月をすごした。やがて一隻の無人の小型シャトルが北極海に落下し、一巻のＶＴＲテープが探し出された。録画状態はきわめて悪かったが、月の裏側に落ちた一個の隕石から未知のビールスが検出され、その封印がとけて、月面都市の住民すべてが致死性の熱病に冒(おか)されたことが判明したのである。

月面都市の人々が死に絶えても——それを否定する材料を地上の人々は持たなかったが——偏執と用心にもとづくそのシステムは、この世に存在しない主人のために活動をつづけてきた。地上人たちが算出したところでは、オリンポス・システムを活動させるエネルギー源は、最短の数値をとっても今後二〇〇年は休みなくはたらきつづけるものとみなされた。つまり、地上人たちは、月面都市の支配からは脱したものの、封印は解かれないまま、ということになったのだ。共同制作して打ちあげたシャトルが、成層圏よりはるか下の空域でレーザー・ビームに破砕されると、人々は運命を受容せざるをえなくなった。

かくして、地球上の七つの都市に住む人々は、見あげる対象として以外の空を失った。二〇〇年、七万三〇〇〇日の時間がオリンポス・システムの生命活動を停止させるか、第二のプロメテウスが天界の神々に反逆の矢を放たないかぎり、状況は変わりようがなかった。月面都市から太陽系内の他の惑星に移住した人々の存在も考えられたが、地上人には確認や探査の手段がなかった。

七都市の市民にとっては、七都市が全社会となった。カレンダーの日付は変わり、人口は増大し、とりのこされた者の同志的連帯感は、競争意識と打算にとってかわられた。七都市は自衛のためと称して軍隊をつくり、ときに流血し、ときに和睦した。まるで、オリンポス・システムの破滅の日までの退屈しのぎをするように。そのときどきには、戦いをさせる者には相応の理由があったのではあるが。また、都市によっては、大転倒で生き残った人々と、その後に月面都市から移住した人々との間に反感や敵意も生じた。

そしていまは、西暦二一九〇年である……。

I

「元首(ドウーチエ)のご子息」

ニュー・キャメロット市において、チャールズ・コリン・モーブリッジ・ジュニア青年はそう呼ばれていた。彼の父親が四年前までアクイロニア市政府の元首(ドウーチエ)だったからである。

「元首のご子息」なる呼称は、呼ぶ者も呼ばれる者も敬称のつもりでいたが、じつのところ、これほど個人を侮辱した呼びかたもすくなかったであろう。この青年が形式的ながら充分な敬意と待遇をはらわれる理由は、彼自身の存在にはなく、彼の父親にあった。

チャールズ・コリン・モーブリッジは五期二五年にわたってアクイロニアの元首職にあり、幾度かの軍事的・外交的な危機を巧妙に処理し、肥大した官僚組織を改革し、多くの旧弊をあらためた。容姿も言動も堂々としており、徹底した有言実行の姿勢で市民の支持と賞賛を集めた。宣伝上手との評もあるが、とにかく四半世紀にわたって合法的に権力を維持したのだ。

これほどの偉人も、老境に至って晩節を汚すことになった。彼は長期にわたる在任の間に、ダース単位の政敵をリング外に突きおとし、それに倍する後継者候補を永遠の候補に終わらせてきたが、四期めに実の息子を首席秘書官に任命し、五期めに新設の副元首に昇格させた。その露骨な公私混同によって、年来の支持者たちさえ興ざめしてしまったのだ。五期めの最後の年、任期満了を九〇日後にひかえて、モーブリッジは政庁での記者会見にのぞもうとした。自分の引退と、息子の次期元首選出馬を公表するためであったが、会見場にはいって三歩あゆみ、四歩めで倒れた。急性脳出血であった。この瞬間、モーブリッジ王朝の夢は未発に終わった。

新元首ニコラス・ブルームの選出は、「モーブリッジの臭気がついていない者なら誰でも」という風潮に乗った一面は否定しえないとしても、清潔で理知的な人格的魅力が、父親の威光で極彩色にかざりたてたモーブリッジ・ジュニアのそれを上まわったからである。

惨敗を喫したモーブリッジ・ジュニアは、アクイロニアに存在の場を失った。自尊心に致命傷をこうむったにとどまらず、司直の手がうごめく気配を身辺に感じたからである。父の急死に至るまで、「モーブリッジ王朝」の存続を疑いもしなかった彼は、すくなからぬ公金を国庫から「借り出して」費消していた。彼の父親は、権力を独占し、それを法にのっとって行使するだけで満足していたが、息子はそのファウル・ラインをこえてしまったのだ。かくして彼は追及の手を逃がれてニュー・キャメロットに走らざるをえなかった……。

執事があらわれて訪客をつげた。仮住居のサロンに姿を見せたのはひとりの士官だった。

長身で、貴族的にすら思える美貌の青年だが、やや血色の悪い顔に斜めに走った傷あとが、正負(プラス・マイナス)いずれの方向であれ、尋常ならざる印象を与える。鋼玉に似た瞳も、気の弱い者なら正視しかねるであろう。二九歳の若さで准将の地位にあるケネス・ギルフォードだった。

「元首(ドゥーチェ)のご子息……」

ケネス・ギルフォード准将はよそよそしく呼びかけた。彼はニュー・キャメロット市政府の幹部のなかにあっては少数派で、彼の生まれ育った都市に無用なトラブルを持ちこんだ「元首のご子息」に、打算がらみの好意すらしめそうとしなかった。

モーブリッジ・ジュニアは亡命者たるの境遇に甘んじてはいなかった。彼はこの一年、母都市から六三〇〇キロをへだてた亡命地で、計画をねり、同志を語らい、ニュー・キャメロット市政府の高官たちに対しては情をもって訴え、理をもって説(と)き、利をもって誘い、ついに武力干渉の約束をとりつけたのだった。

　ギルフォード准将は、老練のシャン・ロン少将とともに、モーブリッジ・ジュニアの軍事技術顧問をつとめることになっていた。むろん好んでのことではない。この日、二月六日、軍司令部で上官からそう命令されたのである。

「ギルフォード准将、君に重大な任務を与える。かのモーブリッジ・ジュニアの要請にしたがい、アクイロニアへの進攻作戦に従事するのだ」

「で、作戦の指揮官は、モーブリッジ・ジュニアですか」

「むろんだ。いいかね、准将、この作戦はあくまでモーブリッジ・ジュニアの権利回復を目的としたものなのだ。アクイロニア市は、先代モーブリッジ元首の功績に対して忘恩がはなはだしい。銅像まで撤去し、肖像画も破棄しているそうだ」

　ギルフォードは銅像などに何の関心もなかった。

「吾々はあくまでモーブリッジ・ジュニアを助ける立場なのですか」

「そうだ」

「すると何らかの報酬（みかえり）も求めず、無償で彼に奉仕するというわけですな。戦勝後、領土も権益も要求することはない、と」

　准将の皮肉はかなり無礼なもので、しかも当人はそのことを充分に自覚しており、彼の鋼玉のような瞳には、鋭くとがった、指向性の強い光が宿っていた。一個中隊の敵を、眼光だけで制圧したという伝説の源泉である。上官でさえ階級章の無力さを痛感して、ひるまずにいられない。虚勢の甲冑など一瞬に透過されてしまうのだ。

「むろん戦費は何年がかりかで返還してもらう。また、相応の権益をアクイロニアの新政権に要求することにもなろう。しかし、モーブリッジ・ジュニアにしてみれば、異郷で流亡のはての死をとげるより、故郷の偉人となることを望むのが当然だろう」

「偉人ね……」

「そしてその結果、北極海全域に平和が確立されるなら喜ぶべきではないか」

「そしてあなたは来年の主席（チェアマン）選挙に出馬なさるというわけですか」

激しい狼狽の風圧が、ギルフォードにむかって吹きつけてきた。若い准将の鋼玉のような瞳が、感情の氷雪をまぶされた。

その瞳を正視せぬよう注意しつつ、上官はことさらに肩をそびやかした。

「誰から聞いたのか知らぬが、無責任な風説にいちいち責任は持てんな」

「風説といえば、このところ恥知らずな風潮が拡がっているようですな。軍隊や警察の高官が、一党一派に偏して政治的な活動をおこない、汚職に加担し、将来の地位と利権を約束されるとか」

上官の拳がデスクにたたきつけられ、ひびのはいった声が怒気をよそおった。

「准将、君が年齢に似あわぬ尊敬をはらわれている所以（ゆえん）は、君の用兵家としての実績にあるのであって、警世家(けいせいか)としての弁舌にあるのではないぞ」

「それは存じませんでした——尊敬されてなどいるとは」

ギルフォードが用兵家として尊敬されているのは事実である。小型の舟艇を利用して内陸の河川や水路で機動戦をおこなう技倆(ぎりょう)は、他の追随を許すものではなかった。

大鑑巨砲の時代はたしかに存在したが、それは現在(いま)ではなかった。重要なのは速度と柔軟性であって、空での活動が不可能な現在、大陸内部の水路を武力制圧する能力と技術は貴重なものであった。ことにアクイロニアはレナ川の水路にその全存在がかかっているといっても過言ではなく、勇名高いギルフォード准将が水路制圧に成功すれば、ニュー・キャメロットの軍事的冒険は華麗なゴールインをとげるであろう。

押しつけられた立場は不本意であり不愉快でもあったが、ケネス・ギルフォードは用兵家としての最善をつくすつもりだった。彼はモーブリッジ・ジュニアの勝利を望んではいなかったし、ニュー・キャメロット市の野心にも積極的な関心をいだきはしなかったが、彼自身が敗者となることには耐えられなかった。彼は顔の傷あとを長い指先でなぞった。敗北は一度でたくさんだった。恋と同様、二度は多すぎる。

モーブリッジ・ジュニアへのあいさつをすませると、ギルフォードは饗応をことわって退出し、夕空の月を見あげた。

「月面都市とやらにまだ誰かが生き残っているなら、地上に降臨してくるといい。自分たちの産んだ七人兄弟が、とんでもない不良息子に育ったものだと赤面したくなるだろう」

月は沈黙していた。ギルフォードはべつに失望はしなかった。返事など期待していなかったから。

II

アクイロニアの元首ニコラス・ブルームは、清新な理想主義者として市民の支持を受け、四半世紀におよぶモーブリッジ「独裁」の事後処理にあたることになったが、この一年、建設的な政治をおこなう余裕がなかった。ようやく旧弊をあらため終えたところへ、ニュー・キャメロットの武力をえてモーブリッジ・ジュニアが捲土重来してくるという。彼は友人であり参謀役であるリュウ・ウェイを公邸に招いて対策を相談した。

リュウ・ウェイはブルームより二歳年少の、このとき三一歳で、立法議会の議員の一期めだった。本職は、一五ヘクタールの花畑を所有する園芸家だが、園芸家組合でのすぐれたトラブル処理能力を認められ、推されて議員となったのである。よく見れば端整といってもよい顔だちなのだが、服装にかまわないのと、年齢に似あわず万事に超然とした趣をしているのとで、なかなか他人はその事実に気づかなかった。あるいは当人も気づいていないかもしれない。

「私が君に求めているものは対策だよ。論評じゃない。まったくのところ、ニュー・キャメロットの無頼漢どものやりように、論評の余地などないのだ。誰が見ても、悪辣という以外、表現しようがあるまい」

いらだたしげなブルームの声と表情に、彼の欠点――平常は他人の意識野に上ることがすくないが、やや他罰的な精神の傾斜が見られた。彼はアクイロニア政界の名門の出身で、高等政治学院を首席で卒業し、哲学博士の学位を有し、洗練されたマナーを持つ紳士で、服装にも姿勢にも隙がない。ジャーナリズムや学界に身をおいた経験もあり、弁舌さわやかでもあった。何よりも、先代元首たるモーブリッジより四〇歳も若く、とくに女性や青年層は彼の清新さに期待したものである。

元首執務室のテーブルに片足をのせたリュウ・ウェイは、コーヒーに二杯めの砂糖をいれようかどうか迷っていたが、軽く視線をあげて友人のいらだちに応じた。

「ひとりで心細いときには仲間を集めることさ」

「仲間？」

それはつまり、都市間の同盟ないし協約のことである。七都市の経済的・軍事的実力は拮抗しているので、二都市間の同盟に単独の都市が攻勢をかけるのは不可能ではないにせよ困難をきわめるのだった。

「そう、仲間さ。距離からいうとクンロンが近いな」

「しかし、クンロンとの同盟が成立したところで、ニュー・キャメロットが、わが市への侵攻を断念するとはかぎるまい」

リュウ・ウェイの手がようやく動いて、二杯めの砂糖の小さな滝がコーヒーの表面に輪をつくった。

「ニュー・キャメロットがわが市へ侵攻するのは勝つためであって、自滅のためではない。わが市だけでなくクンロンまで敵にまわせば、勝率が一桁さがるていどの計算は、とうにすませているだろうよ」

彼の発言内容自体は、それほど奇をてらったものではない。元首に、思案のきっかけを与えるためのものである。

「それにしても、無条件でクンロンがわが市との同盟や協商に応じるとは思えない」

「それはそうだ。私がクンロンの市長――ええと、あそこでは総裁と言ったかな。総裁であっても、ボランティアでよその都市を助けようとは思わないからね。気持よく犬をはたらかせるには、けちけちせず骨つき肉を与えることとさ」

「クンロンにとって骨つき肉は何だ？」

「ゴビのモリブデン鉱脈なんてどうだ」

さりげない友人の声に、元首は眉をよせた。ゴビ平原のモリブデン鉱脈は、クンロン市にとって垂涎のまとで、アクイロニアに対し採掘権の譲渡を申しこんできたことが一再ではない。

「理論と利益。これがそろえば、クンロン市政府を説得することができるだろう。同盟とまでいかなくとも好意的中立は買いとれる」

「そしてゴビのモリブデン鉱をクンロンの手にわたすのか。何もしなかったことへの報酬として、奴らの濡れ手に粟をつみあげるのか」

友人の怒気を受けて、リュウ・ウェイは無器用に肩をすくめてみせた。

「私はただ確認したかっただけさ。市の主権とモリブデンの鉱脈と、どちらを貴重な資源とみなすかをね。むろんお前さんには元首としての権限がある。モリブデンを惜しんでクンロンとの同盟を忌避するのも、その権限の裡だ。そしてその結果、アクイロニア最後の元首と呼ばれるようになるのも、お前さんの自由さ」

「………」

「お前さんがクンロンを味方につけないなら、ニュー・キャメロットがそれを代行するだけのことだろうよ。彼らはクンロンに使節を派遣してこう言うだろう――自分たちとアクイロニアとの戦いで中立を守ってくれるなら、モリブデンにとどまらず、ゴビ全域の地下資源開発権をクンロンにさしあげる——とね。そしてお前さんは、モリブデン鉱脈と、アクイロニア市と、お前さん自身とを失うことになるのさ」

　無言の反応は、リュウ・ウェイの見解を受容するものだった。それでも、ややあって元首は抵抗をこころみた。

「あのモリブデン鉱脈を発見したのは、私の父だ。三〇年も調査と試掘をくりかえして、ようやく陽の目を見たのだ。それに専念するため、父は政治家としての地位もすてて、財産のほとんどを失った。あれは父の生涯そのものなんだ。それをみすみす、何の苦労もしないクンロンの奴らに……」

　リュウ・ウェイは軽く首をふった。

「お前さんの論法は、固有名詞をとりかえると、モーブリッジ・ジュニアのそれとまったく同じだな。彼に言わせれば、アクイロニアの今日の繁栄は、彼の父親の治績がすべてだそうだ」

　元首は決断した。先代元首の息子と水準を同じく見られる屈辱は、彼の矜持の許さざるところだった。モリブデン鉱を惜しんで市を滅亡させた、などと、後世に至るまで評されるのも、また耐えがたいところだった。結局、すべてを手に入れるわけにはいかないのだ。

「わかった。そうしよう。ではリュウ・ウェイ、君がクンロンへの特使の役を引き受け

てくれるだろうな」

　この日の会談でブルームが友人を驚かせるのに成功したのは、この奇襲がはじめてだった。リュウ・ウェイはコーヒーを噴き出したりしなかった。すでに飲みこんでしまっていたので。彼は二度ほどせきをすると、自分自身の提案の責任をとらされることに抵抗してみせた。

「そいつはいいとして、議会が承認するかどうかだ。言っておくが、私は他の議員諸公に人望がないからな」

　これは謙遜ではなく、額縁つき保証書つきの事実だった。

「私が特使になったりしたら、それにかこつけて逃げ出すと思われるだろうよ」

　なにしろリュウ・ウェイは議会で元首(ドゥーチェ)以下の政府高官が演説しているとき、自分の席でジグソー・パズルを組みたてて懲罰委員会にかけられたという経歴の所有者である。セーターにジーンズ・スーツという服装で質問に立ったときも、これは議会外でのことながらヌード雑誌の専門店から大きなつつみをかかえて悠々と出てきたときも、長老議員たちの集中砲火をあびたものだった。

「そちらは私がおさえる。君以外に、特使の任がつとまる人物はいない。どいつもこいつも、モーブリッジの退場で空席になった地位と利権あさりの場をほしがる政治業者どもばかりだ」

「私もそうかもしれんぜ。しかし、まあ、お宅が言うなら引きうけるがね、お宅にだけは私のやることを信じていてもらいたいものだな。ときには旅も悪くないかもしれない」

ブルーム元首は、ふと、あることに思いあたった。

リュウ・ウェイには一五歳になる姪がいる。最年長の姉の結婚相手の連れ子で、血のつながりはない。この姉夫婦に、リュウ・ウェイは学資を出してもらったり保証人になったりしてもらったので、姉夫婦の事故死後、ひきとって保護者役をつとめていた。

ブルームは口もとを引きしめた。

「マリーンをつれていくのか」

「ああ、まだ市の外に出たことがないし、なにせ私がとんと自分自身の世話ができないのでついていてもらわないと……」

「彼女は市に置いていってほしい」

リュウ・ウェイは軽く両眼を細めた。理解と不快感の色があざやかに瞳孔に浮かびあがり、舌打ちの音がたつ。

「なるほどね、人質というわけか。私が市の危機を見すて、特使たる地位を利用してそのまま逃亡したりしないようにだな」

「どうか怒らないでくれ」

「無理だね」

「………」

沈黙した友人の気弱そうな表情を見やって、リュウ・ウェイは内心で溜息をついた。不愉快なのは事実だが、友人の立場を考慮すれば、議会一同の猜疑(さいぎ)をおさえるために、甘受(かんじゅ)せざるをえないだろう。もともとこの機に乗じて逃亡するような意思があったわけでもない。ここで友人を痛めつけたところで何ら益があるわけでもなかった。彼はわざとらしく肩をひとつすくめてみせた。

「わかった。その件は引きうけたが、ひとつ私の提案を聞いてほしい」

「何だね？」

警戒の色をついあらわにするのが、ブルームの線の細さかもしれなかった。

「ニュー・キャメロット軍を迎撃するに際しての、司令官職の人選だ」

Ⅲ

アルマリック・アスヴァール。通称A・A。アクイロニア正規軍大佐である。あわい赤銅色の肌とくせのある黒い髪、均整のとれた機能性の高い長身、彫りの深い鋭角的な眉目(びもく)が印象的な二八歳の青年士官だった。まだ独身で、特定の女性もおらず、士官用官舎を忌避して気楽なアパート生活を送っている。

ニュー・キャメロット市のケネス・ギルフォード准将と同じく、若くして高位に上ったことは、戦歴の豊かさをしめすものだった。もともと彼は医学生だったのだが、学資かせぎのため軍隊にはいって衛生兵のアルバイトをしているうち、クンロン相手の小規模な勢力圏紛争が生じて前線に送り出され、所属中隊が敵の包囲下で潰滅しかかったとき、負傷した中隊長の治療をしつつ、的確な指示で味方を安全地帯へみちびき出したのである。以後、彼は医学書をすてて銃をとり、当人の偽悪的な証言によれば、「人を生かすことより人を殺すことがはるかに性にあっている」ことを発見して、今日におよんでいるのだった。

アルマリック・アスヴァールを対ニュー・キャメロット作戦行動の司令官に推(お)したリュウ・ウェイは、その理由をブルーム元首に問われて、つぎのように答えた。

「教育とは才能を発掘し個性を伸ばす事業だが、もともと存在しないものは発掘することも伸ばすこともできない。ことに軍事的才能というやつは、芸術的創造力とならんで、素質がつねに努力を凌駕(りょうが)する。ある意味でもっとも非道徳的な分野に属しているんだ」

「その素質が、アスヴァールにはあると？」

「というより、あの男は素質だけでやっていると思うんだがね」

医科大学を中退して以後、いちおう士官学校の聴講生になったものの、アスヴァールは熱心な学生ではなかった。彼はいくつかの戦闘に参加し、一の戦闘から一〇の知識をえて帰納能力の高さをしめした。敵の心理を読みとること、地形を利用することにも天賦の才があるようで、彼を嫌う上官でさえ、有能さを否定することはできなかった。地図を見るのが趣味で、一度も行ったことのない場所でも地形を生かして戦闘指揮をやれると言ってはばからなかった。いまひとつの趣味がジグソー・パズルで、リュウ・ウェイと知己になったのも、それがとりもつ縁であった。

この当時、アクイロニア軍は、モーブリッジ時代の老幹部が滞貨一掃式に整理され、中将以上が空席で、少将が最高位だった。元首の権限で、大佐たるアスヴァールを少将に特進させ、司令官職につけることはむろん可能だが、ブルームの聞くところではアスヴァールという男は為人にかどがあって、とくに上席の者から評判がよくない。部下には相応の好意と尊敬を受けているようだが。

「上役の受けがよくて部下に嫌われるような輩より、はるかにましさ。それに、士官学校の出身ではないから軍主流派に疎外されている面があることを考慮してほしいね」

「わかっている。だけど、リュウ・ウェイ、彼は今回何かの功績をあげたわけではないから、二階級特進はむりだ。さしあたり、間をとって准将でどうだ」

ルームには、全員を満足させようとして全員に不満をいだかせる傾向がある。しかも、ときとして当人がもっとも不満なのである。誰もが彼の努力や功績を認めないと、彼はたいそう不満に、不機嫌になるのだった。その事実に、リュウ・ウェイは気づいているが、ブルーム当人は気づいていない。しかし、今度の場合、ブルームがアルマリック・アスヴァールの登用を認めてくれただけでも、よしとすべきだろう……。リュウ・ウェイは悪しき完全主義者ではなかった。

二月一八日の夜、A・Aことアルマリック・アスヴァール大佐は元首ニコラス・ブルームの公邸に呼ばれ、立法議会議員リュウ・ウェイ氏立ちあいのもとに、准将の辞令と市防衛司令官の任命書を手わたされた。

予告なしの昇進は、むろんアスヴァールをおどろかせた。ただ、この人事を不当なものには思わなかった。口に出せばまたしても多くの敵をつくることは明らかだが、上官や同僚が「どいつもこいつも、ろくな奴がいやしない」ことはよく知っていたからである。

「つつしんで辞令を受領させていただきます。少将になれなかったのは残念ですが、それは戦勝後の楽しみにしておきましょう」

「けっこうだ、A・A。お前さんは軍隊を指揮する以外に能がないんだから、せいぜいてがらを立てて出世してくれよ」

「それより、リュウ・ウェイさんのほうこそ、他人を指導する器量にめぐまれている、と、おれは思うんですがね。いずれ元首（ドゥーチェ）になってくださいよ」

ブルームの眉がようやく視認しうるていどに動くのを、リュウ・ウェイは視覚によらず見ぬいていた。

「だめだよ、A・A、私は他人に忠告することはできるが、命令することはできない。こういう人間は、指導者にはなれないんだ。なる気もないね。何よりも指導者の必要条件は意欲だからな」

「たしかにね」

アルマリック・アスヴァールは声をあげて笑ったが、ブルーム元首（ドゥーチェ）をひとなでした視線には、軍用サーベルの刃先を思わせる光があった。その光も、しかし半瞬で消えて、

「リュウ・ウェイさん、いままで言わなかったけど、おれはこの前の選挙で、あんたに投票しましたよ」

「そりゃまたなぜ？」

「何となく気に入ったのでね。しいていえば、やる気がなさそうに見えるところがいい」

「それはそれは……」

リュウ・ウェイがやや不本意そうにつぶやく。窓をあけ、星空に視線を送ったブルームが、浮遊センサーの白い軌跡を遠く認めて、長い溜息をはきだした。

「あれがあるかぎり、吾々は宇宙へ出ていくことはできない。網をかぶった小鳥だ。いつはばたくことができるのかな」

「ただ、今回にかぎらず、空からの攻撃がないことはありがたいですよ」

「なるほどね、そういう考えかたもあるか」

元首(ドゥーチェ)は口とはうらはらに、アスヴァールの返答を散文的なものとみなして、やや興ざめしたようであった。それでいい、と、リュウ・ウェイは思う。戦闘指揮官が韻文を好む必要はない。ロマンなどというのは敗者の自己憐憫(れんびん)でしかない。生き残った勝者が敗死した者に詩を感じることはたしかにあるが、それはまったく、戦いの後に勝者だけに許される余興である。

　勝ってくれなくてはこまる、と、リュウ・ウェイはあらためて思うのだが、じつは勝てば勝ったときで彼には悩みがあるのだった。

Ⅳ

アクイロニア市政府（シティ・ガバメント）の特使リュウ・ウェイ議員がクンロン市に到着したのは、二月二五日のことである。常春のクンロンは原色の花々と常緑樹の緑につつまれて、文字どおりにわが世の春をことほいでいるように、外来者の目には見える。

アクイロニアの元首（ドウーチエ）から交渉の全権をゆだねられ、母都市の命運を双肩にになったはずの特使は、使命の重さを紙風船ていどにも思っていないようすで、ポテトチップの袋を片手に水素自動車からおりた。各都市を結ぶ高速道路が整備されているとはいっても、四〇〇〇キロ弱の陸路を三日がかりで走破したのでは、疲労を避けえない。ましてリュウ・ウェイは、花畑で手足を長々と伸ばして昼寝するのが好きだった。それがやりたいばかりに、大学も農芸学科を選んだのではないか、と、自問するときがある。自答のほうは、というと一言、「それが何で悪いんだ」。

ホテルに落ちつくと、リュウ・ウェイはボーイに過分なチップを渡し、市民が彼のことをどう噂しているのか、正直なところをたずねた。答えはこうであった。

「平然として見えるけど、おおかた必死で虚勢を張ってるのだろう、というもっぱらの評判ですよ」

「ほう、やっぱりわかるものだな」

すまして応じると、リュウ・ウェイは身だしなみをととのえて、クンロン市政府副総裁との会見にのぞんだ——具体的には、服についたポテトチップのくずを払っただけであったが。

危機に直面したアクイロニア市からの特使が、著名な大物政治家ではなく、一見のほほんとした青二才であることは、クズネック副総裁の自尊心を完全には満足させなかった。そのことがリュウ・ウェイにはよくわかった。彼でなくとも了解せざるをえないところであった。副総裁専用の応接室に通されて、コーヒー一杯で二時間弱も待たされれば、凡庸な人間にも洞察力が芽ぶこうというものである。

リュウ・ウェイは凡庸ではなかった——かならずしもよい意味においてではないにしても。非礼を承知で客人を待たせて、応接室にようやく姿をあらわした副総裁が見出したのは、きまじめな表情で持参のヌード雑誌に見入っている若い特使の姿だった。彼と視線があったとき、副総裁は、郊外のフラットにかこっている秘密の愛人の存在を見ぬかれたような気がした。

儀礼過剰のあいさつをすませると、リュウ・ウェイはただちに本題にはいった。

「私はクンロンともいささか縁があります、母がクンロンの出身でしてね。ゆえに、クンロンが選択を誤り、その結果、この美しい都市が、ニュー・キャメロットの貪欲な牙に引き裂かれる光景を見るのは耐えがたいのです」

副総裁は鼻であしらおうとした。

「ご親切なことですな、特使。ですがクンロンの選択についてのご心配は無用というものです」

「あなたはご存じのはずです、副総裁。ニュー・キャメロットがひとたびアクイロニアを手に入れ、七都市共存の均衡がくずれた後、つぎに彼らの野心がいずれの方角を指向するかということを。それはあなたがたの母なる都市にむかい、彼らは北極海全域についでユーラシア大陸の大部分を支配しようとこころみるでしょう」

若い特使の論法は、スプーンのように、副総裁の内心の混沌をかきまわした。

「つまり、ニュー・キャメロットの覇業への野心を軽視して、あなたがたアクイロニアを見殺しにすれば、今日のアクイロニアの運命は明日のクンロンのものだ、と、こうおっしゃるのですな、特使」

「さようです」

副総裁の迂遠な言いまわしに対して、リュウ・ウェイがやや意図的な簡潔さで答えると、副総裁は自分が青二才のペースに巻きこまれかけていることに危険をおぼえた。

「だが、ニュー・キャメロットは吾々に約束しましたぞ。クンロンが情勢を静観すれば、さよう、ただ静観しておれば、ゴビの地下に冬眠する膨大な資源はすべて吾々のもの、と」

礼儀の枠内で、ではあったが、リュウ・ウェイは相手の甘い計算を軽くあしらった。

「それはいくらでも気前よくなるでしょう。彼らはゴビの地下資源をあなたがたに譲るわけではない。一時的にあなたがたに預けるだけのつもりなのですからね」

リュウ・ウェイの舌は魔法の杖のように伸びて副総裁の心臓をひと打ちした。副総裁は、青年特使から目をそらした。すると、卓上に放りだされたヌード雑誌の表紙が目にはいる。

「……ああ、ええと、特使、あなたのおっしゃるように、ニュー・キャメロットがいずれクンロンの支配まで望んでいるとしても、吾々にはいくつかの対応策があるのです。何もあなたにご心配いただくことはありませんな」

その対応策なるものがリュウ・ウェイには読めていたが、洞察力の鋭敏さを完全に公開してみせるのは、外交上、かならずしも得策ではない。彼はあいまいな表情で副総裁の顔を見やった。副総裁の顔には、ためらいと、さぐりを入れる表情がもつれあっていた。

「お知りになりたいですか、特使」

アクイロニアの青年議員は、表情を消した黒褐色の瞳の奥に、すばやく数式を書きこんだ。解答は、「強気」とでた。リュウ・ウェイはゆるやかに表情を変えた。自信満々の策士の表情をつくり、その表情にふさわしい声で宣告する。

「他に対応策などあるはずがありませんよ」

「はたしてそうですかな」

そう応じたものの、副総裁の声は急速にしぼんだ。自信という貴重な資源は有限のものので、この場では若いリュウ・ウェイがそれを独占してしまったように見えた。副総裁は大声をはりあげた。

「つまり、吾々は、ニュー・キャメロットの強大化を望まぬ他の都市と同盟を結びうるということです。あなたがたアクイロニアが気の毒な運命をたどったとしても、わが市（シティ）の他に四つの都市がある。いまあわてて選択する必要がありますかな」

リュウ・ウェイはさりげなく、副総裁にむけて無形のジャブをくりだした。

「ニュー・キャメロットも同じことを考えるでしょう。サンダラーやタデメッカを、自分の陣営にこそ引きこもう、とね。そのときの餌は、クンロン市（シティ）とその利権、ということになるでしょうね」

その一言が、勝敗の帰結を決定的にした。

副総裁の仲介で総裁に面会し、「好意的中立」の保障をとりつけたリュウ・ウェイは、アクイロニア市民の感謝の象（しるし）と称して例のヌード雑誌を総裁に押しつけたものである。

「ありがたくいただくが、全市民にわけるにはページがすくなすぎますな。ゴビのモリブデンの件をお忘れなく」

そう笑う総裁と握手をかわしてホテルにもどると、彼は随員を呼んだ。

「私はちょっと行くところがある。君たちは先にアクイロニアへもどっていてくれ」

それ以上のことをリュウ・ウェイは語らなかった。彼は、好んで誤解したがる人々に真実を説明するのが難儀に思えてならないタイプで、そのためにつくってしまった敵も多いのだった。

運転手と随員が客席を空のままアクイロニアに帰ってくると、長老議員たちは顔じゅうを口にした。

「見ろ、リュウ・ウェイは帰ってこないではないか。彼はやはりわが市を棄ててクンロンへ逃亡したのだ。あんな奴に特使の大任をゆだねたのがまちがいだった」

そういう声が充満するなか、二週間ほどたって、ようやくリュウ・ウェイは母都市へもどってきた。顔色を秒単位で変色させせつつ、ブルームが事情を問うのに対し、

「ちょっとタデメッカへね」

というのが青年議員の返答であり、それについては何も語らず、クンロンがアクイロニアへの軍事的敵対行為をとらぬと約束したことだけを告げた。そして、罵声と詰問をさえずりたてる長老議員どもの存在を無視し、さっさと市郊外の自宅へ帰っていってしまった。姪のマリーンはおどろきかつ喜んで叔父を出迎えたが、口は内心ほどすなおではなかった。

「何だって帰ってきたのよ。そのまま逃げてしまえばよかったのに」

　マリーンの、それが叔父を歓迎する言葉だった。若い叔父は悠然と笑っただけで、姪(めい)の愛情表現の変化球を軽く受けとめ、タデメッカで買ったおみやげを手渡すと、作業服に着かえて花畑へ足を運んだ。姪へのみやげは、タデメッカ特産の、純白の岩塩でつくられた、笛を吹く少年の小さな像だった。

V

　リュウ・ウェイ特使の一件が落着した後も、ブルーム元首閣下(ドウーチエ)の心配の種はつきなかった。政府高官たちの間に、母都市を見離して侵略者への内応や逃亡をはかる動きが出てくると、またまた彼は園芸家の友人に相談を持ちかけた。リュウ・ウェイにしてみれば、自分をスイッチひとつで回答のでる政策相談マシンとみなされるのは必ずしも本意ではなかったが、見こまれた以上すげなくあしらうわけにもいかない。

「心配かね？」

「心配だ、あたりまえだろう」

「じゃあ、こうするといい」

　リュウ・ウェイは友人の耳にささやいた。

　翌日から、一部の高官たちの間に奇妙な噂が流れはじめた。リュウ・ウェイ議員はタデメッカ市政府と秘密の協定を結び、亡命者を彼の紹介で受けいれてもらうことにした、というのである。それまでリュウ・ウェイを不遜(ふそん)とそしり、不謹慎とののしっていた連中が、掌(てのひら)を正確に一八〇度かえして彼の好意を求めるようになった。

　姪のマリーンが緑色の目を丸くしたことに、リュウ・ウェイの花畑にかこまれた家には、高価な贈物をたずさえた客人が卑屈な表情で、ことに夜間ひそかにおとずれるようになった。

「あなたのお気持は忘れませんよ」

　リュウ・ウェイは客人のひとりひとりにそう言ったが、それは事実だった。受けとった贈物を、彼はすべてブルームのもとへ転送し、青年元首は、高官たちの背信の証拠を労せずして入手することができたのである。

　同時に、リュウ・ウェイは、いつでもこの市から退去できるよう、準備をととのえておくようマリーンにつげ、不思議がる姪にこう説明した。

「負けたら逃げる必要はない。死ぬだけのことだ。だが勝ったらこの街を逃げ出さなくてはならないだろう。いまでこそ元首(ドゥーチェ)は私を頼りにし、恩を感じてもいるが、ひとたび勝ったら功績を独占したくなるし、私の存在が邪魔になる。あれは悪い男ではけっしてないが、善人の嫉妬心は悪党の野心よりしまつがよくない。逃げ出すにしかず、さ」

　マリーンはうなずいたが、べつの疑問が当然ながら生じた。

「それで、逃げてどこへ行くの？　クンロンかしら。ニュー・キャメロットじゃないわよね」

　タデメッカだ、と、青年議員は答えた。彼が遠くニジェール川ぞいの都市国家にまで足を延ばしたのは、ニュー・キャメロットに対する軍事的行動を使嗾(しそう)するためにとどまらず、亡命地を探すためでもあった。彼は長年の友人たる元首(ドウーチエ)の為人(ひととなり)をよく知っていた。労苦や不幸を分かちあうことはできても、成功や栄華を共有することはできないであろう、と、観察していた。友情、あるいはそれに似たものをたもつ方法はひとつだけだった。彼が遠くへ行ってしまい、元首の権威をおびやかさないことだ。

「市の郊外に家を買ってきた。オレンジとレモンの農園がついていてね、風景も美しいし、空気もからりとしてて、ここよりずっと住みやすいよ。クンロンだとちょっとあぶないが、タデメッカにまでは手を伸ばさんだろう。なまじ議員なんぞになったもので、とんだ災難だが」

「そうね、叔父さんはもともと議員なんかになったのがまちがいだものね。選ぶほうもどうかしてるけど」

「そうさ、有権者が皆、マリーンみたいに見識に富んでいたら、私は議会で永年勤続議員連中にいびられなくてすんだのにな」

まんざら冗談でもなさそうなリュウ・ウェイの表情だった。彼は政治権力などに近づくより、花やら果樹やら野菜やらにとりかこまれて暮らしているほうが気楽なのである。

気楽といえば、まだ独身でいる最大の理由も気楽さからだった。ひとつには、妻を迎えたりしたら、血のつながらない姪が気づまりに感じるかもしれないということもあった。それにしても、かつて友人に紹介された女性を、「熟れすぎたトマトみたいだ」と評してふられたのは、どんな他人のせいでもない。

「タデメッカにもけっこう美男子が多いらしいから、よりどりみどり、いい相手を見つけて結婚するんだね、マリーン」

「あたし、結婚なんかしないもの」

「おやおや、自立する女性になるのかい」

へたなからかいかたをする叔父に、ひとつ舌を出してみせると、マリーンは夕食のしたくをするためキッチンにはいっていった。リュウ・ウェイは顔をひとつ掌でなでると、表情をあらためて考えこんだ。

いずれにしても、これらの行動は、ニュー・キャメロットの侵攻をしりぞけて後のことである。リュウ・ウェイの人物鑑定眼が大きく的をはずれており、アルマリック・ア

スヴァールがとんでもない無能者であれば、アクイロニアの独立は失われ、モーブリッジ・ジュニアは政治権力という危険な玩具を手に入れて、それを用いるにふさわしい危険な遊びをはじめるだろう。アクイロニア現体制の高官たちを粛清することにはじまり、つぎはおそらく下心のありすぎる助力者ニュー・キャメロットとの間に抗争をおこす。そのとき敗色が濃くなっても、いさぎよく滅びの途(みち)を選びはせず、悪あがきし、破滅を他人にも拡大するのではないか。

結局のところクンロンやタデメッカで自分がやってきたことは、口先三寸のごまかしにすぎないのだ。これを実質的なものにするためには、やはりアルマリックに戦場で勝ってもらわねばならない……。

リュウ・ウェイにしてみれば、もっとも恐ろしいのは、戦いの当事者ならぬ他の五都市が、両市の共倒れを画策(かくさく)することである。彼らの蠢動(しゅんどう)を未然に防ぐには、一刻も早い軍事的勝利が必要なのだった。

VI

一方、権力という玩具に片手の指先をひっかけたモーブリッジ・ジュニアは、ニュー・キャメロットの市政をあずかる親切者面(づら)の偽善者たちから、彼らの善行に対する報酬をしはらうべく求められていた。

「それで何をお望みです？」

そう問いかけるモーブリッジ・ジュニアの眼前に提示された要求は、多彩なものであった。北極海におけるニュー・キャメロット籍船舶の優越、アクイロニア中央河港の九九年間租借(そしゃく)、レナ川中流域の工業用ダイヤモンド鉱山の採掘権、アクイロニアの形式以上の軍備の廃止、不可侵条約の締結。寛大な微笑で、若者はそれらを受容した。

「けっこうです。もともと貴市のご協力あってこそ、私は権利を回復することができるのです。何ごとにつけ、貴市の要求なさるところは受け入れましょう。むろん、私が成功した暁には、ですが」

ニュー・キャメロット政府の代表は満足したが、モーブリッジ・ジュニアには少数ながら母都市からしたがってきた、父親の代からの部下がいて、彼らは当然ながら不満足であり、若い主人につめよらずにいられなかった。

「あのように気前のよすぎる約束をなさっては、ニュー・キャメロットをつけあがらせるだけです。すべて履行(りこう)なさるのですか？」

「まさか、おれはそれほどお人よしではないさ」

辛辣な笑いが、モーブリッジ・ジュニアの若々しい顔に毒々しい無彩色の縞をつくった。

彼がニュー・キャメロットの助力をえてアクイロニアの支配権を入手しようとするのは、彼自身のためであって、ニュー・キャメロットに料理の最上の部分をむさぼらせるためではない。ひとたびアクイロニアの主となった上は、彼のほしいままに権力を動かし、利権を独占するつもりだった。約束に背反したことを、ニュー・キャメロットは責めかつ怒るであろうが、盗賊どうしの信義などを幻想するほうが愚かなのである。いずれニュー・キャメロットの欲ばりどもには、相応の教訓を与えてやることにしよう。あまりに強い欲望は身の破滅に直結するものだ、と。

こうして、ニュー・キャメロット軍は彼らの市を発し、北極海沿岸ぞいに水陸両面の部隊を進め、三月二九日には、タイミル半島に達した。征路の半ばであり、この地点からの前進は、アクイロニアに対する侵略の意図を、全世界に公言することになるのである。むろん、いまさら隠しようもないことだった。

タイミル半島の端に置かれたニュー・キャメロット軍司令部のテントの中で、モーブリッジ・ジュニアは胸をそらしつつ作戦案を幕僚たちに説明している。彼が着用しているのは、アクイロニア正規軍総司令官のもので、このような虚飾は、ケネス・ギルフォードなどにとってはすくなからず笑止であるが、その思いは鋼玉のような瞳の裏に隠していた。

　卓上の地図は、かつて月面都市から供給されたものをもとにしており、自然の地形はともかく、人為的な建造物の存在については必ずしも信を置けるわけではない。しかし、古来から言うではないか、「ないよりまし」と。

「彼らは考えているだろう。ニュー・キャメロット軍は北極海沿岸からレナ川の河口に進入し、一二〇〇キロの距離を遡上して、下流からアクイロニアへ侵攻しようとしている、と。だが、残念なるかな、彼らの期待は裏ぎられる」

　モーブリッジ・ジュニアの手にする竹鞭の先が、地図の上をはいまわり、幕僚たちの視線をさそいこむ。

「吾々は大河をさかのぼる。ただし、レナ川ではなくエニセイ川をだ。そして中央シベリア高原から分水嶺をこえてレナ川最上流部に到り、そこからレナ川を下り、上流からアクイロニア市を攻撃するのだ」

　幕僚たちの間からざわめきが生じる。たしかに、若い亡命者の作戦案は彼らの意表をつくに充分なものだった。

「分水嶺は幅二〇〇キロ、ここは陸路を使わざるをえぬ。水陸両用車を最大限に活用しなくてはならない。私は昔から考えていた。アクイロニアを攻めるには水路を使うべきであり、しかも上流から奇襲すべきだと」

ひとたび言葉を切ると、モーブリッジ・ジュニアは勝ち誇った笑いで唇の両端をつりあげた。

「むろん、この奇策は一度しか使えぬ。私がアクイロニアの正当な統治権を回復した後は、相応の防御策をとることになるだろうから」

モーブリッジ・ジュニアは、まんざら野心ばかりの驕児(きょうじ)というわけでもないらしい、と、ギルフォードは思ったが、不興をこうむるのを承知の上で、この壮大な作戦に欠陥があることを指摘せずにいられなかった。上流から下流への侵攻は、前進にはよいが後退に難がある。ひとたび戦況が不利におちいったとき、川の両岸に陸戦部隊を配置され、さらに下流から水上部隊で追われれば、袋の口を閉じられるように行動の自由を失い、潰滅させられるのではないか。

「戦う前から後退のことを考えてどうするのか」

モーブリッジ・ジュニアの激発しかける声に、ケネス・ギルフォードは冷水をあびせた。

「後退の場合を考えずに戦いのみを求めてどうするのか」

議論が対立し、膠着(こうちゃく)しかけたとき、通信士官が一通の急報をもたらした。ニュー・キャメロット軍にとっては意外な兇報であった。

「タデメッカ軍が、地中海沿岸のわが市の施設を襲い、占拠と破壊をおこなっている」

幕僚たちは声と息をのみこんだ。

この時代、地中海はジブラルタル地峡の隆起によって大西洋と切り離され、一方ではスエズ海峡の沈下によって紅海と結ばれている。過去の長い時代と、いささか地理的事情がことなるとはいえ、複雑な海岸線を有する巨大な内海が、ユーラシア、アフリカ、両大陸間の要地であることとは変わりない。

「それにしても、なぜ、いまタデメッカがそんな敵対行為を……」

複数のうめき声がおこった。

アクイロニアに軽視すべからざる戦略家がいて、タデメッカの欲望を刺激したにちがいない。ギルフォードはそう直感した。ニュー・キャメロットが兵力をアクイロニア方面へ動かせば、タデメッカ方面に空白が生じるのは自明の理である。

タデメッカは、本気でニュー・キャメロットと戦端を開く意思はないにしても、北極海方面の戦況によっては、可能なかぎり多く漁夫の利をえるつもりだろう。奴らの野心を断念させるには、実力による反撃と抵抗の意図を具体化してみせるしかない。

ひとつは、アクイロニア方面への進撃を中止し、兵力を地中海方面に展開して、タデメッカの進攻をはばむ方法があり、いまひとつは、急戦してアクイロニア軍を一撃に屠り、そこから軍を返してタデメッカ軍の前方をさえぎる。いや、むしろタデメッカ軍の後方に迂回して退路を絶つという手段もあるが、なにしろ長大な距離の移動が必要で、物資の補給と、兵士たちの緊張の持続とが、無視しえざる問題となろう。

「元首のご子息」

呼びかけるケネス・ギルフォードの声は、ひややかな礼儀の甲冑をまとっている。

「あなたの勇気と覇気は賞賛に値するが、わが軍はアクイロニアを撃つことより、まずニュー・キャメロットを衛ることをこそ考えねばなりません。北極海沿岸ぞいに後退し、敵が追撃してくれれば、エニセイ川河口付近で逆撃を加え、ウラル山脈とボルガ川の線を通過して黒海へ出る。ここまで達すれば、ドナウ方面から味方の補給を受けて、タデメッカ軍と対峙してもよし、彼らが退けばドナウぞいにニュー・キャメロットへもどることもできます」

じつのところ、言うほど簡単ではない。地中海方面へ最短距離をとって動けば、軍列の左側面にクンロン軍の横撃をこうむる可能性が出てくる。だが、いずれにしてもこの地にとどまって時を空費してはいられない。

「ギルフォード准将、それは安全な策ではあろうが、しかし、あまりにも退嬰的すぎるではないか。たとえタデメッカの蠢動によって地中海方面でいくらかのものを失おうとも、アクイロニア全市を手に入れ、北極海沿岸全域に覇権を確立することができれば、一を失って一〇をえることになる。わずかなものを失うことを恐れて守銭奴にひとしい態度をとれば、結局はすべてを失うことになるだろう。未来という名のすべてをだ。そして吾々は、歴史の審判の前に、敗者としてうなだれることになる。それでもよいのか？」

　熱弁をもって若い亡命者は反論してきた。

　よくしゃべる奴だ、としかギルフォードは印象づけられなかったが、彼の周囲では熱っぽい賛同のつぶやきが泡となってはじけていた。それらのつぶやきを制して、さらにギルフォードが自説を主張しようとしたとき、戦歴の古いシャン・ロン少将が妥協案を持ち出した。

「要は最短の時間で最大の戦果をあげることだ。この際、兵力を二分して、レナ川の上流と下流からアクイロニア市（シテイ）を挟撃してはどうか」

「壮大な作戦案だ」

　すかさずモーブリッジ・ジュニアが支持したのは、これ以上の議論がめんどうになったからであろう。むろんギルフォードは彼と意見を異（こと）とする。

「兵力を二分するなどとは、ふたつの方面でともに負けろということではありませんか。小官は承服いたしかねます」

「ものは考えようだ、ギルフォード准将。わが軍を二分することで陽動もしやすくなり、その結果アクイロニア軍に二正面作戦をしいることもできよう。ここまで来ながらアクイロニアに一指もふれず退却するのは、残念と思わないかね」

あなたまで亡命者の無責任な軍事的冒険主義に感染したのか、と言いかけて、さすがにギルフォードは口をとざした。何といってもシャン・ロンは年齢も階級も彼より上なのである。ひきさがらざるをえなかった。

VII

ニュー・キャメロット軍が自らの兵力を二分することを決定したころ、アクイロニア軍内部にもトラブルが続出していた。

アルマリック・アスヴァールの人徳のなさをしめすものであったかもしれないが、ブルーム元首閣下のもとにうやうやしく運びこまれた噂は、「アスヴァールがニュー・キャメロット軍に寝返る可能性」を示唆するものであった。

ブルームは最初、一笑に付した。無責任な噂にすぎないと思ったのだ。つぎに疑った。アクイロニア軍の内部を攪乱するため、ニュー・キャメロットの工作員が悪い噂の病原菌をばらまいているのではないか、と。さらに、疑惑の対象が、噂する者から噂される者へとうつった。火のないところに煙はたたぬ、という、有名だがまるで高潔さのないことわざを思い出したからである。ひとたび思いだすと、それから自由にはなれなかった。

　ブルーム元首（ドゥーチェ）は体内で心臓を右往左往させたあげく、事態の判断と解決を、べつの身体に所属する脳細胞にゆだねようとこころみ、ある議員の自宅に連絡をとった。

　またしても相談相手役をしいられたリュウ・ウェイは、作業服姿で花畑にいたが、姪に呼ばれて有線ＴＶ電話（ＣＶホン）の前にすわり、自信なげな元首（ドゥーチェ）の自信なげな見解を二〇分にわたって拝聴した。彼自身の見解は、短く、しかも明晰だった。

「アルマリック・アスヴァールをどうしても信用できないというのなら、自分の見識にもとづいて司令官を人選するんだね。私が口を出す必要ももうないだろうし」

　突き放されると、ブルーム元首の疑惑などマッチ棒の家よりもろいものだった。とはいえ、リュウ・ウェイと完全同調するだけの心境に達しえなかった彼は、融和や協調と似て非なる妥協案を思いついて、友人をあきれさせた。

「作戦指導の集団化なんて、聞いたこともない。肥料の種類が多いからって、いいバラは育たないぞ、ブルーム」

「独断専行の危険を分散するためだ。なにしろ、彼も年長者たちをあごで使いにくかろう」

「そうかね。作戦案を多数決でさだめるあほらしさに陥るだけだと思うがね」

リュウ・ウェイのおだやかならざる予見は、みごとに的中して、防衛本部で開かれた作戦会議は、アルマリック・アスヴァール対その他多勢、その他多勢の一部対一部、という多彩きわまるつっぱりあいの場となった。主観的には母都市防衛の熱情に燃えあがっていたが、我執むきだしの私闘でしかなかった。それと最初に気づいたアスヴァールは、ばかばかしくなって途中から沈黙したが、その間に論議は急進展して、とんでもない作戦案が成立してしまった。

水上部隊をレナ川河口に集結させ、そこで敵を迎撃する——この作戦案を聞いたとき、アルマリック・アスヴァールは自分の席で身体ごとのけぞって嘲笑のトランペットを吹き鳴らした。同調する者がいなかったので、残念ながら交響曲は完成しなかった。なぜ笑うのか、と詰問されて彼は笑いをおさめ、苦々しく吐きすてた。

「これが笑わずにいられるか」

ニュー・キャメロット軍が北極海からレナ川を遡上してくるのであれば、内陸に引きずりこめばよいのである。支流にいくらかの兵力を置き、やりすごして後方から追尾し、一方、上流から主力が襲いかかって挟撃すればよい。なぜわざわざ河口まで出て五分の勝負をいどむ必要があるのか。

「アクイロニア市の開闢以来、レナ川に他市の軍艦が浮かんだことはない。わが母なる川に敵艦の侵入を許すなど耐えられぬことだ」

「あほらしい」

「アスヴァール准将、口をつつしめ！」

「だいたい、ニュー・キャメロット軍が河口からやってくると、どうして決めてかかるのだ。上流から逆おとしをかけてくるかもしれない。おれの考えでは――」

それ以上、彼は言えなかった。ヒステリックな罵声のコーラスを四方からあびて、独唱(ソロ)の声などのみこまれてしまったのだ。

ついにたまりかねたアスヴァールは、授与されたばかりの正規軍准将の階級章を引きちぎると、驚愕と怒気の輪のなかで、それを作戦地図の上にたたきつけた。このとき彼は、不遜(ふそん)きわまる挑戦の目で同僚たちを見わたし、一瞬の静寂にむかって「サノバビッチ！」と下品な一言を投げつけると席を立った。殺意をこめたうなり声が飛び、ひとりの士官が腰の拳銃を抜き放った。

アスヴァールの迅速さは、人間としての可能性の極限をきわめていたであろう。彼は長身を横だおしにしながら、机上から作戦地図用のコンパスを片手にすくいあげ、強靭な手首をひらめかせた。

複数の音が同時に、アスヴァールの妙技に応(こた)えた。苦痛のうめきと、床へむけてウラン238弾を発射した拳銃の音である。コンパスの鋭い針が、士官の右手の甲に深々とつきささっていた。士官はうめきながら、手にはえた銀色の兇器を引きぬこうとしたが、苦痛とあせりから失敗した。針が折れて、皮膚と肉の中に残ってしまったのだ。

「あ、あれは痛い……」

列席者のひとりボスウェル中佐が落ちつきはらってつぶやいたが、その声は椅子を蹴倒す音と罵声にかき消された。すでに数挺の銃がアスヴァールの身体に狙点をさだめていたのだ。集団激発の半寸前、高い制止の声がひびいた。尊敬すべき元首、ニコラス・ブルーム氏が作戦室のドアの前に立っていた。別室で会議の結果を待っていた彼を、銃声が呼びよせたのである。

「アスヴァール准将、君の責務は味方の血を流すことではないはずだが」

「ご心配なく……」

あわい赤銅色の顔に、ずぶとい微笑をたたえ、ずぶとい口調で、若い准将は言い放った。

「自分の責務は心えています。明後日にはレナ川の水を敵の血で染めてさしあげますよ。川底にルビーでもしきつめたかと思うくらい、まっかっかにね」

彼に集中した視線は、赤く染まってはおらず、悪意で漂白されていた。

この場を収拾しようとして、ブルームはまずアスヴァールの退室を求め、負傷した士官を医務室につれていかせた。けんか両成敗のつもりだった。そして残った者だけで討議させた結果、ボスウェル中佐をのぞく全員の賛同で、河口迎撃案を採用することにしてしまったのである。

Ⅷ

「アクイロニア軍はレナ川河口に四〇〇〇の艦艇をもって長城を築きたるあり」

情報工作員からもたらされた報告は、ケネス・ギルフォードの鋼玉の瞳に犀利（さいり）な光をもたらした。四月二日の朝である。

「確報だろうな」

「まちがいありません。アクイロニア軍の主力はレナ河口に展開し、わが軍の進入を正面から阻止する構えです」

「ふん、気まぐれな女神は、どうやらモーブリッジ・ジュニアに媚（こび）を売ったらしい」

「閣下、するとわが部隊こそが、アクイロニア軍の主力と水上で正面から戦うことになりますね」

「正面？　ばかを言うな」

別動隊の若い指揮官は、部下の軍国的熱情に冷水をあびせかけた。彼らは全兵力の三割強しか与えられておらず、この寡勢で敵の主力と正面からぶつかれば、死体の山と引きかえにわずかの時間を稼ぎ出すのが最大限の戦果であろう。

少数をもって多数に勝つには、詭計しかない。かならずしも本意ではないが、ケネス・ギルフォードは一戦して一勝し、レナ川上流から進攻する友軍のために敵の兵力を削いだ後、地中海方面へ長駆してタデメッカの攻勢を阻止するつもりだった。吾ながら欲が深い、と、内心で苦笑せざるをえないが、それを企図してすべて実現させるところに、ケネス・ギルフォードという男の存在価値があるはずであった。アクイロニア攻略の功など、権力亡者のモーブリッジ・ジュニアにくれてやればよいのだ。

同日午後、マディソン少将の指揮するアクイロニア軍の主力は、レナ河口での展開を終了していた。四〇〇〇隻をこす艦艇群は、苦労の末に密集隊形をとっていたが、これは思いもよらぬ情報をえた結果だった。ニュー・キャメロット軍の脱走兵がとらえられ、その口から、敵が潜航艇中心の陣容によって、アクイロニア軍の下を通過し、レナ川に侵入をはたそうとしていることが判明したのだった。ポリグラフは情報の正しさを証明した。マディソン少将は四〇〇〇隻の艦艇を密集させて船体の間に対潜防御のグラスファイバー網をはりめぐらし、通過を許さぬ態勢をとった。

それこそギルフォードの詭計のめざすところだった。ポリグラフにかけられた脱走兵は、自分が真実と思うことを語ったのだが、その「真実」自体がギルフォード創作のシナリオだったのだから世話はなかった。

陽が河口の彼方に下端を触れさせたころ、一隻の潜航艇がグラスファイバー網にかかった。アクイロニア軍にとって、これは勝利の予兆のように思えた。さっそく網を巻きあげて水上に引きずりだしたが、その船体から勢いよく重油が噴きだしているのに気づいて、狼狽と不安の声があがった。

「どうした、何ごとだ!?」

もっともな、だが個性を欠く疑問と驚愕の叫びは、マディソン少将の口から発せられると同時に、オレンジ色に燃えあがった。潜航艇が自爆し、焼夷榴弾(しょういりゅうだん)が水面から八方にとんだのだ。グラスファイバー網でつながれた艦艇は、あわてて網を切り、燃えあがる味方の艦艇から離れようとして混乱の極に達した。たがいに衝突しあい、網を引きずってむなしく回転する。なかに数隻の小艇がまぎれこんだのを、誰も気づかなかった。

「司令官をねらえ!」

ケネス・ギルフォードの指令が見えざる矢となって滑空し、兵士たちの耳をたたく。数十挺の自動ライフルが、同じ一本の糸に引かれるように一点に銃口をむけ、高速弾の網をマディソン少将めがけてしぼった。

少将の肉体は、前、左、右の三方から撃ちこまれた数ダースの高速弾によって引き裂かれ、血まみれの肉片となって四散した。

司令官の死は、すなわち指揮系統の崩壊であった。すでに河面自体が燃えあがり、行動の自由を失ったアクイロニア軍の艦艇は爆発と炎上をくりかえし、そこへニュー・キャメロット軍の銃弾と焼夷弾がくわわって、水上に凄惨な火刑場を現出させた。船上の火をのがれて川にとびこむ者も多いが、その半数は銃弾をうけたり、味方の艇に頭部をくだかれて水中に沈んでいった。

レナ川の広大な河口は濃淡さまざまなオレンジの色彩にいろどられ、上空は渦まく黒煙のヴェールにおおわれて、暮色のひろがりを加速した。アクイロニア軍の反撃はけっして微弱ではなかったが、秩序をかいたそれは効果をあげず、後日の調査によれば銃弾および砲弾の命中率は七パーセントでしかなかった。一方、ニュー・キャメロット軍のそれは六一パーセントにおよんだ。勝敗の帰するところは明白であった。

「水を制するには火をもってせよ、か。三〇〇〇年前とすこしも変わらん」

むしろ憮然としてケネス・ギルフォードは胸中につぶやき、視線の角度をあげた。江上の炎を映してオレンジ色にかがやいていた鋼玉の瞳は、今度は暮れかかる空を受けて青灰色に沈んだ。彼は全能をつくした。後の責任はモーブリッジ・ジュニアと運命の分担するところであった。

Ⅸ

ケネス・ギルフォードが奇策によってレナ河口でアクイロニア軍を劫火(ごうか)のなかにたたきこみ、母都市に対するタデメッカ軍の攻勢にそなえるべく撤退をはじめたころ、アクイロニア市にはアルマリック・アスヴァールとその部隊だけが残留していた。先日来、リュウ・ウェイ議員は自宅を出て政庁につめていたが、司令部をおとずれてアスヴァールに面会を求めた。

議員を迎えたアスヴァールは、せまい範囲ながら独断専行を許されて、むしろ生々としていた。

「どうだね、勝算は？」

「ありますよ。敵が調子に乗って市(シティ)にまで攻めこんでくればね。ですが、その前に、市政府が降服してしまうかもしれませんな。レナ川の河口に花火があがってから、口先だけの勇者ども、テーブルクロスやらベッドシーツやらで白旗をつくるのに精を出しているらしい」

ふたつの笑い。アスヴァールのそれは冷笑で、リュウ・ウェイのそれは苦笑である。

「公職にありながら市外へ逃亡しようとする者は、おれの職権で拘引しますが、かまいませんか、議員？」

「奨励したいくらいだね」

各都市間の抗争は戦争によらず高官どうしの決闘によって解決すべし、という法案を議会に提出して嘲笑と罵倒を買った経験が、リュウ・ウェイにはあるのだった。

おろかしい兵力分散策が採用された結果、アスヴァールの手もとに残されたのは、五個連隊分の陸上兵力と工兵隊だけであった。准将の階級を持つ者としては充分な兵力だったが、アクイロニアの市民と権力者を安心させるには遠いことははなはだしかった。

リュウ・ウェイに遅れて司令部をおとずれた元首ニコラス・ブルームの顔は、精神的な栄養の不足をはっきりとあらわしていた。

「どうしたんだ、悪い報せかい」

いちおうリュウ・ウェイが問いかける。

「わが外洋艦隊が今日の午後、レナ川河口でニュー・キャメロット軍のため敗亡した」

「おやおや……」

アスヴァールは薄く笑った。

「いよいよニュー・キャメロットの野望、環北極海帝国が誕生するか。往古のローマ帝国の再現だな。するとアクイロニアは、あわれカルタゴの末路をたどるのか」

「君は自分をハンニバルに擬(ぎ)してでもいるのかね。気宇(きう)壮大なことだ」

「とんでもない。ハンニバルは負けたが、おれは負けやしませんよ」

アスヴァールが元首の皮肉を受け流したとき、またしても一報がとどけられた。

「レナ川上流にニュー・キャメロット軍が突如として出現し、大挙、川を下ってアクイロニア市(シティ)をめざしつつあり」

「そら見たことか」

と、わざわざ口に出して言うものだから、アルマリック・アスヴァールは同僚や上官から憎まれるのである。

「やれやれ、上流と下流から兇報のはさみうちか。市(シティ)の誇る摩天楼の群が、サンドイッチのハムに見える」

そう独語すると、リュウ・ウェイはアスヴァールの任務遂行をさまたげないよう、司令部を辞した。元首(ドウーチエ)の三半規管がストライキをおこしたようなので、リュウ・ウェイは、ともすれば足をもつれさせる彼をささえて車に乗りこまねばならなかった。車が動きだし、元首が人心地をとりもどすと、リュウ・ウェイはさりげなく彼の覚悟を求めた。

「君は元首(ドウーチエ)だ。戦争責任もさることながら、先代のモーブリッジを追った張本人と思われている。彼の息子は君を赦(ゆる)さないだろうね」

「わかっている。いまさら降服したところで、私は助からん。抗戦あるのみだ」
昂然として、というよりリュウ・ウェイの率直な観察では窮鼠(きゅうそ)の表情ではあったが、ニコラス・ブルーム元首閣下はつかれきった顔に決意の色をたたえて断言した。まあしっかりやってくださいよ、と、リュウ・ウェイは胸中につぶやいた。レナ河口での敗北と上流からの敵襲は、当然ながら市民を動揺させている。これで虚勢であれ元首の腰がすわっていなければ、アクイロニア市(シティ)は内部崩壊を来(きた)して、舌なめずりするモーブリッジ・ジュニアの前に豊穣(ほうじょう)な肢体を投げ出すだろう。いかに不本意であっても公人の身分を持つ以上、リュウ・ウェイは市と運命を共にせざるをえない。それはしかたないが、姪のマリーンの身の上が気になる彼だった。

アルマリック・アスヴァールを非難する市民の声は、音量(ボリューム)をますばかりだった。いまやアクイロニア市(シティ)のほぼすべての兵力を支配下におく彼は、河港の使用を禁止したのみならず、広大なレナ川を横断する市の象徴、レナ大橋の通行までも禁止し、工兵隊を使って、何やら工事をすすめていた。市民の代表や政治家が再三、抗議におとずれた。アルマリック・アスヴァールは彼らを理をもって説得しようとはしなかった。赤銅色の顔に、官僚的な透明の仮面をつけて、一点ばりに「元首の許可、政府の決定」を言いたてた。一時的な「虎の威を借る狐」の悪評など、彼の顧慮(こりょ)するところではなかった。だいたい、虎自体が檻(おり)の前まで追いつめられているのである。敵襲に対する恐怖を、彼を責めたてることでごまかそうとする連中に、とりあってなどいられない。

　一方で、彼は市の外に通じる道路をすべて封鎖してしまい、公職にあって市民に都市防衛の義務を説きながら自分たちは逃げ出そうとする恥知らずの輩を、かたはしから軍刑務所に放りこんだ。

　これに対しても抗議の声があがった。母都市の危機に際して逃亡しようとするのはたしかに許せないが、地位ある名士を罪人あつかいするとはけしからん、追い返すだけで充分ではないか、と、わめきたてるハル議員なる人物が、彼を閉口させた。忍耐の限界に達して、彼は部下のひとりに命じた。

「オレンブルク大尉」

「はっ」

「この人間スピーカーの喚き声を何とかしろ！　気が散ってかなわん」

　オレンブルク大尉は「何とか」した。司令部からつまみ出されたハル議員は、同僚たちに訴え、一個分隊の人数で司令官との再面談にこぎつけたが、

「指揮官の精神の安定を乱し、軍の士気をそこねる。金ぴかの利敵行為だ。射殺されないだけでもありがたく思え」

　アスヴァールはひややかに言い捨てると、完全ないやがらせのために両耳に脱脂綿をつめこんでみせ、逆上した議員団の罵声を背に歩きさった。

X

四月六日午前四時、レナ川を下るモーブリッジ・ジュニアの暗視双眼鏡の視界に、アクイロニアの市街が浮かびあがった。

川の流れがニュー・キャメロット軍の船足を加速し、彼らは文字どおり波を蹴って広大なレナ平原の水路を駆け下ったのである。二二四〇隻の快速戦闘艦、八八六台の水陸両用戦車、八隻の砲艦、三五〇隻の強襲揚陸艇。それがモーブリッジ・ジュニアのひきいる兵力で、陸戦要員だけでも二万人をこす。これだけいれば、河港を中心にアクイロニアの心臓部を制圧することが可能なはずであった。青年の心臓にはいまや翼がはえていた。

江上にアクイロニアの誇る水上機甲部隊の姿は見えない。それも当然で、別動隊の動きにつられ、河口方面へ出はらったあげく敗北したのだ。

「やったぞ、アクイロニアはすでにわが手中にある」

双眼鏡のレンズごしに、なつかしむべき街の風景を遠望して、若い野心家は胸郭をふくらませた。復讐への渇望が、気管と血管に充満して、息苦しいほどである。

「カルノー広場に、アクイロニア政府の高官どもを引きずり出して、絞首台で長城をつくってやるぞ。将来を見る目のない自分たちの愚かさを呪うがいい」

青年の、沸騰する声に鼓膜をくすぐらせながら、シャン・ロン少将は顔色を沈ませていた。経験ゆたかな軍事専門家の精神の地平に遠雷がとどろいている。いささか容易すぎるように思われてならなかった。

三〇〇〇をこす金属とセラミックとグラスファイバーの人工魚は、暁の大河を駆け下った。アクイロニア市の象徴のひとつ、長大なレナ大橋の下をくぐる。橋からの銃撃を覚悟していたが、一弾も飛来せず、彼らは安全な通過をはたして緊張の糸をゆるめた。

その瞬間、将兵の視界いっぱいに光が炸裂した。それが収斂して炎の形をとったとき、今度は轟音が鼓膜を乱打した。レナ大橋が爆破されたのだ。

全長三五九〇メートル、幅五〇メートルの巨大な吊橋は、逆流する白い巨大な瀑布のなかで安物の鉛筆さながらに折れくだけた。無数の強化鋼の破片が舞いあがり、舞いおち、兵士たちは悲鳴をあげて両腕で頭部をかばった。巨大な橋身は、河面をたたいてあらたな水煙をあげ、数隻の小艇を宙にはねとばし、ときならぬスコールは暁の光を横からあびて虹色にきらめいた。

「レナ大橋が落ちた!?」

驚愕の波が、ニュー・キャメロット水上機甲部隊を動揺させた。川の上流、つまり後方を遮断されたのである。

高級士官たちの胸には、ケネス・ギルフォードの警告が黒雲となってひろがったかもしれない。それをすばやく看てとって、士気を鼓舞しようとこころみる者もいた。

「前進だ！　前進をつづけるしかない」

戦闘艦の艇首に立ち、北欧海賊の首領のように風を胸に受けながら、モーブリッジ・ジュニアは高らかに宣言した。

「たとえ退路を絶たれても、何ごとかある。ひたすら前進し、アクイロニアの河港に突入して、自らの生命と勇気をもって勝利をあがなうべきだ」

「言うは易し」と思ったが、シャン・ロン少将は口には出さなかった。この期におよんで、帰る道が存在しえないことは自明であった。だが、先頭部隊からもたらされた報告は、悲鳴に近いものだった。水中に障害物があって、彼らの前進をはばんだのである。すでに橋の落下で退路をたたれ、今度は前進すらできなくされたのだ。

アクイロニア軍はレナ川の河底に鋼鉄の杭を打ちこみ、ワイヤーロープとピアノ線を十重二十重に張りめぐらして、ニュー・キャメロット水上機甲部隊の快足を封じこんでしまったのである。むろんこれはアスヴァールの脳細胞から産みおとされた奇略で、橋の破壊に連動するものであった。広大なレナの河面も、数千隻の小艇に埋めつくされ、舷(げん)と舷がぶつかりあう。味方どうしが船体を傷つけあい、血相を変えてののしりあった。

「水中工兵隊を出動させろ！　杭をとりはずすのだ。こんなところに集中砲火を受けたらひとたまりもないぞ」

　シャン・ロン少将が鋭く指示すると、

「迂遠(うえん)な！」

　モーブリッジ・ジュニアが罵声を発した。水中に杭があるなら、魚雷攻撃によって短時間のうちにそれを破壊すべきである。ひとつひとつ杭をとりはずしていては、それこそ砲火をあびせる機会を敵に与えるだけではないか。だが、少将は首を振った。

「あれが見えないか、元首(ドゥーチェ)のご子息」

　シャン・ロン提督の指が、河面の一点を指さした。それを追うモーブリッジ・ジュニアの視線が、一瞬で帯電した。河面の一部に、黒い布がひろげられるように見えた。それが引火性の強い液体燃料であることは歴然としていた。動きを封じられ、火をもって攻撃されるとしたら勝算はない。モーブリッジ・ジュニアは帯電した叫びを放った。

「急いで河岸に船を着けろ！　河面に液体燃料がひろがってしまわないうちに、陸へ逃げるんだ」

　恐慌(パニック)は光の速さで全軍をつつんだ。ロースト・ヒューマンに料理されることを望む者などひとりもいなかった。舷と舷をこすりあわせつつ、必死に艇首を岸へむける。河岸へ殺到するニュー・キャメロット軍の艦艇群にむけて、このときアクイロニア軍の銃火が咆哮した。アスヴァールの号令一下、堤防の蔭からいっせいに起って射撃を開始したのである。

水面が見えないほど密集した人間と船は、銃砲撃の絶好の的となった。一弾が複数の兵士の身体をつらぬき、一隻の爆発炎上が左右の僚艇を巻きこんで、炎と煙と爆発音を拡大再生産する。火を背負い、銃弾につらぬかれた兵士が頭から河中へ転落していく。

ニュー・キャメロット軍の兵士のなかにも、なお戦意を失わぬ者がいた。あるいは、自暴自棄によって触発された破壊衝動でしかなかったかもしれないが、彼らは味方の血と河水とで身心をずぶ濡れにしながら、死屍と破壊された船体の楯の間から応射した。パラ・アラミド繊維の軍服と水の膜が、小口径の銃弾の貫通を許さず、銃撃戦は意外に長びいたが、可動性と速度を封じられたニュー・キャメロット軍の敗北はすでに決定づけられていた。戦闘に先だつアルマリック・アスヴァールの豪語は、実現されつつあった。上流の橋と、下流の杭との間の河面は、生きた有機物と死せる有機物、すでに破壊された無機物と破壊を待つ無機物でふくれあがり、血まみれの巨大なスポンジと化しつつあった。

シャン・ロン少将が、額と左上膊部から血を流しつつようやく河岸にはいあがり、アクイロニア軍の捕虜となったのは、午前六時五一分である。黒っぽい髪と赤銅色の顔を持つ若い司令官は、鄭重にこの捕虜を迎え、もはやこれ以上の流血は無益であるから、抗戦する部下に降服するよう命令してくれと頼んだ。シャン・ロンはそれを受諾した。

「全員、武器を棄てて降服せよ。もはや戦う意味も死ぬ意味もない。敗戦の責は本職が負う。くりかえす。武器を棄てて降服せよ」

シャン・ロン将軍の声はスピーカーに乗って河面に流れ、それに呼応するように銃声は低く小さくなっていった。母都市を守るためならまだしも、他市の野心家に殉じて異郷で死ぬのは愚劣というものであった。七時〇九分、銃声は完全にとだえた。レナ河口での戦闘と同じく、敵の行動を封じこみ、密集したところへ効率的な銃砲撃を加えた側が、勝利をおさめたのである。

アスヴァールが失意の敵将に一礼した。

「将軍、お疲れでした。お茶でもさしあげたく思いますので、小官の司令部までご足労ねがいます」

老将軍はうなずいた。この際は、従順さが威厳をたもつ唯一の方途だった。だが、混乱と殺戮の間にも彼の脳裏から離れなかった疑問を、口にせずにいられなかった。あの火力の集中がありながら、河面の液体燃料に引火しなかったのはなぜか。

返答は明快だった。

「あれはただの水です。絵具で色をつけただけの」

「……！」

「橋を落としただけでも、私が市（シティ）に与えた損害は天文学的なものでしてね。この上、河港を炎上させるようなまねをしたら、非難の袋だたきにあって、夜逃げしなくてはならないところでした」

「絵具……そうか、絵具をな」

肩を落とし、急に老（ふ）けこんだような少将が兵士に案内されて去ると、ボスウェル中佐があらわれてささやいた。

「だめです、モーブリッジ・ジュニアは見つかりません」

「そうか、まあいい」

「徹底的に追及しなくていいのですか。あの男はいずれ再起しますぞ。今度はクンロンかブエノス・ゾンデかに亡命して」

「かもしれんな。執念深い奴だから、いつかは自分が勝つと思いこんでいるだろう」

「では、どうあっても捜し出し、将来の禍根（かこん）をたつべきではありませんか」

ボスウェル中佐の熱意に対して、司令官は中佐が予測もしない反応をしめした。

「お前、元首（ドゥーチェ）を信用するか？」

「……は？」

問い返した部下を、奇妙な目つきでながめやって、アスヴァールは低く笑った。

「おれは信用しない。あれは高潔そうに見えるが、他人の功績をねたむタイプだ。すこしでも自分の座をおびやかす可能性のある奴は、舞台の下に蹴おとそうとするだろうな。さぞ紳士的なやりくちで、だろうが」

黒っぽい髪をかきあげ、赤銅色の顔にふてぶてしい表情をたたえる。

「モーブリッジ・ジュニアが再起するか、その可能性がある以上、おれの功績と軍才は、元首（ドゥーチェ）どのの必要とするところだろう。その間はおれも粛清されずにすむだろうさ」

アスヴァールは口を閉ざし、細めた両眼で広すぎる大河をすかし見た。ボスウェル中佐は、五歩ほどの距離をおいて上官の姿をながめながら、戦慄に似た気分が背中を上下するのをおぼえた。彼は、むろん上官の内心を透視することも未来を予知することもできなかったが、モーブリッジ父子の例に見られるように、アクイロニア市の最高権力の座が世襲でないという事実は、さまざまな感慨と憶測を人の心に呼びおこすのである。

彼らの傍を、水と血と泥に濡れ汚れた捕虜の列が黙々と収容施設へ歩を運んでいく。彼らの解放に関して、やがてアクイロニアとニュー・キャメロットとの間に交渉が持たれるだろう。結局、彼らは生きた道具として使われ、待遇されたにすぎないのである。

アクイロニアの独裁者になりそこねたモーブリッジ・ジュニアは、挫折に傷（いた）む心をかかえて、レナ川の波間をただよっている。浮袋ならぬ精神の空洞を体内にかかえて、それが彼の身を浮かせているようにも見えるのだが、両眼は光を失っていなかった。

アクイロニアの壮麗な元首公邸、その玄関をくぐることは当面かなわぬ。大言壮語を吐いて出てきたニュー・キャメロットも、二重の敗残者となりさがった彼を、もはや受け容(い)れないであろう。恥をしのんでもどったところで、アクイロニアとの取引に使うため身柄を拘束されるのがおちだ。どこかよその都市に逃がれ、再起をはかるしかあるまい。そう、再起。生きてあるかぎり、かならずアクイロニアの権力を掌(てのひら)にのせてみせる。

空洞に野心を満たした青年は、ゆるやかな流れのなかを海へむけてただよっていった。

XI

……こうして、北極海周辺の全域を制覇しようとするニュー・キャメロットの意図は、ひとまず挫折を余儀なくされた。彼らはアクイロニアの報復を恐れたが、勝者のほうも、レナ河口の水上戦で外洋艦隊にすくなからぬ打撃をこうむり、レナ大橋の再建にも巨額の経費を投じねばならず、おびえた土竜（もぐら）のようにうずくまるニュー・キャメロットの横面（よこつら）をはりとばしに出かける余裕は、当分のところないのだった。

　アクイロニアの元首（ドゥーチェ）ブルーム氏はさしあたり救国の偉人としての声価を確立し、つぎの選挙では対立候補なく、無投票での再選を確実視されている。

　アルマリック・アスヴァール准将は正規軍少将に昇進し、市防衛局次長の職についた。彼は「アルマリック・アスヴァール・オブ・アクイロニア」略して「ＡＡＡ」と呼ばれるようになり、勇名をもって鳴ることになったが、局長の地位も手のとどく距離にあると言われる。

　ニュー・キャメロット軍のケネス・ギルフォードは、レナ河口での勝利に対し、勲章と一時休暇をもって報われたが、階級や地位に変化はない。

　リュウ・ウェイ議員は姪のマリーン嬢をともなって、タデメッカ市に移り住んだ。現在、オレンジの葉から新種の香料をつくりだす研究に熱中していると言われるが、居住権をえて三年後には公職の被選挙権が与えられるので、タデメッカ政界の一部には、彼を立法議会の議員候補に推（お）す動きがある。ただし、姪のマリーン嬢は強くそれを否定している、とは、強引な取材の結果、同嬢から水をひっかけられたタデメッカ中央通信記者の伝えるところである……。

ポルタ・ニグレ掃滅戦

I

西暦二一九〇年という年に歴史上の意義があるとすれば、旧北極と旧南極の双方において大規模な軍事的衝突が生じたということではない。それは、ふたつの軍事的衝突の結果、地球上に存在する七つの都市が、過去の惰性から脱して変化の時代を迎えたこと、そしてそれを象徴する人々がそれぞれの都市において主力となったことに求められるのである。

……アマゾン海と太平洋とを結ぶ地峡に位置する人類七都市のひとつブエノス・ゾンデ市(シティ)は、二一八八年以来、執政官エゴン・ラウドルップの統治下にある。

ラウドルップは、就任当時、市(シティ)建設以来のもっとも若い執政官であった。そして二年を経過しても、なおその地位を守っていた。二一九〇年当時、彼は三三歳で、アクイロニアの元首ニコラス・ブルームと同年であり、しかもこの競争者よりはるかに強力であった。彼は軍部をほぼ完全に掌握しており、彼の前任者はニコラス・ブルームの前任者チャールズ・コリン・モーブリッジと比較しようもなく弱体であった。ブルームがアクイロニア立法議会において五五パーセントの支持を受けていたのに対し、ブエノス・ゾンデ立法議会の八四パーセントはラウドルップの与党であった。彼はブルームの競争者というより、四半世紀の時差をへて出現したチャールズ・コリン・モーブリッジの対立候補というべきであったかもしれない。

ラウドルップはまた、ブルームにくらべてあらゆる点で大胆であり、臆面もなかった。彼の行動力は彼の羞恥心を大幅に上まわり、彼は平然と李下に冠をただし、批判する者の狭量を逆にあざ笑った。ラウドルップは多くの地位と権限を自己の一身に集中させ、一族を登用し、しかもそれによって民衆の支持をえた。

ただひとり、危惧する者がいた。ラウドルップ家の一族で、エゴンの従兄にあたるアンケルである。従弟と異なり、政治上の野心と無縁であった彼は、血縁のゆえに市立法議会の席を押しつけられ、やはり血縁のゆえにエゴンの就任式典でも上座をあたえられた。盛大な宴が果てて帰宅した夫が、憮然とした表情で居間のソファに身体を沈めるのを見て、若い夫人がその理由をたずねた。夫はウイスキーをグラスにそそぎながら答えた。

「今日は何十万という数の市民が、エゴンの就任を祝ってくれた。だが、彼が死ぬときは、もっと多数の市民が、もっと熱狂的に祝うだろう。将来を考えると、気がめいる」

夫の悲観論は、妻を納得させなかった。

「でも、あなたの従弟さんには、たいへんな人気があるじゃありませんの。秀才だし、ハンサムだし、指導力といい決断力といい、ブエノス・ゾンデ市はじまって以来の英明な為政者だって評判なのに……」

アンケルは半ば義務的にうなずいた。

「そう、エゴンは評判のいい男だ。それにふさわしく、多くの美点を持っている。欠点はというと、私の知るかぎり、ひとつしかない。そしてそれは、あらゆる美点を無に帰せしめるほど深刻なものだ」

「いったいそれは何？」

「独占欲だ」

みじかく答えて、アンケルはウイスキーのグラスをさかさにした。むせかえった夫の背をたたきながら、妻はなお小首をかしげた。

「でも、独占欲ぐらい、誰にだってあるものでしょう」

「たしかに誰にでもあるものさ。だが、ただの沼と底なし沼とでは、存在の意味がちがう。しかも性質の悪いことに、その区別がつくのは、頭まで沈んでしまってからだ。それも大して将来のことではない」

……それから二年の間に、ラウドルップの権勢は幾何級数の膨脹をとげた。公費を使って豪華な就任二周年の記念集会がおこなわれ、その席上、ラウドルップは市勢拡張のために軍事力の行使を示唆したのである。

「先制的自衛権」なる造語が、公式の場で発せられたのはこの集会においてである。市の基本法は、軍事力による外交的課題の解決を厳禁しているではないか——との反対派の追及に対して、ラウドルップ執政官はオペラ歌手を思わせる声量と抑揚で応じた。

「未来の時制における国家的危機が、至近かつ特定の方向からのものであって、しかもその存在が明白であるとき、先制的自衛権を確立してそれを排除することは、為政者の重大な責任であり、市民の神聖な義務である。より安全で、しかも行動の自由が確保された未来、それこそが子孫につたえるべき最高の遺産ではないか」

「執政官のおっしゃる、至近かつ特定の方向からの国家的危機とは、具体的に何をさすのか」

「質問者の想像力の欠如には、寒心なきをえない。他の六都市が獣欲にかられ、同盟してブエノス・ゾンデの独立と権益を侵そうとしたら、それにどう対処するか。ただひとつ、必要最小限の軍事力によるしかないではないか」

論理のアクロバットというべきであろう。この論法を推しすすめれば、ブエノス・ゾンデ以外の都市の存在それ自体が、ブエノス・ゾンデにとって有害とみなされ、それを完全に排除するには、他の都市すべてをブエノス・ゾンデの支配下に置くしかない。むろん、平和的な手段によってそれが果たされるはずはなく、ラウドルップの言明どおり軍事力によるしかない。つまるところ、彼のいう「歴史を創る手段としての軍事力」が称揚されるところである。

「歴史を創る手段としての軍事力か……」

「執政官は、たしかに雄弁だ。とくに若い市民の精神を昂揚させる点で、あれ以上のものはあるまい」

「だが、その種の雄弁とは、つまるところ精神上の麻薬でしかないではないか。効果といえば錯覚と妄想のみで、後に残るものは、いちじるしい身心の損耗だ、そんなことは、過去の歴史を見れば明らかではないか」

エゴン・ラウドルップに反対する立場の立法議会議員たちは、そう語りあったが、彼らの数はすくなく、声は低いものであった。多くの独裁者の初期がそうであるように、ラウドルップは民衆の圧倒的な支持によって守られていたからである。

一都市を併合して一時期の強盛を誇ったとしても、他の五都市の不安と反感を呼んで対ブエノス・ゾンデ大同盟でも結成されれば、結局はブエノス・ゾンデの滅亡を早めるだけのことだ。七都市間の均衡がくずれ、分裂が統一へむかうとしても、それは近い将来のことではありえない。条件がととのわないこの時機に、強引な軍事的冒険に出ることは、短距離の走法をもってマラソンの勝利をえようと望むにひとしいであろう。

「剣に驕(おご)るエゴン・ラウドルップが剣に滅びるのは彼の自業自得だが、吾々がそれに巻きこまれる必要など、どこにもない。彼の危険な野心をはばむべきである」

少数派の不安をよそに、ラウドルップは軍事的冒険の甘美な誘惑にのめりこんでいくようであった。

だが、いかに擬似理論武装をはたしたところで、他市への武力侵攻へむけて跳躍するには、相応の大義名分のカタパルトが必要である。エゴン・ラウドルップは、よみがえったばかりの吸血鬼さながらに、大義名分という美女の血を求めて日を送った。

もともとエゴン・ラウドルップの華麗なる独占欲がねらった獲物は、南極大陸であった。この豊穣(ほうじょう)な大陸は、他の大陸と異(こと)なり、「大転倒(ビッグ・フォールダウン)」以後はじめて開発の手がはいったにひとしい。他の大陸の場合は、開発の上に「再」の一字を挿入せざるをえないのである。現在の地球上の人口規模に比較すれば、その天然資源は無尽蔵といってよい。資源の豊かさは、それを利用する経済活動のスケールを規定する——すくなくとも、七都市の時代はそうであり、現在はごく小さな、各都市間の経済規模の格差が、いずれは拡大するものと思われるのだった。

主権国家と主権国家との間に、完全な平穏はありえない。発火温度にいたらぬまでも、摩擦はつねに発生する。まして一方が、最初から放火の意思をもっていれば、水でさえ燃えあがろうというものであった。

この年二月、北極海方面で発生した軍事的衝突は、ラウドルップに介入の余地をあたえず終熄し、彼は南極大陸を支配するプリンス・ハラルドの経略計画に専念した。五月、両市の勢力圏の境界であるドレーク海峡で漁船どうしの衝突事故が生じ、ブエノス・ゾンデ市民六人が水死した。

開戦の大義名分ができた。

五月二九日、賠償要求に即答で応じられなかったブエノス・ゾンデ市政府は、プリンス・ハラルド市政府に宣戦を布告する。

II

非武装の者が軍事的冒険に乗りだすはずはない。エゴン・ラウドルップには、プリンス・ハラルドを力づくで制圧するだけの自信の源泉として、低空攻撃ヘリコプターの大集団があった。

ブエノス・ゾンデ市の誇る「空中装甲師団」である。

「オリンポス・システム」によって、地上からの比高五〇〇メートルをこす高度での活動は不可能となったが、それ以下の低空・超低空の空間の軍事的価値を追求したのは、エゴン・ラウドルップの軍事センスの非凡さを証明するものではあった。ひとつには、最初から南極大陸を経略の対象として考えていた彼が、大陸内部の平原地帯において、プリンス・ハラルドの擁する多数の戦車部隊を制する方法を長い間、考案していたからでもある。破壊比率が戦車に対して一〇対一の優位をしめる攻撃ヘリの大集団が誕生したとき、ラウドルップの野心は自制の殻（から）を破って孵化（ふか）した。プリンス・ハラルド軍の戦車は六〇〇〇両、これに対して「空中装甲師団」の攻撃ヘリは二四〇〇機。いわゆる「ランチェスターの二乗則」によれば、$6000^2 = (2400^2 - X^2) \times 10$ の数式が成立し、プリンス・ハラルド軍が潰滅した後、「空中装甲師団」はなお一四七〇機をあますはずであった。むろんこれは他の要因を無視した単純計算の結果であるが。

空中装甲師団司令部は、国防委員会をとびこえて執政官府に直属しており、いわば私兵的な性格をおびている。

「作戦の指揮は、私自身がとる。私は、市（シティ）の未来を切りひらく原始林の樵夫（きこり）であり、荒海の舵手（だしゅ）であることに、この上ない誇りをいだいているからだ。私の生存意義は常に先頭に立つことにある」

そう語るラウドルップの本心は、むろん軍事的英雄としての名声を独占することにある。従兄アンケルの不安は、急激に、可能性の領域から現実への境界線をこえつつあった。もともとラウドルップは政治家に転進する以前は職業軍人であり、小党分立の不安定な政情のなかで、二度まで軍急進派のクーデターを阻止して名声をえたところに、彼の今日(こんにち)がある。非合法を制することで、合法的に権力を掌握する道を、彼は選んで成功したのだった。ひとたび権力を手中におさめ、法律の制定権と解釈権をにぎれば、彼の両手を縛るものは存在しない。いま彼は、二〇以上の小党を大同団結させた「国家民主党」の党首でもあった。

むろん彼を否定する少数派もなお存在する。

「エゴン・ラウドルップ氏は、どうやらナポレオンにでもなったつもりでおいでらしい」

「ナポレオンだって？　モスクワで惨敗した一世のほうかね、セダンで捕虜になった三世のほうかね」

これはアンケルに対する誹謗(ひぼう)でもある。ナポレオン一世が親族を権力の中枢に登用し、しかもその親族が権力をくいつぶすだけの白蟻の群であったことを、辛辣に指摘しているのだ。ラウドルップ一族は、あらゆる政府機関や外郭団体に名と顔をつらね、利権をむさぼり、そのささやかな代償として、ラウドルップの演説に拍手し、彼の法案に賛成票を投じた。

「ラウドルップは、微速度撮影されたモーブリッジだ」

との評もある。アクイロニアの前元首チャールズ・コリン・モーブリッジが二五年かけて完成に近づけた「王朝」を、ラウドルップはわずか二年間で実現させてしまったのである。彼が自分自身と母都市(マザーシティ)とを同一視し、個人の野心を全市民の目標にすりかえ、報道機関を宣伝機関に変身させるありさまを目(ま)のあたりにしながら、それでも市民は若い独裁者を支持しつづけた。反対する者、批判する者は、まず市民――すなわち有権者――のなかで基盤を失いつつあった。

独裁者の従兄でありながら、その施策に反対するアンケル・ラウドルップの立場は、一日ごとに困難さをましていった。彼にしてみれば、いまエゴン・ラウドルップの軍事的冒険主義に反対する者が存在することは、ブエノス・ゾンデの将来にとって不可欠なのだ。そして、ラウドルップ一族にとっても必要なことであるはずであった。

アンケルの闘争は、孤独なものにならざるをえない。独裁者の一族だということで、反ラウドルップ派の協力をえることはかなわず、一族中にあっては異端者として孤立してしまう。ラウドルップ一族にとって、アンケルは、ひきたててくれた従弟の恩を忘れはてた恩知らずであった。売れもしない美術史の本を書く以外、何の能もないくせに、一族最大のヒーローにたてつくアンケルの「愚かさ」が、彼らには理解できなかった。

結局、それはアンケルの、従弟に対する嫉妬であろう、と彼らは結論づけ、一族会議の席上に彼を呼びつけてつるしあげ、立法議会の議員職を辞任するよう脅迫した。アンケルは青ざめながらも一族の圧力に抵抗をつづけた。

「エゴンは自分自身だけではなく、ラウドルップ一族、さらにブエノス・ゾンデ全市をあげて投機の材料にするつもりなのです。議員としてそれに反対するのは私の最低限の義務です。あなたがたもいいかげんに目をさましたらどうですか。いつまでもこんなことが続くわけがないのに」

アンケルは抵抗の報酬を受けた。議会から除名され、反逆罪、国家元首侮辱罪、情報管理法違反などの容疑によって収監されたのである。反ラウドルップ派は、ラウドルップ一族内のトラブルとして、アンケルに対する迫害を傍観し、政府の宣伝機関となりさがったTV、新聞はアンケルをこう評した。

「ラウドルップ家の面よごし」と。

Ⅲ

ブエノス・ゾンデ市（シティ）の精神的肉食獣から手ごろな獲物と目（もく）された南極大陸は、プリンス・ハラルド市（シティ）の統治権下に置かれている。これは月面都市の世界支配が実効を有する時代から、制度においても現実においてもそうであった。「大転倒（ビッグ・フォールダウン）」による極移動の結果、膨大な氷の圧力から解放された処女地は、虹色の光彩で自らの名を人類の網膜にやきつけたのである。

七都市のうち、もっとも豊かでかがやかしい未来が、プリンス・ハラルドのために用意されているように見えた。二一五〇年の世界年鑑は、プリンス・ハラルドについてこう評した。

「七都市中、最大の潜在力」

そして二一八五年の世界年鑑も評した。

「七都市中、最大の潜在力！」

つまり、明日の世界はあいかわらず明日のもので、今日のものになってはいなかったのである。

プリンス・ハラルドには隣市のような独裁者はいなかったが、それは民主主義的成熟の結果ではなく、鳥なき里のコウモリが群をなしていがみあっていたからであった。議会の小ボスと企業の小ボスが結託して小利をむさぼる、というのがその様相であり、公的な人事はすべて序列と政治的取引の結果であった。したがって、ブエノス・ゾンデの侵攻に対し、カレル・シュタミッツを総司令官に任命した人事は、後日、政治や軍事ではなく奇蹟の功績に属するものとみなされることになったのである。

人事に関するくわしい事情を、軍報道課はすすんで語ろうとしなかったが、戦後はじめて明らかにされた「六月人事」の経緯は、信じがたいほどばかばかしいものであった。

五月三一日の夜、プリンス・ハラルド国防軍総司令官チェーザレ・マレンツィオは、大将昇進の祝いと総司令部幕僚一同の顔あわせとをかねて、自宅でパーティーをひらいた。将官六名、佐官一五名、尉官九名、合計三〇名の幕僚のうち、二九名が出席した。ただひとりの欠席者は、作戦参謀班に所属するカレル・シュタミッツ大佐であった。妻の最初の出産が近いので産院にいたい、という欠席理由は、上司からも同僚からも、軟弱とそしられるものであったろう。

その欠席理由は、虚偽ではなかったが、事実のすべてを網羅したものでもなかった。シュタミッツはマレンツィオ総司令官の夫人がきらいだったのである。総司令官夫人は政界の名門の出身で、公私を混同する傾向が強く、新任の少尉時代にシュタミッツはマレンツィオ邸の草むしりをやらされ、盛夏のこととて熱射病にかかり、以後、マレンツィオ夫人を毛ぎらいするようになったといわれている。

シュタミッツが妻の出産を待ちながら、産院の売店で買いもとめたコーヒーとフライドポテトとゆで卵でお粗末な夜食をとっているころ、山海の珍味をテーブルせましと並

べたてたマレンツィオ邸では、ひと騒動がもちあがっていた。マレンツィオ夫人の手づくりのゼリーサラダが運命の使者となってサロンを一周したのである。結果は総司令官以下、出席者全員の食中毒であった。プリンス・ハラルド国防軍総司令部は、マレンツィオ邸からそのまま市立中央病院へ移転するはめとなった。

この事件はまったくの偶発事であった。そしてそれだけに、プリンス・ハラルド市政府と軍部の傷心は加算されたものとなった。総司令官夫人の手料理のために、総司令部を構成する全士官が食中毒で入院！　いっそ敵陣営の陰謀なり破壊工作なりの結果であったほうが、あきらめもつこうというものである。

政府と軍部は、早急に事態の解決策を見出さねばならなかった。敵の嘲笑と味方の落胆をさそうであろう一連の事実は、情報統制によって隠蔽（いんぺい）する。病院で高熱を発してうなっている大食漢どもは完全に隔離する。だが、最大の肝要事は、隠蔽するわけにも隔離するわけにもいかなかった。目前にブエノス・ゾンデ軍の侵攻がせまっており、それを迎撃する軍隊には、司令官の存在が不可欠なのだ。

現在、健康な士官のなかで、もっとも階級が高いのは誰か。士官リストのページがめくられ、ひとつの名が指さされた。

こうして五月三一日深夜、正確には六月一日の「夜明けがまだ揺籃（ゆりかご）からはい出しもしない時刻」、カレル・シュタミッツ大佐は産院の待合室に国防長官の来訪を受けたのである。

　国防長官の姿を見ると、シュタミッツは左手に六杯めのコーヒーの紙コップをつかんだまま、ソファーから立ちあがって敬礼した。やたらと背の高い、手足の長いやせた士官が、どこか呆然としたようすに、長官には見えたが、このときシュタミッツの聴覚は臨時休暇に突入しており、彼の脳裏ではつい五分前に聞いた女医の声が幾重にも反響していたのである。「おめでとう、シュタミッツさん、奥さんも三人のお子さんも、とってもお元気ですよ」

　そうとは知らぬ長官は、とにかく責任を他人に押しつけようとの熱意をむきだしに、若い士官の両手をにぎりしめて叫んだ。

「おめでとう、シュタミッツ大佐。きたるべき勝利の栄光は君のものだ」

　カレル・シュタミッツは三一歳にして、公的にはプリンス・ハラルド国防軍総司令官代理となり、私的には三つ子の父親となったわけである。

　前任者の選んだ幕僚たちは、一個分隊の食中毒患者と化してしまったので、シュタミッツは自分を補佐してくれる士官たちを、あらたに選任しなくてはならなかった。マレンツィオ将軍のように量的に充実したスタッフをそろえるには、時間も人的資源も不足している。シュタミッツは小家族主義を旨とすることにしたが、それでも最小限、五名は必要であった。参謀長、作戦主任参謀、情報主任参謀、後方主任参謀、それに副官である。

その五名を選任する労すら、シュタミッツは惜しんだ。参謀長と副官のみを彼自身で選定し、他の幕僚は参謀長の人選にゆだねようとした。こうして、総司令官代理カレル・シュタミッツ大佐は、腹心としてユーリー・クルガン中佐を登用したのである。

参謀長に選任されたユーリー・クルガンは、「蜘蛛男爵」などとあだ名される総司令官代理と異なり、平均的な体格と平均以上の容貌を持ちあわせる二九歳の青年だった。レナ川の水上戦で華麗なまでの勇名を獲得したAAA——アルマリック・アスヴァール・オブ・アクイロニアと同年齢である。犀利な軍事的頭脳の所有者として知られ、全軍司令官にシュタミッツではなくクルガンを推す声も微量ながら存在した。だがそれが極少数派にとどまったのは、クルガンの階級が中佐であってシュタミッツの下位であったからばかりではない。上官にも同僚にも、彼はまるで人気がなかった。その点はAAAと甲乙つけがたいところであったが、レナ川水上戦の英雄と異なる点は、クルガンが部下にも嫌われていたことである。

彼は誰に対しても、冷淡で辛辣だった。自分自身に対しても、あるいはそうかもしれなかった。いつも不機嫌で、自分を「不遇な天才」と信じこみ、人を見る目のない上司たちを豚や猿と同一視しているようだった。その男を参謀長にすると聞いて、シュタミッツの知人たちは一瞬絶句し、そのあと翻意するようすすめたが、シュタミッツは我意をとおした。

　これ以後、カレル・シュタミッツ司令官代理は、ユーリー・クルガン参謀長の立案した作戦にＯＫサインを出すだけの役割を自らに課する。「不遇な天才」が才能を完全に発揮しえる環境をととのえる——それが自分の責任だと、三つ子の若い父親は考えたのである。

　クルガンのほうは、司令官代理の配慮を承知していたが、だからといって謝辞をのべるでもなかった。それができる性格なら、クルガンの敵と味方は、比率を逆転させていたであろう。

「昔、トーマス・アルバ・エジソンという男がいて……」

　と、クルガンは知人に語ったことがある。

「刑務所に電気椅子をセールスしてまわった男だが、そいつが言った。天才とは九九パーセントの汗と一パーセントの霊感だ、と。低能の教育者どもは、だから人間は努力しなくてはならない、と生徒にお説教するが、低能でなくてはできない誤解だ。エジソンの真意はこうだ——いくら努力したって霊感のない奴はだめだ、と」

　表現の強烈さも、その主張するところも、多くの人の許容しうるところではなく、かくしてこの自称天才は孤立せざるをえなかった。

　総司令官代理カレル・シュタミッツは、この非社会的な才能の所有者を社会につなぎとめる、ひょろ長いロープだった。このえがたい恩人に対して、クルガンは半ば教師の態度で霊感の産物を披露した。それは正確に段階をふんで実行されるべき戦略であった。

第一段階。ブエノス・ゾンデ軍を海岸線で迎撃せず、内陸部に引きこみ、その補給線を限界までひきのばす。

第二段階。ブエノス・ゾンデ軍の無血前進が限界点に達する直前、あるいは直後に、正面からの戦闘を展開し、故意に敗北する。

「故意に敗北する⁉」

さすがにおどろいてシュタミッツが声をたてると、歯痛をこらえる表情でクルガンはうなずいた。かるく頰をおさえて不機嫌にうなる。

「歯が痛い、左の三番目の奥歯だ」

興味の視線を、シュタミッツはそそいだ。

「吉兆か？」

「さあな、痛みがとれれば吉兆になるはずだが、痛みを感じたくとも感じられぬ状態というものもあるからな」

どんな状態だ、などという質問を、シュタミッツは発せず、べつのことを訊ねた——あるいはもっとひどい質問だったかもしれない。

「どうだ、勝てそうかね」

「まあな。それにしても、負ければ地獄へ直行、勝てばつぎの戦いにも駆り出される。どちらが幸福やら、判断しがたいところだな」

「それなら勝ったほうがまだしもだな」

「どうして？」

「行きつく先は同じでも、途中経過を楽しめるからね」

ふん、と、参謀長は感心した風（ふう）でもなくつぶやくと、デスクの上にひろげた軍事用地図の一点を指先でたたいた。

「ここだ。ポルタ・ニグレ。ここに罠をしかける」

Ⅳ

黒い柱（ポルタ・ニグレ）はプリンス・ハラルド市（シティ）から北西方向へ三四〇キロの地点に位置する。氷河に浸蝕されたU字谷が、屈折しつつ一二〇キロにわたって延び、谷底の高度も三〇〇メートルほどの段差を有する。人為によらず造形された黒い巨大な石柱が、天にむかって無数にそびえたっているため、この名称が生じた。この地を最初に発見した地理学者は、石柱の群を縫いつつ谷間を吹きぬけてゆく風の咆哮に耳を痛めたといわれる。地形と気象との、いささか無原則ともいえる交友関係が、峡谷を吹きぬける強烈で暴力的な気流を生み、それはときとして風速七〇メートルにも達するものとなる。

「ここに罠をしかける」

歯痛の天才はそう言うのだった。

「それが第三段階かね？」

「罠をつくるのが第三段階、身のほど知らずの独裁者を罠に引きずりこむのが第四段階、敵を掃滅(そうめつ)するのが第五段階」

やや間をおいて参謀長はうそぶいた。

「……勝って祝杯をあげるのが第六段階」

ポルタ・ニグレの山峡にブエノス・ゾンデ軍を引きずりこむ。総司令官代理からその基本戦略を聞いて幕僚たちは不審の顔を見あわせた。

「ですが、あの山峡には何らの戦略的価値もありませんぞ。敵軍が無視して通過すれば、それまでのことです」

「戦略的価値は、これからつくるさ」

シュタミッツはこともなげに言った。このとき、極端に表現するなら、彼はクルガンの生きたマイク役を演じているにすぎない。ただし、類のない良質なマイクではある。

「猛獣に毒餌（どくえ）を喰わせるためには、まず飢えさせる必要がある。敵の補給線を引きのばし、中継拠点を破壊するんだ。空腹で目がまわっていれば、腐りかけの肉にだって、つい手が出ようというものさ」

ポルタ・ニグレ山峡に、最大規模の補給物資集積拠点を建設する。同時に、クローゼル海岸の敵補給基地から前線にいたる補給路を破壊する――この双方の命題をともに達成しないかぎり、プリンス・ハラルド市（シティ）は、ブエノス・ゾンデに首輪をはめられて、支配の鎖で南米大陸につながれることになるだろう。永遠ではないにしても、相当の長期間にわたって。

「工兵隊の責任は重いぞ。勝利後のボーナスを楽しみに、がんばってもらおう」

総司令官代理が部下に説明し激励を与えている間、作戦の立案者は神経症的な態度でハンカチを折りたたんだり広げたりしている。不快さと薄気味悪さのないまざった視線が、ときおり投げつけられるが、クルガンはそ知らぬ顔である。彼は発言するのも質問を受けるのも嫌なのだった。こうしていれば、声をかけてくる奴はいないだろう。

すでに五月三〇日、ドレーク海峡の名で知られる南米・南極両大陸間の海面は、ブエノス・ゾンデ軍の揚陸艦や輸送用ホバークラフトの金属的な反射光に埋めつくされていた。この行動の迅速さ手際（てぎわ）よさは、この戦争がブエノス・ゾンデの主導権のもとに、一方的な理由によって決行されたという事実を、月面都市にまで見せつけるものであった。

プリンス・ハラルド軍は、敵の上陸を阻止できなかった。じつのところ、最初から阻止する意思はなかったのである。シュタミッツの指令で、機甲師団の一部がのこのこと海岸へむかい、敵が橋頭堡を完成させるのを偵察してから、戦いもせず母都市へ帰ってきた。

戦略は持久戦。誰の目にもそう見えた。そして持久戦とは、あらゆる戦略戦術のなかで最も地味で人気のないものである。

無責任さとはで好みとは、軍事に関するかぎりほぼ正比例する。声ばかり大きな議員たち、とくに軍需産業と結託した者の間からたちまち蒸気が噴きあがった。

「コーツランドの大平原は、わがプリンス・ハラルド軍の誇る機甲兵団にとって絶好の戦場ではないか。なぜ戦わない。何のための最新兵器だ」

要するにこいつらが総司令官代理を任命したのは、責任を押しつけると同時に、いいがかりをつける相手が欲しかったからだ、と、シュタミッツは悟らざるをえなかった。

虫歯に悩む参謀長は、議員たちの妄言を鼻先で笑いとばした。

「では、死の商人どもの要求どおり、戦車を使用してやるさ。コーツランドの大平原に六〇〇〇両の戦車を使いすてにしてやろう」

歯医者ぎらいの参謀長は、メフィストフェレスの弟子めいた笑いに口もとをゆがめた。

「どうせ敵を増長させるための囮だ。軍事史上、最大の贅沢な廃物処理をやってやるさ。予算はすべて費いはたせ、というのがお偉方の発想だからな。後になってヒステリーをおこしてほしくないものだが……」

「六〇〇〇両の戦車と、それに乗った兵員か……！」

カレル・シュタミッツは溜息をつく。戦車と弾薬を使いすてるかぎりにおいては、用兵家としての識見においても、個人の良心、あるいはその類似品においても、さして傷むものはない。だが、六〇〇〇両の戦車には二万四〇〇〇の兵員が搭乗しているのだ。ブエノス・ゾンデ軍にしかける罠は、人血の罠とならざるをえない。シュタミッツの溜息に、クルガンは冷たく応じた。

「戦死者がひとりもいなければ、いくらナルシストの独裁者だって、罠の存在に気づかざるをえんよ」

「……やはり持久だけでは勝てんかなあ」

「勝てるかもしれんが、おれにはその方法が見出せない。ということは、他の誰にも見出せないってことだ」

後半の部分はジョークだろうか、と、シュタミッツは考えたが、結論が出そうにもないので放棄した。そんなことに拘泥している場合でもない。

ブエノス・ゾンデ軍と正面から戦って勝利をおさめうるのであれば、何ら苦労はないのだ。兵員が不足し、装備がじつは劣弱であるからでこそ、戦術上の選択が困難になるのである。

軍事費が不足している、とはシュタミッツは考えない。軍隊の調達部で監査官を二年間つとめたとき痛感したのは、いかに巨額の公金が濫費(らんぴ)されているか、ということであった。

「わが市(シティ)には、独裁者になれるような奴はひとりもいない。小利をむさぼる利権屋ばかりだ」

という逆説的な批判があったように、議員の大半は特定の企業や業界と結託して、その利益を代弁することで満足していた。国防に関する議員のなかには、自分や一族が経営する会社の製品を軍に納入してリベートをかせぐ者もおり、数字の水まし、品質の劣悪、工事の手ぬきなど珍しくもなかった。プリンス・ハラルドの政界は「政治業界」にすぎず、持久戦になれば頼りがいのないことおびただしい。

そして両市間の抗争が長期にわたれば、他の五都市が親切げな微笑をたたえて調停なり会談なりを申しこんでくるであろう。むろん、微笑の奥深くでは、貪欲な消化器がうごめいて、あとうかぎり多くの量とすぐれた質をもつ分前(わけまえ)の肉片をのみこもうとしている。

「死者の骨までしゃぶりつくす奴らだ」

とは、七都市のいずれもが、他の六都市に対していだいている偏見であり、しかもこの性悪説的な疑心暗鬼は、完全に近いほど正しい。唯一、欠陥があるとすれば、自分自身が他者からもそう見られているのではないか、との自省心を欠く点であろう。

猜疑心と被害者意識は、地球上に存在する七つの都市をたがいに結びあわせる、毒々しい紐帯(ちゅうたい)だった。七都市いずれもが、他の六都市からよってたかって袋だたきにされるという「異床同夢(いしょうどうむ)」におびえ、被害者になりたくないばかりに、成功せる加害者となる機会を欲していたのである。

ブエノス・ゾンデとプリンス・ハラルドの不毛な抗争に乗じるべく、積極的な姿勢をしめしたのは、サンダラー市軍(シティ)務長官のヨーク・ゴールドウィン中将である。彼が異常に両市対決への興味を深めたのは、まさにその機会がウインクしたとみなしたからなのだが、むろん個人的な名声欲という薬味もたっぷりあった。だが、彼の上司は、彼の情熱に感応してくれなかった。

「あまり感心せんねえ、中将、母都市防衛のためでなくては子供らに説明しにくいよ」

サンダラー市長ワン・シューは、市立大学の教育学部の教授兼附属幼稚園園長から政界へ転出した人物で、味方からは好意的に、政敵からは悪意をこめて、「園長先生」と呼ばれている。

「そんな有害無益なことはできない。考えてもみなさい、仮(かり)にブエノス・ゾンデ軍に加担したところで、勝てば獲物を独占しそこねたブエノス・ゾンデ軍の不快感を買うばかり。負ければむろん醜態のきわみだ。まあやめておいたがよかろうね」

「ではプリンス・ハラルドに味方したら？」

「負けたらブエノス・ゾンデ軍にいい口実を与えて、つぎの獲物と目されるだろうね。勝ったら何か代償を受けなくては市民が不満だし、代償を支払うとなれば、プリンス・ハラルドはおもしろくなかろう。いやいや、中将、ひろい食いをして食中毒をおこす幼児のようなまねはせんことだと思うよ」

中将は引きさがった。覇気を封じられたのでなく、そらされてしまった態であった。

六月二〇日、タデメッカ市政府当局が、ひとつの発表をおこなった。もしプリンス・ハラルド市からの難民あるいは亡命希望者が当市の門戸をたたいた場合、当市は人道的見地からそれを受け容れる――というものであった。この発表は、プリンス・ハラルドから安堵感をもって迎えられ、一方ブエノス・ゾンデの心証を害することもなかった。この発表は、「新秩序」確立後の南極大陸におけるブエノス・ゾンデの支配権を是認するものと釈られたからであった。

なお、この発表に付随して、ささやかな噂が流れた。この巧妙な外交的措置は、タデメッカ市政府の外側にいる一移民の頭脳から出たものだ、というのである。その人物はごく最近、アクイロニア市から移住してきた園芸研究家だということであった。

この年前半、北極海沿岸地方の覇権を争って最終的な結着をえられなかったアクイロニアとニュー・キャメロットの両市は、野心なり欲望なりがあったとしても、体力がそれにともなわない状態だった。武力干渉など論外である。だが、それが不可能だと公言することは、外交上の弱点を他都市にさらけ出すも同然であったので、「必要と認めたときは軍事的に必要な行動をとる」意思を言明しておかなければならなかった。

アクイロニアの防衛局次長AAA（トリプルエー）ことアルマリック・アスヴァールは、たとえ世界の半分を征服する武力があったとしても、現段階で妄動する気はない。

「ブエノス・ゾンデご自慢の空中装甲師団がどれほどの実戦能力を有するものか、とくと拝見しよう。対応策を決するのはそれからでいい」

次長の発言をうけて、高級副官ボスウェル中佐が、ひかえめに質問した。空中装甲師団の対地上戦闘能力から見て、勝敗の帰趨（きすう）は明らかであり、プリンス・ハラルドの運命はすでに決しているのではないか、と。

「おれは必ずしも、そうは思わんな。南極大陸の広漠さに比べれば、ヘリの移動能力など知れたものだ。ブエノス・ゾンデ軍は勝ち進むほど補給線を延（の）ばすことになる。征服戦争につきもののこの矛盾を、整合させることがはたしてできるかな」

「なるほど、するとプリンス・ハラルド軍は内陸部に敵を引きずりこんで持久戦に出、戦いは自然消滅ですか」

ＡＡＡは、次長室のデスクの上に投げだした両足の内側を、二、三度軽く打ちあわせた。

「いや、もう一幕か二幕あるだろう。ラウドルップが最初からあほうならともかく、第三コーナーをまわるまでは利口でとおる奴らしいからな」

ボスウェル中佐を退出させると、ＡＡＡはデスクの隅に置かれた一冊の本をとりあげた。ラウドルップの著した自伝である。

「君はなぜベストをつくさないのか？」

その題名を、声に出して読んでから、ＡＡＡは辛辣な笑いで浅黒い顔の下半分を飾り、放り出した本にむけて歌いかけた。

「ラウドルップさん、ラウドルップさん、君はなぜベストをつくしてもだめなのか……」


一方、「環北極海帝国」の野望をたたれたニュー・キャメロット市においては、大敗の中でただひとり戦闘に勝利をおさめ部隊をまっとうして帰還したケネス・ギルフォード准将が、軍司令官代理に就任している。任命したほうは、あきらかにいやいやながらであったが、任命されたほうも冷然といってよいほど無感動であった。「あの人事で喜んだ奴は、誰もいないのじゃないか」という声が軍部の一隅に流れたほどである。ただ、冷静無情と一般には思われているケネス・ギルフォードが、南極大陸における勝敗の帰趨にはやや関心があるようで、一士官に見解をとわれたとき「知らん」とは言わなかった。

「ラウドルップという人は、野心が思慮より優先する人のようだが、まるきり無能でもなかろう。補給線が限界に達する前後に、何かトリックを弄するはずだ」

「どんなトリックです？」

ケネス・ギルフォードは鋼玉色の瞳に照明光を反射させ、やや眩ゆげな表情をつくった。

「トリックとは、つねに敵の期待する形をとってしかけるものだ。ただ、それはプリンス・ハラルド軍についても言えることだ。どちらがより大胆に、徹底的に相手に甘い夢を見させるか、それによって多分、勝敗は決するだろう……」

こうして、世界中が――旧きよき時代に比べてはるかに狭くなったとはいえ、とにかく世界中が、エゴン・ラウドルップの覇業に注目している。全人類からの脚光は、さしあたって彼ひとりのはなばなしい独占物だった。

V

　六月二二日、上陸から約三週間後、内陸部への進攻開始から二週間後、エゴン・ラウドルップはコーツランド平原において遠征軍の最高幹部会議を開く。すでに彼らの踏破距離は二五〇〇キロに達しており、攻撃ヘリの移動基地のなかで開かれた会議では、列席者のなかに微量ながら不安と倦怠の気分が見られるようにラウドルップには思われた。

「プリンス・ハラルド軍は今日まで戦わずして後退をかさねているが、その企図するところは明白である。わが軍の補給線を限界まで引きのばし、わが軍が前進を断念して撤退するところを後方から追撃するつもりだ」

　独裁者は笑ってみせ、〇・五秒の時差をおいて、幕僚たちも笑った。

「見えすいた作戦ではあるが、戦略としては誤っていないし、プリンス・ハラルドの事なかれ主義者どもにしては上出来というべきだろう。ただし、その苦心と努力に、こちらが報いてやらねばならぬ義理はない」

「逆に罠をかけますか、執政官閣下」

　幕僚のひとりが形にしたのは、質問の衣装をまとった追従だった。それ以外のもの、たとえば忠告や危惧の念は、すくなくともエゴン・ラウドルップには必要なかった。彼は鷹揚にうなずき、彼の前に並ぶ可愛いかぼちゃたちに作戦を説明した。彼の幕僚たちに求められているのは、彼の作戦を過不足なく実施する能力だけだった。彼は彼らしい演説によって、作戦説明をしめくくった。

「オリンポス・システムの不当な支配も、あと一世紀半をもって終わる。その日いたるとき、地上を支配する者は誰か。地上の統一を、宇宙へと敷衍するのは何者か。それは吾々の子孫である。ブエノス・ゾンデの未来の市民である。彼らこそ新しい、しかも永劫の神々となるのだ」

それとほぼ同時刻、カレル・シュタミッツはマイクをとおして部下たちに淡々と語りかけている。

「吾々は天を味方につけるとしよう。傲慢不遜なオリンポスの神々を、人間の道具として利用することを考えよう。そう自分たちの前途を悲観したものでもない」

いささか抽象的な発言ではあるのだが、一種超然としたシュタミッツの表情は、兵士たちにとって充分に精神安定剤としての作用をおよぼした。人格的統率力において、シュタミッツがクルガンをはるかに凌駕することは、疑問の余地がなかった。彼には将略はとぼしかったが、あるいはそれだからこそ、ごく自然に将器たりえていたのだった。

「プリンス・ハラルド軍が追尾を開始しました。わが軍の最後衛から一五〇キロの距離をおいて進んできます」

故意に後退を開始したブエノス・ゾンデ軍にその報がもたらされ、エゴン・ラウドルップは満足した。満足させられているのだ、という思考はこの男にはない。そもそも、自分以外の人間が主体的に何かおこなうなどと思っていないのである。

カレンダーの日付が変わった六月二五日午前〇時三〇分、ブエノス・ゾンデ軍最後衛部隊とプリンス・ハラルド軍先頭部との距離は三〇キロにまで接近している。事態の表面だけを見れば、帰途につく羊の群を、狡猾な肉食獣がつけまわしているように見えるであろう。

レーダーは攪乱(かくらん)されているし、過去二世紀のように偵察衛星を使用することもできない。集音マイクと赤外線暗視システムとが、はなはだ不満足ながら索敵の主力である。軍用犬の首にカメラをつけて偵察に使う都市もある。軍事的真摯(しんし)さというものは、つねに幾分かの滑稽さと無縁でいられない。

AAAらが皮肉まじりながら評したように、エゴン・ラウドルップは無能者ではなかった。工芸家的な精緻(せいち)さをもって、彼は、追跡してくるプリンス・ハラルド軍をコーツランド平原の一角に誘いこみ、半包囲の態勢をつくりあげていったのだ。そして同日五時四五分。プリンス・ハラルド軍の一下士官が、夜明け直前の闇の奥に、敵戦車を見出すことになる。

「敵——」

主語を叫んだだけが、彼にとって生涯最後の言語活動となった。無砲塔戦車の車体の一角から、撃砕されたルビーのような真紅の火線がほとばしり、高速弾の弾列が下士官の頭部を吹きとばしたのである。コーツランド会戦における最初の戦死者の誕生であった。

ブエノス・ゾンデ軍が「無敵」を豪語する空中装甲師団は、数千の回転翼(ローター)に大気を切り裂かせつつ、敵兵の視界の上半部を一瞬のうちに占拠した。

プリンス・ハラルド軍の指揮官ホイットニー中佐は、半ばは美化された義務感、半ばは功名心から、この任務を自発的に引きうけたのである。六〇〇〇両の戦車は、戦略レベルでは「贅沢(ぜいたく)な囮(おとり)」にすぎないが、戦術レベルでは強大な戦闘集団となるはずであった。だがそれも性能が額面どおりであった場合である。さらに、この戦闘に関して、プリンス・ハラルド軍は先手をとられっぱなしであった。

半包囲から背面展開(はいめんてんかい)を完璧なまでに成功させたブエノス・ゾンデ軍は、全砲門を開いて、轟音と猛炎のただなかにプリンス・ハラルド軍を追いこんだ。土砂と風が、黎明(れいめい)寸前の空と大地を暗色におおいつくし、そのカーテンを砲火のオレンジ色が切り裂く。爆発音とともにプリンス・ハラルド軍の戦車がはねあがり、吹きとび、炎上する。装甲板のうち何ミリ分かの費用が、政治業者や軍需産業家の私腹に流れこんでいたため、計算上は貫通するはずのない敵弾が車体を貫通し、搭乗した兵士たちの肉体を四散させた。

プリンス・ハラルド軍も撃ちかえす。だが、一撃離脱戦法で反復攻撃をくりかえす空中装甲師団に対して、彼らの砲弾はむなしく大気をえぐるだけである。対空榴弾が比較的、効果をもたらしたが、劣勢をくつがえすにいたらなかった。エゴン・ラウドルップは主導権が手中にあるかぎり大胆な戦術家だった。故意に味方の戦車を破壊して敵の行動をさまたげ、動きを封じられたプリンス・ハラルド軍に上方と左右から火力を集中させたのである。

六月二五日午前六時四〇分、暁の光を無力化する黒煙の下で、プリンス・ハラルド軍の機甲師団は醜悪な廃棄物の大群と化する。

Ⅵ

「いずれ自分自身に向けた感涙の海で溺死するだろう」と評されるラウドルップは、即日、戦勝記念式典を開催した。彼の秘書官が失脚したのはそのときである。彼は独裁者の演説に先だって、いまさらながらその肩書を紹介せねばならなかった。

「ブエノス・ゾンデの第一市民、市政評議会議長、国防委員長、公安委員長、国防軍最高司令官、国家民主党党首たるエゴン・ラウドルップ元帥閣下――」

独裁者の、悪意と侮蔑をこめた笑顔に出会って、秘書官は舌を凍らせた。主人の肩書をひとつならず言い落としたことに気づいたのである。

「市立大学名誉哲学博士、勲一等十字章受章者、コーツランドの勝利者」

つまり彼は記述の一行ぶんをまるまる読み落としたのだが、これは彼にとって最後の失策となった。即日、彼は秘書官職を解任され、ブエノス・ゾンデへの帰還を命じられた。ささやかではあっても、ひとつの未来が失われたのである。

ラウドルップは、無能者を二種類に分けていた。彼にとって有益な者と、そうでない者と。前者を彼は愛し、寛大にあつかったが、ひとたび後者の列に入れると、害虫に対する態度と異ならなかった。

コーツランド平原の会戦において、プリンス・ハラルド軍の損失は、戦死者一万五七〇七名、破壊された戦車五一一九両。これに対しブエノス・ゾンデ軍の損失は、戦死者一八四〇名、破壊された攻撃ヘリ一五六機、同じく戦車五一八両であった。しかもそのうち半数は、戦術上の必要性から味方の手で破壊したものである。

「戦史上に残る圧勝です、執政官閣下」

と、ブエノス・ゾンデ軍の幕僚たちは声をうわずらせて昂奮し、それは完全な事実であったから、エゴン・ラウドルップは謙遜などしなかった。彼は演技者としての本領を発揮して、もはや敵襲の危惧もなくなった平原で、兵士たちを前に荘重な演説をおこなった。

「わが兵士、英雄諸君。君たちは歴史の創造者であると同時に、自らの偉業に対する証人ともなった。母都市（マザーシティ）に帰還した後、君たちは自らの経歴を語るに、ただコーツランドの名をもってすればよい。そうすれば、語る人が英雄であることを、幼児（おさなご）でさえ理解し、崇拝の目を諸君にむけることだろう」

ラウドルップの演説は、先人のものを剽窃（ひょうせつ）したのであるが、それと知る者も、口には出さなかった。

だが、完勝の喜びは永続的なものではなかった。海岸とコーツランドの前線司令部とは、二〇〇〇キロをこす細い補給ルートで結ばれていたが、その間、五ヶ所に設営された補給基地のうち二ヶ所が、プリンス・ハラルド軍のゲリラ部隊によって破壊炎上せしめられたのである。破壊された二ヶ所が、前線に近いほうであったことは、ラウドルップが考えるよりはるかに重要であった。前線と、補給基地との最短距離が、四〇〇キロから一二〇〇キロに拡大してしまったのだ。

「姑息(こそく)な戦法をとるものだ。たとえ補給基地を破壊したとしても、会戦に破れてはむなしいというものではないか」

プリンス・ハラルド軍の戦略を、迂遠なものとして、ラウドルップは豪快に笑いとばした。その笑声が聴こえるはずもなかったが、聴こえればシュタミッツも笑ったかもしれない。ただし、声をたてずに。若き英雄と自分との戦略思想が、点対称の位置にあることが明らかであったから。

だが、実際にはシュタミッツは笑わなかった。彼の耳にとどいたのは、コーツランドにおける大敗の報のみで、それがいかに計算どおりの結果とはいえ、一万五〇〇〇をこす戦死者数は、笑ってすましえぬ衝撃を彼に与えたのだった。

眉も動かさなかったのは、ユーリー・クルガンのほうである。徹底的な無抵抗主義をつらぬくのでないかぎり、戦死者が出るのは当然であった。せめて自身が囮(おとり)部隊の陣頭指揮をとろうとしたシュタミッツにむかって、この男は「偽善だね」と言いはなったのである。シュタミッツは反論しなかった。感傷であることは自覚せざるをえないことだった。

そして、感傷にひたりつづける間もない。六〇〇両の戦車をコーツランドの広大な可燃ゴミ処理場に捨てさったことで、シュタミッツは政治業者と軍需産業家との連合軍から非難の二重唱をあびることになった。

　最大の音量をはりあげたのは、議員でもあり国防産業連盟の理事でもあるマルコム・ウィルシャーという男だった。彼はわざわざシュタミッツの司令部まで押しかけ、アクイロニア市のアルマリック・アスヴァールをひきあいに出して、シュタミッツの無能をののしったものである。

「そうですか、ではAAA氏の事績に小官もならうことにいたしましょう」

　罵声のシャワーをたっぷりあびた後に、シュタミッツは反撃に転じた。

「マクファーソン大尉！」

　副官を呼んで、シュタミッツは命令した。

「ウィルシャー義勇兵をただちに二等兵として現役登録し、最前線に派遣せよ。敵前において逃亡をはかるときは、軍規にてらして射殺してよろしい」

　たしかにこれはAAA式のやりくちではあった。議員と理事という二重の立場で、戦車の装甲板を表と裏からけずりとってきた利権屋は、みごとに足をすくわれたのである。

「商人というものは、自分が売りつける商品の安全性を証明する義務があるはずだ。あなたがこれまで戦車の生産がらみで受けとってきたリベートが妥当なものであったことを、自分の身体で証明していただこう」

　上官の命令を実行したものの、やはりマクファーソンは後難を気にした。

「後日、問題になるのではありませんか、市政の大物連中を敵にまわしては……」

「いや、心配いらない」

シュタミッツは人の悪い笑顔をつくった。もし彼らの作戦が功を奏してプリンス・ハラルドが外敵の兇悪な顎(あぎと)から救い出されれば、シュタミッツはかがやける軍事的英雄として称揚され、すべての言動が勝利の要因として正当化されるだろう。市政の有力者であり兵器産業の重鎮たるマルコム・ウィルシャーを強引に軍服の列に放りこんだ一件は、暴挙ではなく、勇気と正義感のあらわれとみなされるだろう。一方、もし敗れれば——シュタミッツは戦場で死に、プリンス・ハラルド市(シティ)は劫火(ごうか)のもとで灰と化し、ささやかな暴挙はより巨大な愚挙の影にのみこまれてしまう。大敗北という皆既日蝕(かいきにっしょく)のただなかで、ウィルシャーの一件という黒点の存在など、問題になりようもない。

そのあたりの判断は、シュタミッツもしたたかであった。ウィルシャーは一兵卒として最前線に送られ、ポルタ・ニグレの戦場で右往左往することになる。

Ⅶ

コーツランド平原での会戦は、当然ながら勝者にも相応の消耗を強(し)いた。極端な評価を下すなら、敵軍を撃滅したところでブエノス・ゾンデ軍の補給庫に一滴のガソリンでも加わったわけではない。補給に対する配慮などしたくもないラウドルップに、ひとつの報告がもたらされたのは戦勝の翌日である。

「ポルタ・ニグレ山峡にプリンス・ハラルド軍の補給物資集積基地があります。建設されたばかりで、きわめて大規模なものです」

　偵察士官の説明はさらに続いていたが、ラウドルップは脳裏できらめいた名案の光彩に気をとられていた。いついかなるときでも、ラウドルップはそうだった。自分自身にまず関心があったのだ。

「……わが軍は、プリンス・ハラルド本市を直撃すると見せて、夜陰に乗じ、急転してポルタ・ニグレの敵補給基地を攻撃、これを占拠する。そして敵の燃料と弾薬をもって、奴らの母都市（マザーシティ）を占拠してやろうではないか」

　それは名案にはちがいなかった。ただし、用兵家としての名案ではなく、掠奪者としての名案である、と後日になって評価される類のものであった。

　本来なら、このように粗雑で甘い計画など、軍事専門スタッフによって是正されるべきものであるが、コーツランドの大勝利は、独裁者の無謬（むびゅう）性を全軍に錯覚させていた。

　プリンス・ハラルド軍は、補給の限界に達して撤退する侵略軍の後方を撃つ、という賭けに失敗し、推定全兵力の七割を一日にして喪失した。もはや抵抗の余力はないはずであり、一方、地理を案ずるに、ポルタ・ニグレの補給基地は、豊かとはいいがたいブエノス・ゾンデ軍の燃料でも充分に到達しうる距離にある。

六月二九日、偉大なる勝利者エゴン・ラウドルップは全軍を前にまたも演説をぶつ。

「成功の条件は、天の時、地の利、人の和である。時からいえば、ニュー・キャメロット、アクイロニアの両市は戦後処理に追われ、他の諸都市は消極的で進取の気を欠く。地の利を語れば、他のいずれの都市も南極大陸から遠く、実力による干渉をなしえない。人の和をいえば、わが市（シティ）の人心は集団に奉仕する尊さを知り、自己犠牲の美しさを知る。最後の勝利は誰の手に帰するか、明白である」

後日になって、この演説は辛辣な評価を受けた。「無意味な勝利の絵を飾る独裁者の額縁」と。

「ブエノス・ゾンデ軍は針路を変更し、ポルタ・ニグレ方面へ移動しつつあり」

偵察部隊からその報を受けたとき、カレル・シュタミッツは、来るべき決戦をよそに三つ子の名前を考えていた、と伝えられる。それが単なる伝説であるのか、事実であれば、本気であったのか、部下の心理を安定させるために泰然をよそおったのか、いずれとも不明である。

ユーリー・クルガンのほうは、何やら通知書のようなものを読んでいた。無表情に、

だが読解の正確を期するように読みかえし、視線を司令官にむけて問いかける。

「いよいよ山賊どものお出ましか？」

「ああ、まずは期待どおりだ。悪いが、おれのほうが貴官より楽しませてもらえそうだな」

「べつにかまわんさ。おれには他人にはまねのできない楽しみがあるからね」

「何だね？」

「他人に期待させておいて、裏ぎること」

「楽しんだ後の後遺症が問題だな」

シュタミッツは苦笑し、クルガンは苦笑もせずポルタ・ニグレの地形図に視線を投じたままである。シュタミッツの副官マクファーソンは、毒のこもった視線で参謀長をにらみつけている。彼はクルガンがきらいだったが、それはべつに個性的なことではない。おなじ変人でも、シュタミッツ大佐は無害だが、クルガン中佐は有害きわまりないと彼は思っている。

いくつかの指令を各処に出して、シュタミッツがふと参謀長をかえりみた。

「ところで、何か重要な通知があったようだが」

「大したことじゃない、私ごとだ。勝って生きのびたら、家庭裁判所に出頭しなきゃならないがね」

「そりゃまたなぜ？」

「離婚の調停のためさ」

マクファーソンの視界がぐらりとかたむいた。クルガンが結婚していたなどとは、信じがたい事実だった。世の中には物ずきな女もいるものだ。しかもそういう女にかぎって、けっこう美人だったりする。世界は驚異と不条理にみちている。

シュタミッツが声をひそめた。

「いったい奥さんにどんな不満があるんだ？」

「彼女にはべつに不満はない。結婚に不満があるんだ」

シュタミッツがまばたきすると、クルガンは通知書をたたんで軍服のポケットにしまいこみつつ自己分析してみせた。

「思うに、おれの精神には、社会的な秩序とどこか嚙みあわない点があるんだな。できそこないのジグソー・パズルの一片で、他のどの一片とも嚙みあわない……」

シュタミッツの視線に気づいて、自称天才の参謀長は、不意に不快感にかられたように口を閉ざした。自分の語りかけている相手が無機物でなく人間であることに、いまさらながら気づいたようであった。

緊急連絡が、いささか気まずい天使の通行を吹きとばした。

「ブエノス・ゾンデ軍、三〇キロの距離に接近！　空中装甲師団は一〇分後にレッド・

ゾーンに到達します」

予想を上まわる、それはスピードであった。

Ⅷ

動く活火山、とは誇大な表現ではあっても、空と地をおおいつくして肉薄してくる黒い金属体の群を見れば、平静ではいられないであろう。

コーツランド平原における完勝の自負も加わって、ブエノス・ゾンデ軍は目的地まで直線的に驀進してきたのだが、いささかならず深刻な事情もある。迂回路をとるほどの燃料の余裕が、もはやなかったのである。むろんプリンス・ハラルド市を直撃するには、とうていたりない。いったん後退して軍の再編と補給物資の受領をおこなうのは、指揮官の性格と、他都市の干渉に対する不安とが許さなかった。

若い独裁者は、両手を軍用コートのポケットにつっこんだまま、傲然と、強風のなか、指揮戦車から上半身を出している。その頭上に、あらたな風圧と影を落としかけながら、空中装甲師団の黒い回転翼が轟音にみたされた空をわたっていった。

もはやプリンス・ハラルド軍に戦力がないと知りながら――正確にはそう信じこまされながら――エゴン・ラウドルップがなお空中装甲師団の全兵力をポルタ・ニグレ峡谷へ投入してきたのは、かならずしも幼児的な虚栄心のためではない。戦力の強大さを見せつけることで補給基地を無血占領するという狙いもあったのだ。さらにそれは、敵地において戦力を分散させない、という用兵学上の基本原則に合致してもいた。

微弱な抵抗を撃砕して、峡谷内へ三〇キロ以上も進入をはたしたブエノス・ゾンデ軍の兵士たちは、蓄積された軍需物資の山を見て歓声を放った。戦車からとびおりて物資に駆けよる兵士だけでも数えきれない。

「それほど軍需物資がほしいか、ブエノス・ゾンデの野盗ども。欲しいだけ持っていくがいいさ。ただし、相応の代価は支払ってもらうぞ」

大声とともに、山積(さんせき)された物資の蔭から複数の銃火がほとばしった。大口径の高速弾が、パラ・アラミド繊維の軍服を撃ちぬき、ブエノス・ゾンデ兵の数人を横転させる。残余の兵士は、半ばは応射し、半ばは味方の戦車へと駆けもどった。

ラウドルップの命令は明快をきわめた。「蹴散らせ！」の一言である。このとき彼は、勁烈(けいれつ)さと迅速さを旨(むね)とする猛将の役を演じているのだった。

「エゴン・ラウドルップという人物の本質は、観客の好みに応じてさまざまな役柄を演じわける俳優であったかに見える。そして、この俳優にとって最も重要な観客は、自分自身であった。彼は鏡の国の名優であったのだろう」

とは、後日、カレル・シュタミッツが述懐するところだが、安全を確信して戦車から上半身をあらわし、突進の命令を下すラウドルップの勇姿は、たしかに見栄えのするものであった。伴走する装甲車から、専属のカメラマンが懸命にVTRカメラをまわしてその姿を撮影している。

攻撃ヘリが、草原に獲物を見出した猛禽のように降下する。僚友を車体にしがみつかせたまま、無砲塔戦車が突進し、積みあげられた袋をつきくずした。意外なことに、そこには敵兵の姿はない。自動発射装置とスピーカーが、キャタピラに巻きこまれ、押しつぶされる。

粉砕された障壁の上を、戦車が猛々しく乗り越えてゆく。吹きつける煙に、ラウドルップの顔がつつまれると、独裁者の専属カメラマンは狼狽して味方をののしった。重要なシーンで独裁者の顔が隠れたりすれば、彼の責任問題である。

ラウドルップは、いらだたしく顔を腕でおおったが、軍服の布地が異様な黒さに汚れていることに気づいて眉をしかめた。戦車にひきつぶされた袋から、黒い粉が多量に舞いあがり、兵士たちがせきこんでいる。

「炭塵……？」

つぶやいたラウドルップが、一瞬の後に自分の言葉の意味を理解して蒼白になった。

「もどれ！　引きかえせ！」

もはや演技のゆとりもなく絶叫する。だが細長い一本道である。容易に反転できるものではない。しかも後続部隊はまだ峡谷へ進入しつつある。

独裁者の顔が真紅にかがやいた。鼓膜をひきさく爆発音は、わずかにおくれた。爆発光と爆発音は、さらに連鎖して発生し、埋めこまれていた導火線と可燃物が、一挙に火を発した。兵士の悲鳴があがった。

火は風を生み、風は火を運んで、ポルタ・ニグレ峡谷は、曲折する長大な火炎のトンネルと化した。ほとんど一瞬の間である。峡谷に進入していたブエノス・ゾンデ軍の地上部隊は、巨大な火竜の腹にのみこまれ、高熱によって消化されつつあった。

戦車上で、エゴン・ラウドルップは口を開いたまま凝固していた。無比の名優であるはずの彼も、シナリオに記されない事態の発生に、声帯と神経を凍結させたかのようであった。

人間の形をした炎の塊が、悲鳴をこぼしながら地上を転げまわっている。炎上する戦車から、半ば炭化した腕だけが突きあげられ、一秒後にはくずれ落ちる。戦車大の火球が盲進して断崖に激突し、赤い破片をまきちらす。それらの風景を、炎と煙が交互におおいかくし、赤と黒の縞が視界を乱舞した。

独裁者の制止も、すでに効果を失っている。後方にいたブエノス・ゾンデ軍の兵士たちは、炎と煙と熱風に追われながら、峡谷の入口へむかって走った。戦車をすて、戦友を突きとばし、半神とも崇拝していた独裁者を無視して、生の国への門戸へと殺到する。

峡谷の入口に、敵兵の姿はなかった。一戦を覚悟していた兵士たちは、軍服についた炎を手でたたき消しながら、歓声とともに峡谷の外へなだれ出た。峡谷の外にひそんでいたプリンス・ハラルド軍の重機銃と対人ロケット砲が咆哮したのはそのときである。

ブエノス・ゾンデ軍の兵士たちは、背中や後頭部から血を撒きちらして倒れてゆく。前方に立ちはだかられれば、戦いようもある。だが、逃走するところを背後から撃たれればどうなるか。わざわざ引き返して戦う者などいない。パニックを生じ、ひたすら前方へ走りつづけるだけである。戦闘ではなく殺戮の、それは模範的なシーンであった。

一方、ヘリの大群は、噴きあがる炎と上昇気流に翻弄されていた。

「ばか、上昇するな! 上昇してはならん」

必死の命令というより、それは悲鳴そのものである。下方からのびあがる地獄の劫火を回避しようとすれば、天界から降りそそぐ神の杖に撃たれることになるのだ。何という狡猾さであろう、プリンス・ハラルド軍は、地形ばかりか天まで味方につけて、上下からブエノス・ゾンデ軍を挟撃しつつあった。

炎と気流に押しまくられて不本意な上昇を余儀なくされたヘリの一機が、雷火に似た閃光をうけ、空中で爆発四散した。

オリンポス・システムが発動したのである。

比高五〇〇メートルの見えざる境界線を突破した飛行物体の、それが運命であった。一機の運命は、たちどころに他に波及した。天から光の槍が降りそそぎ、空中に爆発光と黒煙の塊が点々と生じる。それを回避すべく下降すれば、延々とつらなる炎の舌にとらわれる。水平移動をこころみれば、乱気流にもてあそばれて断崖に激突する。ようやく峡谷の外へ出れば、対空砲火の網にかかる。これほど周到で悪意にみちた罠から離脱するのは、ほとんど不可能であった。

しかも、指揮系統は完全に失われている。名優エゴン・ラウドルップは、最高に不本意な役柄を、最高の真剣さで演じなくてはならなかった。部下を見すてて逃げる司令官、という役柄である。彼が忠実な側近の部下をダース単位で犠牲にして、ようやく安全地帯に落ちのびたとき、後方ははるかにあがる黒煙の下では、なお無数の兵士たちが火葬されつつあった。

西暦二一九〇年七月一日。「ポルタ・ニグレ峡谷の掃滅戦」は太陽が中天に上りきらない時刻に終結する。ブエノス・ゾンデ軍が無敵を信仰した空中装甲師団は、ただの一機も母都市（マザーシティ）への帰還をはたしえなかった。猛炎と砲撃による破壊の手をのがれたヘリは一〇四機を数えたが、燃料を費（つか）いはたして戦場の周辺に不時着せざるをえず、遺棄から鹵獲（ろかく）への一本道をたどった。搭乗員の大半は捕虜となり、ごく一部の者が徒歩での脱出に成功したものの、それは個人レベルの勇気と耐久力を歴史のページの一隅に記録したにとどまる。そしてそれは同時に、敗軍の兵士たちを見すて、最高指揮官の責務を放擲して逃亡した独裁者の脆弱さを、後世に証言するものであった。

IX

火中の戦闘は終わった。だが、余熱によって焼き殺される人々がでてくるのはこれからである。

ポルタ・ニグレの敗報は、ブエノス・ゾンデ政界に蔓延していた偶像崇拝の空気に亀裂を生じさせた。とうに市政の公僕としての意識をすて、独裁者個人の家臣として脱皮をはたしていた政治屋どもは狼狽し、去就に迷った。ささやかな混乱の余慶として、エゴン・ラウドルップの従兄アンケルは、政治犯矯正学校という名の牢獄に、妻を迎えて面会することができた。夫婦をへだてる厚さ三センチの防弾ガラスごしに、妻は夫に語りかけた。

エゴンも帰国したら自分の過ちを認め、あなたを釈放するだろう。もうすこしの辛抱だ——だが夫はひっそり笑って楽観論を否定した。

「いや、私は殺されるだろうよ」

　おどろく妻に、アンケルは説明した。

「エゴンが勝利をおさめていたら、自分の寛大さを証明しようとの余裕も生まれるだろう。だが、事はエゴンの志(こころざし)と異(こと)なった。エゴンは帰国すれば、すぐに反対派の粛清を開始する。敗者が自らの権力を維持するつもりであれば、暴力と恐怖を道具として市民に枷(かせ)をはめるしかないのだ。おぼえているだろう。エゴンは独占欲が強いと私が言ったことを」

「でも、それは権力の末期的症状というべきではありませんの。長つづきするはずがありませんわ」

「君の言うとおりだ、テレジア。ラウドルップ独裁政権は黄昏を迎えつつある。だが、黎明を迎えるまでには、夜を通過せねばならんし、それは暗黒と冷気をともなう。エゴンが滅びるにしても、どれほど多くの者がその前に倒れるか。私はただ、その最初の列に加わるにすぎない」

「あなた……」

「泣くことはない。私はエゴンの専横(せんおう)をふせぐこともできず、市(シティ)の未来に責任をとるため思いきって他市に亡命することもできなかった。勇気も知謀もたりなかったのだ。いまさら惜しむにはたりないよ」

七月四日、墜ちた偶像エゴン・ラウドルップは母都市に帰還し、即日、立法議会を解散して戒厳令を布告する。翌五日、「市の安定と団結を阻害する危険分子」として一二〇〇名の議員、ジャーナリスト、市民運動家が逮捕、投獄される。六日、戒厳司令官エゴン・ラウドルップは、以前から投獄されていた政治犯および思想犯のうち六〇名の処刑を命じる。リストのなかに戒厳司令官の従兄アンケルの名を見出して、さすがに副官がためらうと、おごそかにこう言ってのける。

「彼が私の一族の者だからといって、えこひいきはしない。私の厳正さを全市に周知せしめねばならぬ」

七日午前〇時三〇分、アンケル・ラウドルップら一二名の処刑が最初に執行される。アンケルは三六歳、独房を出されてから処刑の瞬間に至る一六分の間、完全に沈黙を守った。

侵略軍を撃退したプリンス・ハラルド市は、うわついた狂喜乱舞の渦中にある。コーツランド平原の会戦後にシュタミッツにあびせた非難のことなど、記憶している者はいない。戦死者の遺族は後方へ押しやられ、自称他称の名士たちが、ふたつの手しか持たないシュタミッツの迷惑顔を無視して、前後左右から握手を求める。

「わが市(シティ)には、アクイロニアのAAA(トリプルエー)に遜色(そんしょく)ない名将が誕生したぞ。もうどこの都市も恐れることはない」

「三つ子の名前は、私につけさせてくれんか。名誉をわかちあいたいのだ」

愚劣なインタビュアーが、愚劣な質問を、クルガン参謀長にむかって発した。

「敵軍に勝って、いまどんなお気持ですか」

参謀長は、自分の頬の外側に立って、へらへら笑いながらマイクをつきつけている人身大の虫歯菌を、好意のかけらもない視線で見やった。

「そうだな、負けたほうがよかったよ。そうしたらこんな愚問に答えずにすんだのにな」

鼻白んだインタビュアーを黙殺して、クルガンは歩きだす。彼は独創的な戦術を考案したわけではない。補給のとだえた遠征軍が勝利をおさめた例は、歴史上に一度もありはしない。大部隊が細長い峡谷に誘いこまれて勝った例もない。無知な奴だけが騒ぐのだ。

そのような連中に、クルガンはかまっていられなかった。彼は多忙なのだ。離婚調停を受けるために家庭裁判所に出頭しなくてはならなかったし、虫歯も根本的に治療しなくてはならないのだった。

ペルー海峡攻防戦

I

ニュー・キャメロット市(シティ)水陸両用部隊司令官ケネス・ギルフォード中将を見て、他の二名は思った。好きになれそうもない奴だ、こういう奴と共同作戦を遂行せねばならないというのは、近来の不運だ、と。

アクイロニア市(シティ)防衛局次長兼装甲野戦軍司令官アルマリック・アスヴァール中将に会って、他の二名は考えた。こいつと同じ市(シティ)に生まれなくてよかった、こいつを救うために自分と部下の生命を投げだす気にはなれない、と。

プリンス・ハラルド市(シティ)正規軍総司令官代理ユーリー・クルガンと対面して、他の二名は感じた。造物主は無能だ、この男を地上に放りだしたという一点で、他の功績などすべて無に帰するにちがいない、と。

三人の青年司令官は、それぞれ好意や親愛感の粒子をまったくふくまない視線をかわしあい、至近の未来に失望しながら、それぞれの前におかれたコーヒーをすすった。そして、期せずして共通する感慨をいだいたのである。

「何とまずいコーヒーだ！」

　他の三名、タデメッカ市第二混成軍団司令官ギイ・レイニエール中将、クンロン市機械化狙撃部隊司令官セサール・ラウル・コントレラス中将、サンダラー市軍副司令官バーズル・シャストリ中将が会議室に姿を見せ、六都市大同盟軍の首脳全員がテーブルに着くまで、室内の温度は低下をつづけるように思えた――随員のひとりが後にそう告白している。

　西暦二一九二年は、後になって、国際関係学上、特筆される年となった。地球上に存在する七つの都市国家のうち、六都市が軍事同盟を結成し、残る一都市ブエノス・ゾンデとの間に戦端を開いたのである。

「対ブエノス・ゾンデ大同盟」の成立は、政治的錬金術の極致というべき事件であって、つい先日まで誰も想像しえないものであったのだ。

　先年来、ブエノス・ゾンデは、「第一市民」こと独裁者エゴン・ラウドルップの支配下にあった。彼が南極大陸の制圧を夢みて敢行した一大侵攻作戦は、ポルタ・ニグレ峡谷の殲滅戦によって夢の次元に封じこまれた。無敵を豪語した空中装甲師団も戦車部隊も、前衛芸術家の手になる金属造形物の大群と化して、現在も南極大陸の荒野に異形の姿をさらしている。それとともに、ラウドルップも天才的軍人としての名声を南極大陸に置き去りにして、ブエノス・ゾンデという彼の城にたてこもり、狭い彼の王国で専横と栄華をほしいままにした。彼の従兄であったアンケル・ラウドルップをはじめとして、一万人余を処刑する恐怖政治は一段落したものの、その極端な独裁は、いちおう代議制民主主義を共通理念としてきた七都市並存の基盤をあやうくするものであった。こうして、時と大義名分と利益追求との混成による微妙な化学変化が、この年、一挙に表面化したのである。

ただし、政治レベルにおける錬金術が完成したからといって、軍事レベルにおける友情と犠牲精神とがそれにともなって発生したわけではなかった。六都市は、それぞれの軍組織における第二人者ないし第三人者を指揮官として、ブエノス・ゾンデへの派遣軍を編成した。将兵総数二五万六四〇〇は、ブエノス・ゾンデ全軍の二倍半に達し、「敵より多数の兵力をそろえる」という戦略的条件の第一はみたした。だが、第二以下の条件は、水準を下まわることはるかだった。

補給線が長すぎる。指揮権が統一されていない。各部隊に協力や連動の意思がきわめてとぼしい。地理や気象条件に関する知識が相手側に劣る。数えあげれば、両手の指でもたりそうになかった。

六都市から派遣された司令官のうち、レイニエール、コントレラス、シャストリの三名には戦意が多いとはいえなかった。ギルフォード、アスヴァール、クルガンの三名に至っては、戦意の量がゼロどころかマイナスでさえあった。この三者は、たがいに、自分がリアリストであることを知っており、他の二者がエゴイストであることを確信していた。他の二者に武勲をたてさせるために、自軍の一兵をも犠牲にする意思はなかった。そもそも、今回にかぎって戦線の同じ側（がわ）に立つことにはなったものの、次回はどうなるか知れたものではないのだ。今回の戦いで戦力を消耗したところへ、にわかに侵略の矛先を向けられては、たまったものではない。

　六都市による大同盟の成立は、それが完成された直後に、各市の為政者や軍首脳にとって悪夢の温床と化した。つい先日まで、誰ひとり予想しえなかった事態が、現実化してしまったのだ。ブエノス・ゾンデという共通の敵、あるいは獲物が消滅して、七都市が六都市になった後、今度はそのうちの五都市が結託して、残る一都市を大皿にのせ、欲望のナイフで斬りきざまないと誰が保証できるであろうか。

　圧倒的多数派の一員に列したことを、無邪気に喜んでばかりはいられなかった。かといって、もしこの大同盟から離脱すれば、ブエノス・ゾンデという美味な獲物の分前（わけまえ）にあずかることはできなくなる。それどころか、つぎの獲物と目（もく）される口実を、自分からつくりあげることになるであろう。

　こうして、六都市の野心と欲望は、彼ら自身の肉体と行動をしばる、焼けた鎖となった。各市政府は、はるばるラテン・アメリカ大陸まで派遣した前線司令官に申しわたした。

「最小の努力で最大の成果を！」

かくして、六人の司令官にとっては、他市の部隊に犠牲にされることを回避することが、最優先課題となったわけである。

それほど精神的かつ物質的な負担が巨大であっても、いったん決定した出兵を中止するわけにはいかなかった。そんなことになれば、ブエノス・ゾンデを喜ばせ、独裁者の威信を高めることになってしまうからである。

ブエノス・ゾンデの市街は、太平洋と大西洋が出あうペルー海峡に面して展開している。北方にアンデス山脈、南方にアマゾン海をひかえ、長さは八五キロ、幅は一・九キロから八・七キロにおよぶ。海峡中に、小さな島が一四個存在し、そのすべてにブエノス・ゾンデ軍の砲台が構築されている。むろん両岸は軍事施設の展示場と化しており、独裁者ラウドルップが難攻不落を豪語するのも当然であった。

「南北両方面からペルー海峡に突入し、上陸作戦を敢行する」

というのが、六都市大同盟軍の基本戦略であった。これは、六人の前線司令官が現地で決定したことではなく、大同盟成立と前後して、タデメッカの会議場で礼服姿の人々がさだめたことであった。戦略としてまちがってはいない、当然すぎるほどである。ただし、実行の困難度という要素は、故意にか否か、そのときは忘れさられていたようであった。

　最初に、海上兵力のみによる威力偵察をおこなう。一定の損害を覚悟のうえで、ペルー海峡に艦隊を突入させ、海峡両岸のブエノス・ゾンデ側軍事施設に、火砲とミサイルによる攻撃をくわえる。これによって敵火力の分布を確認した後、陸上からの本格的な攻撃を開始することになろう。

　海峡に面した一帯の、大兵力が上陸可能な地点に一気に殺到する。ブエノス・ゾンデ軍が散在させている陸上陣地を攻略しつつ、海峡を見おろす高地を確保し、長距離砲とミサイル発射台を設置する。こうして、海峡に面したブエノス・ゾンデ軍の軍事施設を破壊ないし占拠し、海峡を完全制圧する。そして大同盟軍の艦隊に海峡を通過させ、ブエノス・ゾンデ本市に艦砲射撃をくわえ、独裁者ラウドルップを屈伏させる。この段階に至れば、独裁に反対する市民の蜂起も期待できるであろう。あとは市の要処を占拠し、彼らの保護下に「民主的な」新政府を樹立させるだけである。

「つまり、高地ひとつを占拠することが、ブエノス・ゾンデ市(シティ)の降服に直結するわけだ。これがもっとも合理的な作戦だと思われるが、如何(いかん)？」

　最年長、五〇代のレイニエール中将が、消極的ながら、どうにか作戦案をまとめた。他者から異論は出なかったが、それから先の討議は病(や)んだ蝸牛(かたつむり)のごとく遅々(ちち)として進まない。

「で、どの市の軍が、敵前上陸を敢行するのか、うかがいたい」

「それは貴軍にやっていただきたい」

「いや、わが軍の能力では、それは不可能である。貴軍の経験と実力に期待したい」

火中の栗を自分がさきがけて拾うつもりなど、六人の司令官の誰にもなかった。あるいは露骨に、あるいは婉曲に、責任を押しつけあう。

六人とも階級は中将であった。他者の下風に立つ気はむろんなく、全戦局の主導権をにぎる意欲はないではないが、責任をせおいこむのを忌避する意思が、それを上まわった。ギルフォードは完璧な礼節と謙譲の甲冑に身をかため、アスヴァールは冷笑と皮肉で対処し、クルガンはひたすら不機嫌に沈黙している。

誰か一名が完全に他者の上位に立ち、六都市の軍全体を統轄指揮すべきであったが、一市の司令官が総指揮権をにぎれば、他市の部隊を危険地帯に送りこみ、自軍を温存するであろう。たがいに猜疑しあったあげく、六都市は同じ階級の司令官を送りこんで合議制を布かせることにしたのである。その瞬間に、この戦いは負けだ、と感じた者が、六人のうちすくなくとも半数はいた。彼らは、最小限度の損害で撤退する方法を、熱心に考えていた。

実りのすくない会議を終えて、六人は、太平洋とアンデス山脈にはさまれた狭い平地に特設されたテントの外に出、純粋に儀礼のみのあいさつをかわして、それぞれの車に乗りこんだ。テントを警備していた兵士のひとりが、その際に、つぎのような独語を耳にしている。

「どんなくだらない作戦でも、実行される前から失敗はしないものさ」

誰が発言したのかは、明らかではない。ギルフォード、アスヴァール、クルガン、三人の司令官が彼の近くに、おそらく不本意ながら、かたまって車を待っていたのである。

II

三〇歳の誕生日まで五五〇日を残したギュンター・ノルトが、ブエノス・ゾンデ市(シティ)軍北部管区司令官となりえたのは、「第一市民」エゴン・ラウドルップの大量粛清によって、軍首脳が公職ばかりか地上から墓穴へ一掃(クリーンアップ)されてしまったゆえであった。

彼自身がその地位につくまで、ノルトは五人の管区司令官につかえたが、この五人はすべて故人となっていた。最初のひとりは脳血栓で死去したのだが、他の四人はラウドルップの長大な粛清行進曲を構成する音符のひとつにされてしまったのである。ひとりは、サンダラー市との通謀の嫌疑によって。ひとりは、クーデター未遂の共犯として。ひとりは物証のない公金横領を罪名として。ひとりは、同性愛がらみのスキャンダルによって。いずれも物証なしに軍事裁判で有罪判決を受け、即日処刑されたのであった。「ラウドルップは聖人君子ではなかったが、部下には聖人君子であることを要求した」と、後世、へたな皮肉をあびるゆえんである。

管区司令官の地位をえたとき、ギュンター・ノルトは中佐でしかなかったが、この階級はいかにも威儀が軽いと思われたので、ラウドルップはこの戦場経験のとぼしい青年士官にいきなり少将の階級を与えた。大佐と准将をとびこしての三階級特進である。

ラウドルップが無能な独裁者だった、という意見に賛同する者はすくない。政治家としても軍人としても、彼は水準以上の才能を有していたが、「そう見せる演技力においてすぐれていただけだ」という辛辣な証言もある。いずれにせよ、確実なことは、才能をコントロールする精神上の機能に欠陥があった、ということであろう。彼の心境は、故障したシャワーに似ていたかもしれない。熱湯と冷水とが交互に噴出し、適温の状態と無縁であった。

その傾向が急激に強まったのは、むろん、先年の南極大陸制圧作戦に失敗して以後のことで、ラウドルップにしてみれば、自己の権威を強調するため、自分が何かに成功するより、他者を罰するしかなくなったのであった。

　ギュンター・ノルトは、容姿の点でラウドルップに競争意識をいだかせなかった。醜男というわけではなく、繊細な「芸術家風の」顔だちをしていたが、松葉杖をついて脚をひきずっている。演習中の事故で片脚をそこねたのだ。左の足首を、急バックしてきた装甲車の車輪でひきつぶされたのである。当然、退役すべきであったが、デスクワークには何ら支障がなかったし、射撃の技倆も優秀であったため、軍に残留することができた。当人は、とくに他に能があるわけではなく、ラウドルップのような人物の支配下で、無職の障害者が生活するのは困難であったから、これは幸運というべきであったろう。もっとも、当人がその年の射撃大会でゴールド・メダルを獲得し、多少の知名度があったこと、ラウドルップが独裁者の多数例にもれず美談がすきであったこと、も有利に働いたにちがいない。ノルトの妻コルネーリアは、独裁者に直訴の手紙を出して、夫の職を確保したのだった。

　今回、ノルトが一挙に少将に昇任しえたのも、その記憶が「第一市民」に残っていたからかもしれない。いずれにしても、ラウドルップが人事権の効用を知っていた、あるいは信じていたのは、たしかである。

　辞令を受けて官舎に帰ったギュンター・ノルトは、居間にはいると妻の写真の前へ直行した。

「ただいま、コルネーリア」

ノルトは写真に話しかけた。不自由な左脚を半ば引きずりながら、面積だけは広い、さして家具もない部屋のなかをしばし歩きまわった。古いカーペットに、ひきずった足の跡がついている。自分でコーヒーをわかすと、それを手に、刺繡をつけたクロスばりのソファーにすわる。写真の正面の位置である。

「今度、少将になったよ。将軍閣下さ。それにしても粛清というやつは、人材を払底(ふってい)させる。おれが管区司令官だというんだから、あきれかえった話さ。第一市民(ラウドルップ)閣下も、さぞ不本意なことだろうよ」

一年前に亡くなった妻は、写真のなかでやわらかく微笑している。ノルトの両眼に、追憶のもやがたゆたった。時が意味を持たない境地に、彼は身を置いたようである。

「それとも、自棄(やけ)になったかな。わからないでもない。まさか他の六都市が全部手をにぎって攻撃してくるとは思わなかっただろうから。だが、それほど恐れる必要もない、と、おれは思うんだよ。数はそろえているだろうが、数字がそのまま生きるかどうかだ」

言いながら立ちあがり、サイドボードからウイスキーの瓶をとりだす。コーヒーを飲みほしたあとのカップに、むぞうさに注いで、またもとの位置にもどった。

「敵はアンデスを縦走してくるわけにはいかない。ペルー海峡に侵入して、海から攻撃してくるだろう。君も知ってることだけど、海峡はわが軍の火砲で埋めつくされている。敵の出血は多いだろうし、時間をかせげば、敵の形ばかりの統一はくずれるだろう。戦うときは損害をこうむりたくない、勝ったあとには利益を独占したいと思っているんだから」

　ノルトの洞察は正しいのだった。六人の前線司令官が被害の減少法だけを考えているとすれば、後方の政治家たちは、古い資料にもとづいたブエノス・ゾンデの地図に線(ライン)をひいて、どこを占拠するの、どこを租借(そしゃく)するの、どこを無関税地区に指定するの、と、利己的な夢を消化するのにいそがしかった。統一も団結も、辞書のなかだけの名詞で、実体をともなってはいないのだ。

「いずれにしても、他の都市の奴らに、この町をゆだねはしないさ。安心おし、コルネーリア」

　やがて新任の司令官は、カップを床に置き、毛布にくるまってソファーで眠りこんでしまうのだった。

　ブエノス・ゾンデ市(シティ)の盗聴センターでは、公安警察の局員が、数万個の盗聴器を制御して、「第一市民」の敵を二四時間体制で摘発しようとしている。主任のひとりが部下に声をかけた。

「どうだ、ノルト少将の盗聴の結果は？」

「ここにすべて記録してあります」

カセットテープが、新任の北部管区司令官の声を再生した。二度くりかえして、彼らは他人の私生活（プライバシー）を聴覚的に侵害した。

「多少、批判めいたことも口にしているが、有害というほどのことはないな。告発するまでもないか」

「死んだ妻の写真に話しかけるなんて、感傷的な男ですな。まだ若いんだし、さっさと再婚でもすればいいのに」

「だが、まあ、とにかくも、第一市民閣下が任命なさった管区司令官どので、少将閣下だ。武勲をたてれば、さらに出世する。そのときは、おれたちが命令でこんなことをしていたと、どうか理解してほしいものだな」

無言で、部下は肩をすくめた。

九月一一日。六都市大同盟軍の大規模な輸送船団が、太平洋方面に姿をあらわした。それをレーダーで発見したブエノス・ゾンデの哨戒艇は、緊急連絡を発信した直後、永遠に消息を絶（た）った。導火線に火が放たれたのだ。

北部管区司令官ギュンター・ノルト少将は、装甲四輪駆動車（ALC）に乗って視察に出た。護衛のALCが二台同行したのみで、市街から北、海峡と太平洋の接点まで到った。

九月上旬といえば、大転倒（ビッグ・フォールダウン）以後のこの地方においては、本格的な秋のはじまりである。アンデスの山嶺は万年雪の下に樹々の黄金を敷きつめ、海峡は秋の陽をうけてこれまた黄金の帯となり、八五キロにわたって南方に延びている。太平洋の波は、その日の強風をうけ、名称に反して、白い波頭を無数に並列させつつ、荒々しく海岸へ駆けのぼり、駆けさっていく。まだ地上から敵艦隊の姿は見えない。

「敵軍は、いきなり上陸してくるでしょうか、司令官」

部下の質問に、ノルトはかるく首をかしげた。その表情が、たよりなげなものに思えて、部下の不安をそそった。

「いや、そうは思わない。まず海上兵力だけで威力偵察してくるだろう。その後で、戦略拠点を選んで上陸してくる。海峡を制圧できる場所にだ」

「具体的に教えていただけますか」

部下の声には、揶揄（やゆ）の微粒子が混入していたが、ノルトは意に介さなかった。

「高い場所さ、決まっているだろう」

そう言うと、ノルトはALCをおりた。松葉杖をついて歩きだす。参謀や副官があわてて追随しようとするのを拒否し、水筒を持った従卒の少年だけをつれて、ゆっくりと海岸ぞいに歩いていく。

　ノルトの指揮下には、歩兵師団四個と、砲兵連隊二個が所属している。兵数は三万八八四〇〇名であった。全員に自動小銃がいきわたり、対戦車火器が充実しているのがせめてもであるが、敵軍に比して火力の劣弱はおおいがたい。双眼鏡で海岸一帯をながめわたしていたノルトが、ふいに少年兵にたずねた。

「敵の指揮官たちは、低能ぞろいだろうか？」

「そんなはずはないでしょう。AAA（トリプルエー）とか、ケネス・ギルフォードとか、ユーリー・クルガンとか、私でも名前を知っています」

「名将たちに指揮された大軍か。地上最強の軍隊というわけだ。指揮官たちが協調しあえばな」

　双眼鏡で、ノルトは丹念に地形を調べた。岩と灌木におおわれた丘陵のつらなりが、不機嫌にうねる冬の波濤を連想させた。少年兵が辛抱づよく待っていると、双眼鏡をおろした司令官は、松葉杖をついて、さらに歩きだした。追いつくのに少年兵は苦労しなかったが、遠慮して一歩遅れるようについていった。

「大軍を展開できるのは、このあたりだな」

　司令官の独語が、風に乗って少年兵の耳へ滑走してきた。

「とすると、ねらうのは、あの丘か」

　司令官はおりたたんだ軍用地図をポケットからとりだし、地名を確認した。

「あの丘は何という名か知っているか？　軍用地図にはどうやら載っていないらしいんだが」

　司令官に問われた少年兵は、うなずくと、服のポケットから自家製の地図を取りだした。この付近の小さな衛星都市で生まれ育ったというので、従卒兼案内役に任じられたのだ。

「カルデナス丘陵といいます」

　うなずいたノルトは、少年兵に笑いかけた。

「いい名かどうかわからんが、司令部をあそこに置くとしようか」

「いい名ですよ」と少年兵が保証した。

「ほう、どうして？」

「カルデナスというのは、私の曾祖父の名なんです」

「なるほど、ではきっと勝てるだろうな」

　三〇歳にもならない若い司令官は、松葉杖をつきながら、歩きにくい海岸を、ＡＬＣのほうへもどっていった。

Ⅲ

九月一五日。

ペルー海峡攻防戦の最初の砲声が、秋の海面を鞭うつ。現地時間〇八時二五分である。海峡東岸のカルデナス丘陵に設営した地下壕のなかで、松葉杖の司令官ギュンター・ノルトは、振動と轟音につつまれながら考えていた。

「ケネス・ギルフォード、アルマリック・アスヴァール、それにユーリー・クルガンか！　彼らと一対一で用兵を競ったなら、おれの勝利する余地など、薄紙一枚分もありはしない。だが、一対三なら、かえって乗じる隙があるかもしれないな」

ギュンター・ノルトとしては、それがせめてもの希望の余地だった。だが、彼の希望は、控え目にすぎたといえるだろう。若き用兵家として知られる三名の間には、隙どころか、象が横ばいに通過できるほどの亀裂があったし、他の三名との間には衛星軌道にとどくほどの厚い壁があった。

砲弾にまじって、レーダーを無力化するためのアルミ箔をつめたロケット弾が空中で炸裂する。黒煙のなかを舞いおちる無数の銀色の細片が、ことに若い兵士たちの目を奪った。

強襲揚陸艦の艦上にあるアルマリック・アスヴァールのかたわらで、幕僚のボスウェル大佐が双眼鏡をのぞきこんでいる。

「敵さんの重戦車が、こちらをにらんでます。一二〇ミリ・ライフルキャノン二連装、全天候型照準装置つき、それに二五ミリ機関砲……あと何かごてごてとついてますが、よくわかりませんな」

「あの重戦車ひとつつくる費用で、おれは愛人を一〇ダースぐらいかこえるな」

「こわされるためにつくられたと思えば、いいかげん、浪費の極ですな。子供の玩具より始末が悪い」

「子供は自分の食事を抜かして玩具を買う。軍人は他人に食事を抜かさせて兵器を買わせる。子供がやせて軍需企業が肥える」

歌になりえない、悪意の抑揚がＡＡＡの声にある。

「世のなかなんて、そんなものさ。権力というやつは、他人を合法的に犠牲にできる力のことだ。皆がほしがるわけだな」

上官の、むきだしにすぎる政治論に同調することを、ボスウェル大佐は用心深く避けて、もう一度、双眼鏡をのぞきこんだ。彼の視界の先で、敵の重戦車が火と煙の巨大な球につつまれた。数秒の空白に、鼓膜を激動させる轟音がつづく。ほう、と、ボスウェル大佐は、片手で片耳をたたきながら歎息した。戦車は平然と稜線の上を移動しつつある。

砲艦の艦上で、乗組員のひとりが砲術長に報告した。絶望の身ぶりをいれて。

「二〇〇ミリ・ライフル砲を至近に撃ちこみましたが、亀裂ひとつはいりません。装甲がよほど厚いようです」

「厚いったって、おれの女房の化粧ほどじゃあるまい。何せ女房の厚化粧ときたら、中性子線をはね返すくらいだからな」

砲術長は笑ったが、そのわざとらしい笑声に部下たちは同調しなかった。おなじ冗談を一〇回以上も聞かされているので、感性があくびをするほどだ。

前後四時間にわたる砲戦、というより一方的な砲撃の後、上陸が開始された。上陸用舟艇が海岸にむらがり、武装した兵士たちが足首までの海水を蹴ちらしながら海岸の砂に第一歩を記した。上陸用舟艇の激しい揺動で、酔った者や舌をかんでしまった兵士もいたが、上陸自体は無血のうちに終了し、ギルフォード、アスヴァール、クルガンもそれぞれの攻略担当地区に一歩を印した。

波打際で銃火の洗礼を受けなかったのは、内陸に引きずりこむためか、と、侵入者たちは考えたが、それは甘かった。上陸開始後二時間、最初の砲声が海峡両岸にひびき、侵入者たちの軍列で炸裂して血と煙を噴きあげた。

ギュンター・ノルトは海峡の西岸の断崖上に機関砲をすえつけていたのである。このため、東海岸に上陸して斜面を上る途中のタデメッカ軍は、無防備の背中に掃射をこうむることになった。

将兵は悲鳴を発して倒れ、死傷者の血が気流に乗って赤い霧を斜面に流す。同時に、丘の上からも一斉に砲火と銃火が降りそそいできた。ウラン238弾の直撃を受けたALCが、火炎と黒煙をはきだし、人間の形をした炎の塊が絶叫をあげてドアから転がりだす。それも、かさなりあう銃声にかき消され、斜面は死と破壊におおわれた。

「なるほど、吾々も西岸に火砲を設置して海峡ごしに砲撃を加え、味方を援護すべきだったな」

ユーリー・クルガンは冷静に論評したが、彼自身の判断を実行しようとはしなかった。いま西岸に火砲を設置するには、崖上にいるブエノス・ゾンデ軍を実力で排除せねばならず、しかも東岸の丘陵上から掃射をあびることになる。被害は甚大(じんだい)なものになるであろう。

「そこまでしてタデメッカ軍を助けなきゃならん義務はない」

クルガンはそう思うのだが、じつは彼には友軍を救う義務がある。六都市の大同盟が成立するとき、軍隊間の相互協力・扶助(ふじょ)の義務が明記してあるのだ。だからといって、おそれいるクルガンではない。彼自身はそのような非現実的な条約案が成立するのに加担したおぼえは、さらさらないのだ。したがって、彼がやったことは、西岸からの射撃に対して死角になる地帯に自軍を集結させ、銃撃によってタデメッカ軍を援護した、というより、援護してみせた、にとどまる。その位置からだと、丘陵上のブエノス・ゾンデ軍まで火線が辛うじてとどくだけであったから。

それでも、白兵戦への移行だけは阻止して、プリンス・ハラルド軍は夕刻までの銃撃戦を耐えぬいた。

この日、六都市大同盟軍は、防衛側の三倍の兵数をもって上陸を敢行しながら、海峡東岸の海岸部に釘づけされて前進できなかった。

極端にいえば、大同盟軍は、A市の部隊が激戦を展開すればB市の部隊は休息し、B市の部隊が死戦すればC市の部隊がひとやすみする、というありさまで、相互の協力どころか、連絡すら満足ではなかったのだ。

ギュンター・ノルトとしては、各個撃破の絶好の機会を与えられたわけである。というより、他に勝利の途（みち）はなかった。自走砲を中心とした機械化砲兵部隊を左右に駆使して、翌日も侵攻軍の前進を阻止しつづけた。

「人血をもって、全山あたかも紅葉せるがごとし」

いささか装飾過剰な文体ながら、六都市大同盟軍の公式記録はそう伝えている。ことタデメッカ軍やクンロン軍に関するかぎり、流血の惨状には、ほとんど誇張がない。

クンロン軍では、正面に展開した敵砲火からの被害にたまりかね、隣接区域で作戦作動中の（というよりそれをよそおっている）プリンス・ハラルド軍に援助を請うたが、にべもなく拒絶されてしまった。

　プリンス・ハラルド軍の司令官がユーリー・クルガンではなくカレル・シュタミッツであれば、おそらく出戦を拒否することはなかったであろう。そして一〇〇〇人のクンロン将兵を救出するために、三〇〇〇人の部下を失う結果を生じたものと思われる。それと予測しても、そうせずにはいられないシュタミッツの為人(ひととなり)であった。自分でそれを知っていたからこそ、シュタミッツはプリンス・ハラルドからの派遣軍の司令官に、クルガンを推(お)したのである。自分より、冷徹なクルガンのほうが、結局は多くの兵士を生きて母都市(マザーシティ)へつれ帰るにちがいないと思ったからであった。

　クルガンはシュタミッツの才能を尊敬してはいない。彼の尊敬に値する才能の所有者など、この惑星の地表には棲息していないのである。だが、この男は他人に借金するのがきらいで、信任に対しては実績で答えねばならないと思っていたようであって、シュタミッツからゆだねられた責任をはたさなかったことは一度もなかった。それがどれほど散文的な任務であっても。

　かくして、この日以来一週間、プリンス・ハラルド軍は、適当に弾薬を消費しながら時間をかせぐ戦法に出た。そのために他市の軍は迷惑をこうむることになるだろうが、それはクルガンの責務の範囲外である。

　ＡＡＡが指揮するアクイロニア軍も、プリンス・ハラルド軍よりわずかに遠慮深く、戦闘回避に努力していた。それでも、むろん無傷とはいかず、戦死者はトータルですでに五〇〇名をこす。

「ふん、おれたちが血を流した土地が、戦後は租界になって、政治屋や政商どもが、そこで利権をあさるのさ。奴らの非課税所得のために、何だっておれたちがこんな地の涯(はて)で死ななきゃならないんだ？」

　そう戦友たちに語った兵士がいて、軍警(MP)に逮捕された。組織的な反戦活動の一環というわけではなく、個人レベルでの不安と不満をぶちまけたにすぎなかった。報告を受けたＡＡＡは辛辣な笑いを唇の端にひらめかせた。

「その兵士は事実を言ったまでだ。小学校では、嘘をついてはいけません、と教えるだろうが。道徳教育の成果だ。罰したらそれこそ教育の成果ってやつを否定することになる」

「……しかし、あまりにも反抗的で下品な言種(いいぐさ)ではありませんか、将軍」

「そいつが下品なのじゃない。事実が下品なんだから、それを指摘するのは、下品になって当然さ」

不問に付すよう指示を出しておいて、アスヴァールは紙コップにウイスキーをみたした。不快なできごとにも、取柄(とりえ)はある。酒を飲む口実になる、という。

「思いだしてしまうな。リュウ・ウェイ議員がアクイロニアにいたころ、戦争開始の決議に賛成した政治家が、最初に前線へ出る義務を負う、という法律案を議会に提出したことがあるんだ。一笑に付されたがね」

「そりゃあ、戦争ほどおもしろいものはありませんからね、自分が被害者にさえならなければ」

ボスウェル大佐が応じ、さりげなく自分の紙コップをさしだした。アスヴァールはそこにウイスキーの瓶をかたむけた。大佐の口もとがほころびかけたあたりで瓶を立てる。一瞬、残念そうな表情を浮かべかけたボスウェル大佐が、せきばらいした。

「そういえば、リュウ・ウェイ議員は、いまタデメッカにいらっしゃるんでしたな。お元気でしょうか」

その質問は、開戦前の会議の席上、アスヴァール自身が非公式に発したものだった。

「ところで、リュウ・ウェイ議員はお元気ですか?」

「うん? ああ、そういう人がいたな。いくら勧められても議員選挙に立候補しようとせずに、農園にひっこんでいる。変り者だよ」

タデメッカ軍の司令官ギイ・レイニエール将軍はそう答えた。

それは、あんたらみたいな無神経な奴らと交際するのが、いやだからだろうよ。心の奥でアスヴァールは冷笑したものだった。

司令部のテントの外を、夜の強風が荒々しく駆けぬけていく。AAAはアルコールと危惧不快感をまとめて飲みほし、紙コップをにぎりつぶした。

九月二四日、シャストリ将軍指揮下のサンダラー軍は、徹底した物量作戦によって、ブエノス・ゾンデ軍の防御陣の一角を突破した。サンダラー軍は戦闘開始以来、もっとも高い位置に達し、稜線をすらこえるかに見えた。

ところが皮肉なことに、サンダラー軍の砲火によって丘陵上方の土が崩落状態を生じ、土砂流と落石によって攻撃が中断されてしまったのである。しかも丘の斜面を下ってくる気流によって、大量の土煙がサンダラー軍に吹きつけてきたのだ。

ギュンター・ノルトは、サンダラー軍の後退を見とどけると、兵力の一部を割いて、動きの鈍いプリンス・ハラルド軍の正面に砲火をあびせ、一方、大半の兵力でサンダラー軍の側面に迂回した。

ユーリー・クルガンは、敵の行動が陽動であることを見破りはしたものの、何ら積極的に対処しようとはしなかった。

このとき、クルガンに全軍の総指揮権があれば、兵力の大部分を一挙に主戦場に投入して、丘陵上を占拠し、ブエノス・ゾンデ軍を全面退却に追いこんだであろう。だが、クルガンにその権限はなかった。権限がないということは、責任がないということである。それでも、いちおうクルガンはサンダラー軍の司令官シャストリ中将に無電で彼の見解を知らせようとしたが、妨害電波のため通信が不可能であることがわかると、それ以上、無益な努力をしようとはしなかった。とにかく、陽動作戦に適当に対応していれば、プリンス・ハラルド軍の損耗は回避できるのである。

クルガンの人間的本質はともかく、この攻防戦において、彼は徹底的にエゴイズムの使徒としてふるまった。目前の戦闘が一段落すると、テントに引っこもうとするクルガンに、副官が問いかけた。

「司令官、ご指示は?」

「適当にやっておけ」

「適当にとおっしゃいましても、何か具体的にご指示をいただきませんと」

副官フォルネ大尉が、困惑と慣れを半分ずつ声に混ぜた。めんどくさげにクルガンは応じた。

「弾薬をむだづかいするな。司令官の療養の邪魔をするな」

「療養——ですか」

「司令官は不眠症の療養中だ」

毛布を頭からかぶって、クルガンは寝てしまった。ただ、事実、彼には不眠症の傾向があったので、そのかぎりにおいて仮病を使ったとはいえない。

ほぼ同時刻、三時間にわたる銃撃戦の末に、ケネス・ギルフォード指揮下のニュー・キャメロット軍も、丘陵下方の一地区を制圧確保し、特殊合金の防壁と壕とをつらねて、銃火の下で野戦陣地を急造した。ここで、いささか信じがたいことがおこる。母都市(マザー・シティ)からの通信が彼のもとにとどき、戦後処理をニュー・キャメロット市(シティ)の有利にみちびくため、一刻も早くブエノス・ゾンデ市内に突入して、中心部を占拠するよう要求されたのである。ギルフォードは唖然とせざるをえない。

「ギルフォード将軍、これは命令だ。多少の犠牲はやむをえん、ぜひサン・マルティン広場を占拠したまえ。ブエノス・ゾンデ市街で最も経済的な価値を持つ一帯だ」

「多少の犠牲とは、どのくらいです。未亡人と孤児を一万人ばかり量産すれば、市政府のお気に召しますか。それとも、まだ不足ですか」

「効果に見あうていどの損害ということだよ」

「いずれにしても、むりな作戦行動で兵士を犬死させる気はありませんね」

「犬死ではない、名誉の死だ。吾々はそう言って市民の無責任な反戦論を抑えているのに、前線にいる君が兵士たちを鼓舞(こぶ)しなくてどうする」

「市政府のお偉方が最前線に出ていらして、名誉の戦死をおとげになれば、兵士たちの士気（モラール）を沸点まで上昇させてごらんにいれますよ」

ギルフォードのイアーウィスパーの能力をこえた爆発音が至近で生じ、榴弾の破片が彼の頭髪をかすめ飛んだ。ギルフォードはマイクを片手に、部下にいくつかの指示を発したが、その行動も、マイクのむこうにいる人物には、いっこうに感銘を与えなかったようだ。

「とにかく、これは命令だ、将軍」

「では命令してください。ブエノス・ゾンデ軍に。無益な抵抗を断念して市（シティ）をあけわたすように、とね」

ギルフォードの声は氷点のはるか下にある。

「これは聖戦だ。悪逆非道の独裁者ラウドルップを打倒するためのな。これほど意義のある戦いがあると思うかね」

「彼らの独裁者でしょう。私たちの独裁者ではない。ラウドルップに権力を与えたブエノス・ゾンデの市民たちが、自らの過失をつぐなうために自らの血を流すのは当然ですが、吾々がそんな義務を負うとは信じられませんな」

「長々と議論している暇はない、実行あるのみだと思わんかね」

「まったく同感です」

答えると同時に、ギルフォードは右手に力をこめて、マイクのコードを引きちぎった。傍で息をのむ幕僚にかるく抛(ほう)る。

「納入する業者を変えたほうがいいな。こうも正しくない命令を送ってくるようでは役に立つまい」

V

九月二九日。

戦闘は激しく、しかも不毛に終わった。

タデメッカ軍は、一時的に丘陵頂上の外縁にたどりついたが、たちまち反撃を受け、十字砲火をあびながら、退こうとしない。ひとたび占拠した地点を、レイニエール将軍は放棄しようとしないかに見えた。

その報告を受けたとき、アルマリック・アスヴァールは鼻先で笑った。

「ふん、いつまで戦術的勝利にこだわる気だ。生きて還れるかどうか、そちらが重大だろうに。高い場所で死んだほうが、天国に近いとでも思っているわけか」

この批評は、非情すぎるというべきであろう。タデメッカ軍には後退の意思はあったのだが、退却ルートがブエノス・ゾンデ軍の榴弾砲隊から完全に見とおせる位置にあったため、動くにも動けなかったのである。

ギュンター・ノルト麾下のブエノス・ゾンデ軍は、六都市大同盟軍の推測ないし期待より、はるかに士気(モラール)が高く、AAAの表現を借りるなら「まじめな働き者」であった。独裁者のためではなく母都市(マザーシティ)のために戦う、という信念、あるいは錯覚のもとに、強大な敵の攻撃に耐えつづけている。

この日だけで、タデメッカ軍の戦死者は二四〇〇名を突破し、戦車六五両と自走砲四〇門を失った。深刻をきわめる損害であった。

司令官レイニエール将軍も、指揮車の至近に落下した砲弾の破片を受けて、左上膊部を負傷した。全治三週間、ただし指揮には支障がない、との報告に、胸をなでおろした者もいれば舌打ちする者もいたであろう。

AAAことアルマリック・アスヴァールの部隊も、不本意な損害をこうむった。タデメッカ軍の半潰走によって部隊の右側面があき、後退する寸前に敵の銃火をあびたのである。AAAにとって、二〇〇名の戦死者は計算外であった。

「この戦いで二番めの厄日だな」

逃げ足の遅さを悔みながらアスヴァールがぼやくと、幕僚のボスウェル大佐が訊ねた。

「すると最大の厄日はいつでしたか、司令官閣下にとって」

「過去形でなく未来形で言ってくれ。今後、状況がよくなる見こみは、円周率が割りきれる可能性よりすくないとおれは見ているんでね」

この時期になると、アスヴァールの見解は、現地ではかならずしも少数派ではなくなっている。

大同盟軍はブエノス・ゾンデ市街に突入するどころか、いまだに海峡北岸を制圧することすら実現できずにいるのだ。万人にとって予想はくつがえされてしまっていた。

「現地司令官は何をしているのだ。予定どおりなら、もうブエノス・ゾンデ市はすべての防衛拠点を失って、降服寸前に追いこまれているはずではないか」

ニュー・キャメロットからの再度の通信は、前線司令官を頭ごなしにののしった。

「最善をつくしております」

通信機が一台だけではなかったことを残念に思いながら、短くケネス・ギルフォードは答えたが、目的語を意図的に省略したところに、この返答の辛辣さがあるであろう。彼は最初からこの遠征を全否定していたから、ブエノス・ゾンデに対して勝利をおさめるために最善をつくすなど、思考の地平のはるか彼方にあった。冬が到来すれば、耐寒装備を有しない遠征軍は、戦争継続を断念して撤退せざるをえない。それまで無益な戦闘を極力、回避して、損害を最小限にくいとめるべきである。そのためにこそ、ギルフォードは最善をつくしているのだった。

「他市の兵士たちには気の毒だが、損害は彼らに引きうけてもらおう」

ただ、露骨に、公然とおこなえることではない。彼としても、利敵行為を犯したと非難されるのは好ましくなかった。じつのところ、彼にしてみれば、侵略行為をおこなうことでブエノス・ゾンデ軍民を団結させるという二律背反におちいっている六都市大同盟の指導者たちこそ、利敵行為の名に値すると言いたい。

このとき、ギルフォードと同じことを考えている「僚将」が、すくなくとも二名はいる。彼らは彼らで、自分の部下を生還させるために、巧妙なサボタージュをおこなっているらしい。ということは、「大同盟軍」だの「大遠征軍」だのと、ごたいそうに呼ばれているこの大部隊は、半数しか実動していないことになる。これで勝ってしまえば、むしろ用兵学上の法則に対して失礼になるのではないか。

一〇月六日。

陸上部隊の海峡東岸制圧作戦がいっこうに効を奏さないので、後方の大同盟統合作戦委員会は、ついに長くもない忍耐の尾を切った。海上戦力のみで、海峡を突破し、ブエノス・ゾンデ市を直撃するという作戦を決定したのである。

もともと大同盟側の海上戦力は、ブエノス・ゾンデのそれより圧倒的に優勢であったが、一〇月一日、アマゾン海上で、輸送船団を攻撃したブエノス・ゾンデ艦隊に逆撃を加え、フリゲート艦三隻、ミサイル哨戒艇六隻を海神の口にたたきこんだ。そこで、自信満々、海峡突破をはかったのだが、双方の海上戦力のみを比較し考慮すれば、この作戦は、かならずしも無謀なものではない。もっとも、どのような作戦でも、机上では、かならず成功することになってはいるのだが。

ブエノス・ゾンデの陸上戦力を無視して強行されたペルー海峡突破作戦は、一〇月二二日、完全な失敗に終わった。海峡北部の地上部隊との連絡が、ブエノス・ゾンデ軍の妨害によって失敗し、海峡に突入した二〇隻の艦艇は、両岸からのミサイル攻撃と、高速哨戒艇からの魚雷攻撃、さらには磁気吸着式機雷によってつぎつぎと爆沈した。しかも、沈んだ僚艦のために、航路を阻害され、迂回したところにミサイルが命中するという悪運もかさなり、さんざんなていたらくであった。

海上戦力による海峡強行突破に失敗した大同盟軍は、やはり陸上戦力によって沿岸を制圧する以外に勝利の手段はない、と、決意せざるをえなかった。さすがに冬の到来を考慮したからであろうが、一〇月中に全面攻勢を再開せよ、との後方からの指令は、拙速にすぎた。作戦再開までに、冬季戦にそなえた補給ができるはずもない。

「まだあきらめないのか、欲深い奴らはこれだから……」

アスヴァールは舌打ちした。彼が海上戦力の海峡突入に対して連動しなかったのは、陸上戦力にも余力がないことを知らせるためだったのだが、効果はなかったようである。

一〇月二四日。

冬の最初の氷雨が、六都市大同盟軍の頭上に落ちかかってきた。頭上に暗褐色の天蓋が低くたれこめ、湿った冷気のカーテンが波うって将兵の頬をはたく。

「冬の女王が、最初の笛を吹き鳴らしたらしい」

アルマリック・アスヴァールはごく散文的な精神の所有者であるが、このときは詩的な表現を使った。もっとも、彼の創作ではなくて誰かの箴言を引用したのであろう、と、ボスウェル大佐は思った。

「これから先、温度が一度さがることに、兵士の士気が一割ずつ減少していくだろうよ」

「で、どうするんです?」

「春を引っぱってきたいところだが、そうもいかんな」

おれたちが引きさがろう、と口に出してはさすがに言えない。

それに、六都市大同盟軍が敗北するのは、いっこうにかまわないが、AAAことアルマリック・アスヴァールが負けたといわれるのは愉快ではない。さらには、母都市へ帰れば、彼の立場と行為を正当化する理由も必要になる。安全な暖かい場所で軍事予算の数字をもてあそんでいる輩は、戦って敗れるより戦わずして退くほうを忌む。

「弾薬と兵器は費いはたしてやるさ。市政府とつるんだ兵器産業のお歴々に恨まれたくないからな。だが、兵士の家族に怨まれるのもおもしろくない話だ」

それにしても、これほど勝利の条件に遠い戦いも珍しい、と、さすがにAAAも苦笑せざるをえない。古典的な兵学における「天の時、地の利、人の和」のことごとくを欠いている。第三の条件が欠如している点については、アスヴァール自身にもすくなからぬ責任があるが、「与えられた課題に疑問をいだかず全力をつくせ」などという奴隷の道徳律など、アスヴァールは歯牙にもかけなかった。

いずれにせよ、負担と期待はまたも陸上戦力にかかってくる。六都市各軍の前線司令官は、一〇月二五日、カルデナス丘陵を見はるかす埋没カプセル内の合同司令部に、不機嫌で疲れきった顔をならべた。もっとも、六名のうち半数は、実際以上に疲れた表情をつくっていたかもしれない。ギルフォードは正面の壁を凝視し、アスヴァールは天井に視線で唐草模様を描き、クルガンは床の隅をはう蟻の軌跡を観察していた。

クルガン、アスヴァール、ギルフォードの三名はそれぞれの形で不快だったのだが、他の三名はさらに不快で、しかも不幸だった。たとえばクルガンはアスヴァールとギルフォードのふたりを忍耐すればよいのだが、クンロン軍の司令官コントレラス将軍などにしてみれば、クルガン、アスヴァール、ギルフォードの三人の存在に耐えねばならないのである。

意見を求められたクルガンは、蟻の観察を中断して答えた。

「そもそも季節が悪い。成功するはずがない作戦だった」

　クルガンの声には情熱の一分子さえ含まれていない。おまけに、事態を過去形で語るものだから、無感動な批評家ぶりが、いっそうきわだった。

「一〇月も後半になって、新北極からの寒気団が海峡に沿って流れこんできている。開戦するなら春か初夏にやるべきだった。それでも補給線の長さという不利はどうしようもないが」

「何をいまさら」

　コントレラス中将が怒声のかたまりを投げつけた。彼はまことに誠実に、むくわれぬ戦闘指揮をつづけ、その結果、部下を死なせた数は、ギルフォード、アスヴァール、クルガンの三者のそれを合計した数より、はるかに多かった。ゆえに、この三者を合計した以上の発言権がある、と信じている。

「三〇万をこす大軍を動員して、何ひとつ得るところなく撤退したのでは、いい笑いものだ。冬はたしかに近いが、それまでにブエノス・ゾンデを屈伏させるのは不可能ではない。六都市の軍すべてがエゴを捨て、共通の目的にむかって団結、協力すれば、戦術的優位は確立されるにちがいない」

　彼の主張は単純だが説得力がないわけではなかった。すくなくとも二名の将軍は、彼に同意してうなずいたが、他の三名は、滅びさった民族の宗教歌でも聴かされたように、誠意のない表情でそれぞれの方角をむいていた。

「六都市による大同盟軍は、戦力においては充分に勝利の条件を満たしている。だが、司令官の数は多すぎるし、協調心は少なすぎる。この不均衡が、彼らを有利にみちびくことはありえない」

開戦直後に、ギュンター・ノルトは、独裁者の支配下にある市政府に、そう報告している。戦況の推移は、片脚が不自由な青年司令官の洞察が正しいものであることを証明していた。とはいえ、動員兵力の比は一対三であり、大同盟軍の個々の司令官は無能ではなかったから、危険な局面はいくらでも出現する余地があったのだ。

翌一〇月二六日の戦闘では、ケネス・ギルフォードの指揮が巧妙をきわめ、ブエノス・ゾンデ軍一支隊の突出を誘って、その行動限界点に達したところで苛烈な反撃を加えた。火力の局所集中で開いた戦線のほころびに、ニュー・キャメロット軍はくいつき、半日の間に、過去一ヶ月より多くの距離を進んだのである。

もしギュンター・ノルト自身の到着と直接指揮が二時間遅れたら、ケネス・ギルフォードは、カルデナス丘陵を完全に占拠してしまっていたにちがいない。そうなれば、六都市大同盟軍は丘陵上にミサイル発射装置と長距離砲を設置し、ペルー海峡の制海権をにぎるとともに、ブエノス・ゾンデ本市に砲撃を加え、数日のうちに城下の盟を誓わせていたであろう。

だが、七都市分立体制が六都市分立に変わる機会は、当分、失われたようであった。カルデナス丘陵の頂上に近い斜面は急傾斜で、しかも地盤が弱いため、戦車や自走砲はおろか、ときとして装甲四輪駆動車(ALC)でさえ粘土にタイヤを嚙みつかせてしまい、進行速度は急速に落ち、わずか八〇メートルの距離を前進するのに一時間を要するありさまだった。

遮蔽物(しゃへい)もなく、敵の銃火にさらされる斜面で、歩兵たちは戦車やその残骸の蔭に身をひそめているしかない。撃ちかえすどころではなかった。

VI

途中まで成功した戦術など、最初から失敗した戦術にも劣る。ギルフォードは自嘲する暇もなく、銃火と砲火にさからって彼の指揮車を前進させたが、泥のため車が動かなくなると、とびおりて徒歩で進みはじめた。

背後で轟音と光と熱が噴きあがった。肩ごしにふりむいて、指揮車が被弾炎上したことを知る。沈黙したまま、ギルフォードはとくに銃弾を回避するわけでもなく、砲煙と氷雨の不快なスープのなかを泳いで、大きな岩を左方向へ半周する。ケネス・ギルフォードの鋼玉の瞳に、ギュンター・ノルトの、拳銃をかまえた姿が映った。

狭い戦場と、戦線の混乱とを証明する偶発事であった。双方、いいかげん泥と煙で汚れていたため、またあまりに若いため、まさか、たがいに将官とは思わなかった。それと悟ったのはノルトのほうで、彼はギルフォードの名声を知っていた。ギルフォードが腰の銃に手をかけるより早く、彼の銃弾が相手の胸を撃ちぬくはずであった。

だが、ギルフォードは姿勢を変えることもなく、表情をつかさどる筋肉すら微動もさせず、肉薄する死を前にして、激流のただなかに巍然として佇立する岩のように、銃口を正視している。生死をつかさどる超越者に対してすら、膝を折ることを拒否する剛毅さであった。

ギュンター・ノルトは発砲をためらった。これには詩的な理由と、散文的な理由とがあった。詩的な理由とは、敵手の剛毅さに対する畏敬の念であり、散文的な理由とは、その剛毅さが何からもたらされるのか、ノルトのほうこそ狙撃の危険にさらされているのではないか、という疑惑であった。いずれにしても、ノルトがためらったのは、砂時計の落下する砂粒が計算できるていどの短時間でしかなかったが、状況が変化するには充分だった。ギュンター・ノルトの周囲に、彼をねらった半ダースほどの着弾が泥をはねあげ、ノルトとギルフォードはたがいに飛びすさった。おりから、またも大粒の雨滴が落ちてきて、水のカーテンが彼らを遠ざけあった。ギルフォードとノルトの個人史は、つぎのページに突入したわけである。

　結局、この日も、上方に位置する防御軍の優勢はくずれず、攻撃軍は後退を強いられた。

　悲惨をきわめたのは、レイニエール将軍指揮下のタデメッカ軍である。

　彼らの退路には、巨大な泥沼がいくつも待ち受けていた。先日の彼ら自身の砲撃に大地がうがたれ、そこへ雨が流れこんだためである。将兵は泥沼に飛びこみ、半ば泳いで逃げなくてはならなかった。泥沼に足をとられ、転倒したところへ、装甲車の車体が落ちかかってきて、悲鳴をあげる兵士を押しつぶしてしまう。泥水にまじって、血と内臓がはねあがり、他の兵士たちの顔にかかる。心身の疲労におしつぶされた兵士たちは、それに対して悲鳴を発するような神経の弾性を、すでになくしていた。それでも、現在の自分たちの状況をつくった犯人に対しての憎悪は抑ええない。

「畜生、生きて還ったら、この出兵に賛成票を投じた議員どもを皆殺しにしてやるぞ。奴らはいまごろ、暖炉の前のソファーにふんぞりかえってキャビアなんぞつまんでいるにちがいないんだ！」

……そう叫んだ兵士に、一万キロの彼方を透視しうる能力があったはずもないが、彼は偏見と憎悪から事実を正確に把握したのである。

同日のほぼ同時刻――むろん時差を無視してのことだが、六都市大同盟の後方本部が置かれたニュー・キャメロットでは、各都市の代表団三六〇名が、夫人同伴で、盛大な祝宴の最中であった。ブエノス・ゾンデ占領後の、占領地区割りあての談合が、どうにか成立を見たのである。

「それにしても、役たたずな連中ですな。相手の三倍もの兵力を擁しながら、市街に突入することすらできずにいる。いい恥さらしだ」

彼らが自分たちの軍隊を罵倒するについて、彼ら自身にはりっぱな理由があった。勝ってからのことは、すべてさだまっているのだから、あとは軍隊が勝ちさえすればいいのである。

「そう、役たたずです。そのくせ補給物資ばかり要求してくる」

「子供や兵士を甘やかすと、ろくなことになりません。人間は苦労しなくてはだめです。血と泥にまみれ、戦友と助けあって死線をこえた経験が、彼らを人間的に成長させるでしょう」

「さよう、人間を鍛え教育するのに、戦場ほどよい場はありませんな。飢えるのも汚れるのも貴重な経験です」

「要求をすべて鵜呑みにする必要などありませんな。腹がくちくなれば眠くなる。いっそ私としては、彼らにブエノス・ゾンデ軍の物資を奪って自給するくらいの才覚を求めてよいと思う」

言論の自由を謳歌する彼らの前のテーブルには、手をつけられぬままのキャビアや伊勢エビが小さな丘と広い平野をつくっていた。戦争をさせる者が、戦争をする者より低水準の生活を送るという例は、歴史上にひとつもない。それは人類が戦争という便利な解決手段を発明して以来、不変の法則であった。

七都市間の戦争には、つねに補給の問題がつきまとった。三〇万人の将兵を一万キロ移動させれば、三〇万人分の食糧と燃料を運搬しなくてはならない。二〇世紀後半の大量空輸時代においてさえ、これほどの物流を確保するのは容易ではなかった。まして、この当時は、すべてを陸路と海路にたよるしかなく、しかも輸送機関自体の燃費が無視できなかった。経済的効率などという用語を使うことさえ、恥ずかしくなるありさまである。

最前線の兵士たちは、戦場に遺棄された敵味方の兵士たちの死体から、携帯食糧を奪って口にするありさまだった。血と泥で味つけされたライブレッドをむさぼり、冷凍シチューを解凍もせず（また、できもせず）そのままかじるのである。

冬の到来までに作戦が完了する、という前提をもとにして補給計画も立てられていたため、兵士たちは断熱繊維製の耐寒服さえ装備していなかった。寒さと疲労と不平不満で動こうとしない兵士たちを、軍曹がどなりつけた。

「難民じゃあるまいし、そのざまは何だ。勇気を出して立て。立って戦え！」

すると兵士のひとりは、「勇気」と書いた紙片を、燃料ぎれの戦車の車体にはりつけて、軍曹を冷笑した。

「さあ、これで、この戦車は燃料ぎれでも動くでしょうよ」

兵士たちの敵意をこめた嘲笑のオーケストラを背中に受けて、軍曹は顔色を変えながら立ちさった。むろん彼はその兵士をなぐりつけてやりたかったのだが、他の兵士たちの銃口が彼に集中する気配を感じとったのである。

午後になると雨はさらに勢いを増した。それにともない、気温は低下し、視界は明度を減少させ、兵士の士気(モラール)は陰鬱(いんうつ)な冬への斜面を、とめどなく転落していった。

VII

ブエノス・ゾンデ軍の司令部では、ギュンター・ノルト将軍が粗末なコートに身をつつんで雨をながめている。数万の軍団を指揮する将軍というより、卒業試験をひかえた学生を思わせる印象だった。

一〇月二〇日にノルトは管区司令官からブエノス・ゾンデ全軍の総司令官に上ってい
た。開戦前は、一介の無名士官でしかなかったが、いまや彼は母都市防衛戦の英雄であ
り、勇気と愛市精神の象徴だった。粛清を連続させたあげくに、無名の士官に大任を与
えた「第一市民」ラウドルップは、結果的に成功したといえる。大規模な粛清は、既知
の人的資源を一掃する反面、未知の人材に機会を与えることが、まれに歴史上の例とし
てあるが、「ペルー海峡攻防戦」もそれであった。ギュンター・ノルトは、死んだ妻の
写真に、ひとり語りかけるような、あまり陽気とはいえない性格を自己形成した青年で、
本来なら佐官どまりの人物であったろう。ところが、佐官としての彼より、将官として
の彼のほうが、どうやらはるかに有能であるらしかった。それは、彼を偶然に登用した
人物にとって、満足すべきことだった。

こうして、ギュンター・ノルトは、ブエノス・ゾンデ防衛総司令官という称号を受け、
中将に昇進した。独裁者は人事権を餌として、自分と同じ価値観を持つ人間たちを釣り
あげるのがつねである。そして、自分と異なる価値観を所有する人間の存在など、想像
もしない。「第一市民」ラウドルップは、戦争以外に何の能もない無名の青年に、もっ
たいないほどの恩寵をくれてやったと、心から信じていた。

六都市大同盟軍の合同現地司令部を構成する六人の司令官のなかで、もっとも国家の権威と軍人としての責務とに忠実な模範的人物は、クンロン軍の指揮官セサール・ラウル・コントレラス中将であったろう。彼とても、この遠征に本来、好意的ではなかったが、兵士の生命より、上司の命令と自己の軍功とが、彼にとっては、はるかに重要性と緊急性を有していた。

勝利と栄光に直結する機会が、彼の眼前で見えざる手を差しのべたように見えたのは、一〇月二八日である。

この日、クンロン軍の前進に対し、ブエノス・ゾンデ軍の抵抗は微弱だった。弾薬が底をついたかに見えた。クンロン軍の前進に対して、正午すぎには、何と石が飛んできたのである。コントレラスは麾下の全部隊に全速前進を指令し、自らもＡＬＣで陣頭近くに立った。

「クンロン軍が前進します、アスヴァール将軍」

「好きにさせるさ。丘の上に奴らのタイム・カードでも埋めてあるんだろう。何をいそいでいるのやら」

報告を受けたＡＡＡは冷気にむけて冷笑を吹きつけた。

「前頭葉を持たない指揮官は、長生きして老齢年金や恩給をもらう資格はないぜ」

彼は知っていた。罠とは、敵を、彼の期待し願望している方向へ誘導することである。

ブエノス・ゾンデ軍の弾薬が減少していることは事実であろうが、六都市大同盟軍のほうも無尽蔵の弾薬を保有しているわけではない。地形と地理を知りつくしたブエノス・ゾンデ軍に比較して、命中率が低いため、敵の三倍の弾薬を消費しているのだ。冬の荒天のため、太平洋方面の海上輸送が途絶している、という現状も、結局は補給計画のルーズさを証明しているわけであるが、アスヴァールとしては、とぼしい弾薬を費いはたすわけにいかなかった。双方、弾薬がつきて白兵戦ということにでもなれば、丘の下に位置する側が不利になるのは自明の理である。最悪の事態にそなえて、すこしでも弾薬を残しておかねばならない。

「クンロン軍は、敵よりも自分たちの上官のせいで、ひどい目にあうぞ」

彼は予言した。敵は、クンロン軍を突出させておき、その背後に砲弾を撃ちこんで退路を絶ち、密集したクンロン軍に火力を集中して撃滅するだろう、と。その予言は完全に的中した。

「コントレラス将軍、戦死」

その報を受けたとき、アスヴァールは自分のテントでビールを飲んでいた。その週の配給で最後の一本だった。

「彼の魂に安らぎあれ——もっとも、奴に魂なんてものがあれば、の話だがな」

コントレラス将軍は、徹甲弾の直撃をうけて、上半身をどこかへ持っていかれ、下半身だけが血と泥のなかに倒れているという。指揮官を失った兵士たちは無秩序に逃げまどい、無秩序に殺されていった。

「退却だと？　臆病な奴らめ。丘の上に戦友の死体と自分たちの自尊心を置きざりにして、転がり落ちてくるらしいな」

無情な台詞(せりふ)を無情な口調で言い放つと、アスヴァールは空(から)のビール瓶を鉛色の空へ投げつけた。ボスウェル大佐を呼び、敵軍が追撃してきたら銃撃を加えて味方の敗走を援護するよう命じる。この男としては、これでも最大限、友軍に協力しかつ良識に譲歩しているつもりなのである。だが、ともかくも彼の指令とその後の指示によって、クンロン軍の損害が減少したのは事実であった。

もっとも、アスヴァール自身は、自分が出した指示を、その夜には後悔している。完勝のありえないこの戦いにおいて、損害が減少したということは、戦いがより長びくことを意味するからであった。

アスヴァールは、母都市(マザーシティ)に送る戦況報告を書いたとき、まずクンロン軍のぶざまさを非情に描写した後、自軍についてこう記した。

「一方、わが軍は、司令部から一兵士にいたるまで、一歩の退却もすることなく、占拠地を確保しおり……」

ＡＡＡことアルマリック・アスヴァールは虚言(うそ)を書いてはいない。一歩も前進していないという事実を記していないだけである。それでも、まともな読解力を有する者が読めば、戦況が不利であることはわかる。わからない奴は低能だ、と、アスヴァールは思う。もっとも、この愚劣な遠征それ自体が、市政府首脳部の低能ぶりを、すでに証明しているのであるが。

また、このときユーリー・クルガンは、隣接したクンロン軍の潰走と陣地放棄によって、一時、自軍崩壊の危機にさらされた。ここであわてるようなら、この男も可愛気があるのだが、彼は最初から僚軍をあてにしていなかったので、平然と後退を指揮し、脱落者を出さなかった。

ユーリー・クルガンの思案はすさまじい。彼はこのとき、クンロン軍に司令官の復讐戦をけしかけ、その犠牲において自軍を無傷のうちに後退させようという計算すらしている。しかも、最終的には、自軍の後退によって敵の突出を誘い、ブエノス・ゾンデ軍が丘陵下に展開すれば、丘陵上部に砲撃を加え、人工的な山くずれによって敵軍をすべて土砂の下に埋めつくすつもりであった。だが、これはブエノス・ゾンデ軍が、ギュンター・ノルトの厳命によって攻勢をひかえたため実現しなかった。このように、寒気と泥のなかで流血をつづけた「ペルー海峡攻防戦」という名称自体が、じつはこの一〇〇日にわたって連続する凄惨な戦闘の帰結を物語っている。戦火はついにブエノス・ゾンデ本市におよばなかったのである。

一〇月三一日。やはり氷雨。

ケネス・ギルフォードとアルマリック・アスヴァールの両将軍が、合同司令部で顔をあわせた。いまや、ここにだけしかコーヒーがないので、まずいのを承知で飲みにきたのである。コーヒーを待つ間、アスヴァールが口を開いた。

「限界だな、そろそろ」

「貴官に同意する。もはや、これ以上、戦うのは無益であり不可能だ」

ふたりは同時に視線をめぐらして、氷雨にとざされた海峡を窓ごしにながめやった。自分と同意見の者の存在を確認したことで、安堵感の存在は疑いようもなかったが、にがにがしい気分が海流となって胸底をめぐるのは避けがたい。山場のない、執拗な戦闘の連続は、徒労感の重荷を彼らの心と肩にもたらしていた。

「おれたちは地球を半周して、ペルー海峡西岸の地形をすこしばかり変えた。地理学上、何とも意義の深い、りっぱな戦いだったじゃないか」

アスヴァールが笑声に似た波動に毒素を乗せた。それは窓を通過し、氷雨に溶けて大地にしみこんだ。ギルフォードは、ようやく運ばれてきたコーヒーの湯気をあごにあてながら無言だった。アスヴァールもコーヒーカップをとりあげ、不意にいまいましげにつぶやいた。

「しかし、これでラウドルップが勝ち誇ると思うと、あまりいい気はせんな。奴はさぞ甘い祝杯を楽しむことになるんだろう」

ケネス・ギルフォードは、鋼玉のような瞳でアスヴァールを見やり、彼自身の意見を、数秒の沈黙につづけた。

「……私にはそうは思えんな」

AAAが興味をこめて彼を見かえした。

「ほう、なぜ？」

「吾々を追いはらって母都市(マザーシティ)を守りぬいたのは、官邸にいたラウドルップではないからな」

ギルフォードが言ったのはそれだけだったが、アスヴァールの脳細胞を賦活(ふかつ)化するには充分すぎるほどだった。

「なるほど、ひとつの舞台にふたりの主演俳優は必要ないからな」

六都市大同盟軍は、相互の非協力と、厭戦(えんせん)気分と、何よりも半数の司令官のサボタージュによって瓦解(がかい)しつつあるのだが、ともかく圧倒的多数の敵をブエノス・ゾンデ軍が撃退しつづけたのは事実である。先年、ラウドルップ自身が南極大陸侵攻に失敗した記憶が風化していないだけに、ノルト司令官の名声はより光輝にみちるであろう。

「二流の独裁者は、嫉妬深いものだ。いまごろラウドルップは、あたらしい英雄に対する嫉妬心に身を焼いているだろう。自分の体面を傷つけず、ノルトを排除する方法を考え、一方では彼の軍事的才能を考慮して、天秤をさだめかねているにちがいない」

「では、ひとつ、背を押してやるか」

　AAAことアルマリック・アスヴァールの頰に、薄い笑いのさざ波が揺れて半瞬で消えた。ケネス・ギルフォードは鋼玉色の瞳の一隅で、その笑いをとらえたが、口に出しては何も言わなかった。

　アスヴァールはその場で、敵に送る通信文の文案を書きあげた。

「ブエノス・ゾンデ軍の将兵の勇戦敢闘は、わが軍の深く感銘を受けたるところにして、ことに司令官ギュンター・ノルト将軍の、大才にして大器たること、畏敬の念を禁じえず。彼にふさわしき栄光のもたらされんことを……」

　ギルフォードに署名を求め、自分も署名して、アスヴァールはまた毒をこめて笑った。

「ここ数年、七都市間の戦いでは、侵攻した側が必ず敗北している。猿でも同じ迷路を行けば三度めには正しい出口に着くというのに、公職についた人間は、そのレベルにすら達しないものらしいな」

　ギルフォードがつぶやいた。

「今回は六都市が一都市に対して連合したにもかかわらず、みじめに敗れた。すこしは彼らも考えるだろう」

「六都市だから負けたのさ」

アスヴァールは、ギルフォードがあえて明言を避けた事実を、ことさら辛辣な口調で指摘した。

「頭の六つあるドラゴンは、頭がひとつの蛇に劣る、と、おれは思い知ったよ」

「貴官が総指揮をとっていたら勝てたと思うか？」

「まさか、それほどうぬぼれちゃいない」

アスヴァールは肩をすくめた。

「第一、兵士の生命を消費財としか考えていない政治屋どもの妄想を実現するため、おれが苦労しなけりゃならん筋はない。おれが総指揮をとっていたら、負ける戦さに出陣するより、途中ですわりこんで政治屋どもがあきらめるまで動かないね」

「軍人なのに政治を批判するのかね？」

「おれは政治を批判しているんじゃない。犯罪を糾弾しているんだ」

アスヴァールの声は、高山でわかす湯のようだった。低温であるのに沸騰している。それを察知したギルフォードは、鋼玉に似た両眼をわずかに細めて、一時的な僚友をながめやった。性質の悪い野犬が仔犬をかばうありさまを、目撃したかのような表情だったかもしれない。

いずれにしても、六都市大同盟成立という政治的魔術は、軍事的魔術に連動しなかったようだ、と、ギルフォードは思う。それでよいのであろう。七都市が六都市になれば、そのうちの一都市が、あらたな五都市にねらわれるにちがいない。まだ当分は、七都市の七すくみ生き残りゲームがつづきそうであった。

　ふたりが別れて立ち去った後、ユーリー・クルガンが合同司令部にあらわれ、すぐに立ち去った。彼は残りのコーヒーを、ポットごと自分のテントへ持ち帰ったのだった。

Ⅷ

一一月一五日。

　何ひとつ得るものがないままに、六都市大同盟軍はペルー海峡から撤退を開始する。ここに至るまで二週間も要したのは、後方司令部を納得させるための時間が必要だったからで、その間さらに無益な戦闘の犠牲者が出たのは当然であった。

　正確には、ひとつだけ得たものがある。海峡を守りぬいたブエノス・ゾンデ軍の将兵たちの、勝利の歓呼である。大同盟軍の戦死者八万四〇〇〇、負傷者一二万九二〇〇、そのうち二割は一一月にはいってからのもので、寒冷および栄養失調による体力の低下と医薬品の不足とが、わずかな負傷に致死性を与えた。

翌一六日、ブエノス・ゾンデ市の「第一市民(シティ)」ラウドルップは、市街を出てカルデナス丘陵の激戦地を訪ねる。五〇〇名の護衛隊員が、勝ち誇る独裁者の身辺を守っている。丘の頂上部のはずれに、松葉杖をついた司令官がひとりでたたずんで、海峡を見おろしていた。彼の頭上には、勝者よりも敗者にふさわしい、暗い鉛色の空がひろがって、雪の尖兵(せんぺい)が踊りはじめていた。

護衛隊から離れて、ラウドルップはひとり、松葉杖の英雄に歩みよった。親しげに話しかける。

「何を見ているのかね、将軍」

「海峡のむこうに、妻の墓があります」

「ほう、それはそれは……」

さすがに独裁者が舌の軽快さを失うと、片足が不自由な司令官は感情をあらわさない声で語りつづけた。

「私の妻は、救急車で病院に運ばれる途中で死んだのです。急性脳出血の発作がおきまして」

「それはお気の毒だった」

「本来なら、助かっていたのです。ところが、ひとりの政治家がパレードをしていて、付近の道路が封鎖されてしまい、救急車までが通行を禁止されてしまったのです。警官にいくら頼んでもだめでした。彼ら自身が罰せられるのですから、しかたありません」

「それは……」

「そのとき、おれは心に決めたのですよ、敬愛すべき第一市民。そいつが、その政治家が栄光の頂点に立ったその瞬間、おれの手で射殺してやろう、と」

ギュンター・ノルトの両眼が、まともにラウドルップの顔を見すえた。

ラウドルップは笑わなかった。笑えなかったのだ。青年司令官の、さほど独創的でもない語り口が進むにつれ、両眼に敵意のひややかな光が満ちて、独裁者の神経網の各処に設置された信号灯に赤いランプを点滅させはじめていた。彼の心臓の上の皮膚に、銃口の形をした布地が強く押しつけられていた。ラウドルップは努力の末に、支離滅裂なささやき声をもらした。

「君の奥さんは……しかし……君を中将にしてやったのは……君は……」

「あなたのせいだ、第一市民。あなたは、才能にふさわしい栄華を、すでに経験した。つぎは為人(ひととなり)にふさわしい処罰を甘受(かんじゅ)する番だろう」

銃声は二発。消音装置と、身体に押しつけた銃口とのために、強い呼吸音ていどの音しかしなかった。それも、ラウドルップのうめき声とともに、強い風に吹きとばされてしまう。

加害者のもう一方の手が、松葉杖を小脇にはさみながら、被害者の身体をささえた。

「いけませんな、第一市民、このていどで亡くなって、私を失望させないでください。せめて私の妻が、コルネーリアが苦しんだのと同じていどの時間は苦しんでいただかねば……」

だが、ラウドルップは、光を喪った両眼にノルトの姿を映したまま、あっけなく崩れおちた。暗殺者の希望などかなえてやるものか、と決意したかのようだった。事情に気づき、声と息をのむ護衛隊員たちに、ノルトは、灰色の笑いをむけた。

「見てのとおりだ。私を叛逆罪で殺せ。それが貴官らの義務だろう」

たしかに、それが護衛隊員の義務だった。彼らは途中までは義務をはたした。拳銃に手をかけたのだが、そこまでだった。ギュンター・ノルトが投げすてた制式拳銃を、ひとりの隊員が、うやうやしいほどの動作でひろいあげた。松葉杖をついたまま立ちつくしているノルトに、それを差しだすと、むしろ整然たることばを発した。

「あなたは英雄です。吾々の母都市を、十字軍気どりの侵略者と、悪逆な独裁者と、双方の魔手から守ってくださった」

「……………」

「あなたは、吾々の未来を救ってくださったのです。母都市の再建に、あなたの手腕をふるっていただけますな」

ノルトはまばたきした。彼は暗い情熱の激流に身を投じたはずなのに、その先にあるのは滝壺ではなく、ゆるやかな、というより、なまぬるい澱（よど）みであるようだった。彼はひとつ首を振ると、松葉杖で地を突いてどなった。

「ブエノス・ゾンデがどうなろうと、おれの知ったことか。悪逆な独裁者だと？　ラウドルップに権力を与えたのは誰だ。奴が背が高くてハンサムで雄弁だからといって、圧倒的な支持を奴に寄せたのは誰だ！」

護衛隊員たちは困惑したような微笑で、司令官の激昂に応（こた）えた。ノルトの怒気は空転し、寒風に乗って拡散していくように見えた。ノルトはもう一度、叫ぶ形に口を開いた。

「おれは妻の仇をとっただけだ。妻は奴に投票なんぞしたことはないのに、奴のパレードのために生命を落としたんだ。奴を支持していた連中が、間接的に妻を殺したんだ」

独裁者と同罪だ、と非難されたことは、護衛隊員たちにとって不本意であったようだ。

「吾々は皆、ラウドルップにだまされていたのです。そのことに気づいたとき、もはやどうしようもありませんでした」

「だまされるほうが悪い！　奴が権力の座についたらどうなるか、警告した者はいくらもいた。そういった連中が、みな粛清されて棺桶（かんおけ）をベッドにしているのに、彼らを非（ノン・）市民（シティズン）よばわりしたラウドルップの支持者どもは、生きながらえて被害者面（づら）するのか！」

ノルトは砂を蹴った。はじめての計算ちがいが、彼を動揺させていた。生き残るつもりなどなかった。外の六都市大同盟軍と、内の独裁者と、母都市(マザーシティ)にとって両面の敵を彼の手で倒し、妻の仇をとり、彼自身のこの世における義務はすべて修了したはずだった。それなのに、彼を射殺すべき義務を負っているはずの護衛隊員たちは、つい一分前までの忠誠心の対象を、こわれさった彫像として無視しさってしまったのだ。

「ノルト将軍、あなたこそ、そこで死体になって転がっているラウドルップにかわって、母都市(マザーシティ)の最高指揮者たるべき人です」

「どうぞ吾々を指導してください。吾々はあなたに忠誠を誓います。軍をひきいて母都市に乗りこみ、市民に事実を公表しましょう」

「やめろ、やめてくれ」

ノルトはあえいだ。

彼の心で、恐怖の深淵が亀裂を拡大しつつあった。眼前に彼が幻視したのは、バルコニー上にたたずむ独裁者に対して、手と小旗をふる群衆の海だった。

彼らは被害者などではないのではないか。独裁者にだまされたというが、だまされたふりをしていただけではないのか。独裁者という玩具をもてあそんで、飽(あ)きたらダストシュートに放りこみ、つぎの英雄を、つぎのもっと楽しめる玩具を、見つけだすだけのことではないのか。

すでに死んでいるはずの時間を生きながら、ギュンター・ノルトは、自分の背後で重々しく閉ざされる、見えない扉のひびきを聴いているのだった。


一一月二〇日、太平洋からマゼラン海峡へと向かう合同輸送艦隊の旗艦の甲板上で、手すりにもたれて、ギルフォードとアスヴァールが肩をならべていた。どちらも相手の顔を見ようとせず、やがてギルフォードが口をひらく。

「三倍の兵数で敗れさったあほうどもの敗因を、公式記録はどう書くかな」

「そうだな、冬が早く来すぎた、とでも書くんじゃないか」

「冬が早く来すぎた、か。あるいは、秋が短すぎた、と書くかもしれん。いずれにしても、そういう書きかたがされるかぎり、一万キロや二万キロの距離を無視して征戦をこころみる者が、つぎつぎと出てくることだろう」

「奴らが愚行をしでかすのは、奴らの勝手だ。だが、おれたちがそれに巻きこまれなきゃならん理由は、どこにもないな」

ケネス・ギルフォードはうなずき、何かに気づいたように、にがにがしい表情になった。アルマリック・アスヴァールも不機嫌な表情になった。「おれたち」などという表現を使ってしまったことに気づいたからだった。非友好的な沈黙におちいったふたりから、五メートルほど距離をおいて、手すりにもたれたユーリー・クルガンは、塩分を含んだ冷たい水の粒子に頬を湿らせながら考えていた。傍にいるふたりがもうすこし協力的だったら、自軍の戦死者を減らすことができるはずだったな、と。

ジャスモード会戦

I

不愉快な年は過去へと去り、あらたに不愉快な年が礼服をまとって登場しようとしていた。西暦二一九二年一二月三一日の夜は、アクイロニア市（シティ）防衛局次長兼装甲野戦軍司令官アルマリック・アスヴァール中将にとって、心たのしい夜ではなかった。

アスヴァールはAAA（トリプルエー）という異称で知られる用兵家で、その名声は、ニュー・キャメロット市のケネス・ギルフォード、プリンス・ハラルド市のユーリー・クルガンに並ぶ。この三人はそれぞれ他の二名を忌避しているといわれるが、それは各人の声価と実績をそこなうものではない。もともと、人格円満、温厚篤実を売り物にしている人物など、三人のうちにいなかった。

「きらいな相手に好かれるほど不幸なことはない」という哲学の、彼らは信奉者であり実践者であった。この哲学には、いくらでも応用篇があって、それは各人の個性によって変化するが、たとえば、AAAの場合こういう表現法を使用したりする。「善人は早死するが、早死したからといって善人とはかぎらない」

したがって、AAA（トリプルエー）ことアルマリック・アスヴァール氏は、せいぜい長寿と健康を保ち、嫌いな奴らにいやがらせしてやりたいのであった。彼はまだ三一歳に達しておらず、老衰どころか、円熟に達してさえいなかった。当人にしてからが、円熟など求めておらず、安定を望んでもいなかった。実績は豊かで地位は高く、それにふさわしい収入があって、私生活はといえば、結婚もせず、やりたいほうだいというところであった。その彼が不機嫌にならざるをえなかったのは、つい四〇日ほど前に、ペルー海峡で「成功なしの撤退」を余儀なくされたからであった。

アクイロニアの元首（ドゥーチェ）であり、アスヴァールの上司であるニコラス・ブルーム氏は、この軍人の増長を望んでいなかったので、こんなふうに皮肉を飛ばしたものである。

「連合軍が負けたのであって自分が負けたわけではない、と、そう主張するつもりかね、君は」

AAAは沈黙していた。じつはそう主張するつもりだったのだが、先をこされてしまったのだ。何か気のきいた反論はないものか、と考えているうちに、ニコラス・ブルームはあいかわらず紳士的な微笑をたたえて、べつの出席者と会話をはじめた。その出席者が、黄金分割法で算出されたような肢体と、プラチナブロンドの髪を持つ、三〇歳前後の豊麗な女性であったので、ＡＡＡはいっそうブルームがきらいになった。

まあ何といわれてもしかたがないことではある。ペルー海峡攻防戦では、ブエノス・ゾンデ一都市に対し、他の六都市が連合軍を編成して攻撃をかけ、「こてんぱんにたたきのめされたあげく唾までひっかけられた」（アルマリック・アスヴァール氏談）のだから。敗因はいくつもある。指揮権の不統一。補給の不足。地理上の不利。戦意ときたら皆無。そしてブエノス・ゾンデ軍の指揮官が、いまいましいほど有能であったこと。ギュンター・ノルトというその指揮官は、勝利の直後、独裁者エゴン・ラウドルップを殺害したという。あらたな独裁者として、いまごろ市民の歓呼をあびつつ第一歩を踏み出していることだろう。

だがＡＡＡの予測は完全にはずれた。このときひとりの亡命者がアクイロニアに到着したのである。

「私の名はギュンター・ノルト。貴市に亡命を希望する。受け容れていただければ幸いだが、拒否されても怨みには思わない」

やや投げやりにそう身分と目的を明かしたのは、画学生めいた雰囲気を持つ青年で、地上車から出て歩行するときに杖が必要だった。名乗りを聞いて警備兵は仰天し、パーティー会場に集うお偉方一同にご注進におよんだのである。

顔を見あわせ、騒ぎたてる面々のなかで、最初に行動したのは、ＡＡＡことアルマリック・アスヴァールだった。大股に主会場から歩み出ると、アスヴァールは、じつに自然な動作で階段の手摺にまたがり、下の階まですべりおりた。彼としては、目についたもっとも迅速な交通手段を用いただけのことであった。左の唖然と右の呆然を無視して、彼は亡命者の前に歩み寄った。こうして、二二世紀の軍事史上におけるふたりの異才は、いっこうに劇的でない出会いを果たしたのである。

亡命者に対して、AAAは不審をはっきり口にした。

「お前さんはブエノス・ゾンデを暴虐な侵略者から守った英雄だろう。栄耀栄華をほしいままにしていると思ったのに、何でまた亡命なんぞしてきたんだ」

じつのところギュンター・ノルトは、官憲に追われたわけではないから、正確には亡命ではなく、単なる移住である。だが当人の気分も、周囲の目も、これを亡命と呼ぶことに違和感がなかった。ノルトは短く答えた。

「いたたまれなくなったのです」

ギュンター・ノルトは、彼を登用した独裁者エゴン・ラウドルップから、「戦争以外に能のない無名の青年」とみなされていた。そしてその見解は完全に正しかったのであり、本人も異論を唱える気はなかった。妻のコルネーリアが亡くなって以後、ギュンター・ノルトの胸郭には目に見えない空洞がうがたれ、「戦争以外に能のない無名の青年」は、それを埋める術を持たなかった。妻を死に至らしめた間接の犯人であるエゴン

・ラウドルップを射殺して、彼は死ぬつもりだった。だが、彼を裁判なり私刑なりにかけて殺すはずだったブエノス・ゾンデ市民は、彼を「独裁からの解放者」として迎えようとしたのだ。ノルトは逃げ出した。あらたな独裁権力を押しつけられる、その恐怖から逃がれるためには、文字どおり母都市（マザーシティ）から逃げ出すしかなかったのだ。勝利の宴が終わった直後、ノルトは地上車を運転して一万五〇〇〇キロの孤独な旅に出たのだった。

「しかし、たったひとりで、しかも脚が不自由な身では、逃げ出してくるのも、さぞたいへんだったろうな」

ＡＡＡにしては珍しく同情するような台詞（せりふ）を口にした。

「いえ、いつもふたりでしたから」

その返答は、ＡＡＡに奇異な印象をいだかせたが、彼は口には出さなかった。口に出したのは、べつの疑問である。ギュンター・ノルトが亡命先にアクイロニアを選んだ理由であった。その疑問にノルトは答えたが、とくに哲学的な理由があったわけではない。ほぼ陸路だけを使って他都市へおもむこうとすれば、最初にアクイロニアに到達するしかないのであった。なにしろノルトは、つい四〇日ほど前の血なまぐさい戦いで、ブエノス・ゾンデを除く六都市すべてを敵にまわしており、その点で選（え）り好みする理由などどこにもなかったという次第である。

いくつかの面談と会議をへて、ギュンター・ノルト氏はアクイロニアへの亡命を認められた。基本的に、亡命権は各都市市民の人権として認められていたし、それが先日の敵都市の人間であっても例外ではなかった。ＡＡＡの推挙もあり、ノルトは、彼の下で軍籍を与えられることになった。

　ＡＡＡの幕僚であるボスウェル大佐が、仔細ありげに上官に語りかけた。

「ですが妙なものですな、司令官」

「何がだ。おれはもともと善良で親切な男なんだぞ。帰る家もない亡命者にやさしくしてやるくらい当然のことさ」

「いえ、そうではありません」

「じゃ何だ」

「つまりですな、ペルー海峡の攻防戦で、ギュンター・ノルトは閣下に勝ったわけで……勝者が敗者の部下になるのは、ちょっと変だなと」

　ボスウェルは口を閉ざした。ＡＡＡが肉食獣の笑いをたたえて彼を見やっている。

「いいか、ボスウェル、おれから半径五メートル以内の地点で言論の自由が通用すると思うな。あれは連合軍がブエノス・ゾンデ軍に敗れたのだ。おれがノルトに負けたわけじゃない」

「はっ、失礼しました。以後つつしみます」

　しかつめらしく、ボスウェル大佐は敬礼をほどこした。もっともらしくうなずいて、

AAAは肉食獣の笑いを消す。もともと、そのていどのことを気にしてはいない。恰好をつけてみただけである。それにしても、自分の論法がブルームの皮肉の範囲から出ていないのはおもしろくなかった。

もっとも、ボスウェル大佐の考えは杞憂でしかなかった。滞在一週間で、ギュンター・ノルトは、アクイロニア市に嫌気がさし、亡命を後悔しはじめたのである。待遇が悪かったからではない、その逆であった。賓客としてあつかわれ、賞賛され、社交界でさわぎたてられることが耐えられなくなっていた。彼のほうから口にするのも奇妙なものだが、彼はアクイロニアの戦死者や遺族にとって仇敵ではないのだろうか。憎悪されるのが当然であって、厚遇されるいわれなどないはずではないか。

「ご苦労なことさ、元首も」

人の悪い笑いを浮かべたのはAAAである。

ノルトを厚遇する元首ニコラス・ブルームの真意は見えすいている。権力者の通弊として、彼はつねに対立的競争者の出現を恐れているから、その最有力候補であるAAAの存在に対して、単純に好意的ではありえなかった。そこへギュンター・ノルトが亡命者として姿をあらわしたとなれば、これはAAAに対抗すべき人材として自分の陣営に取りこみ、相対的にAAAの勢力を削ぐべきではないか。そのような打算から、ブルームは、若い亡命者に対して好意的であろうとした。

ＡＡＡの存在を意識する必要など、じつはブルームにはないのである。アルマリック・アスヴァールは用兵家としての声望は高かったが、政界の人望はまるでなかったから、ブルームの地位をおびやかすことなど不可能であった。ブルームは無能者ではなく悪党でもなかったが、仮想敵に対する意識が強すぎて、しばしば人材をスポイルしてしまうことがあった。

ブエノス・ゾンデ市の反応は、この際、問題にならない。アクイロニア市とモーブリッジ・ジュニアの関係がそうであるように、亡命が認められた者の追及は、通常おこなわれないのである。これは成熟した外交関係といってよいであろう。

とにかく、すっかりアクイロニアに嫌気がさしたノルトは、ＡＡＡを訪問して、この市を出ていきたいと申し出た。アスヴァールは、引きとめようとはしなかった。

「そうか。ここが嫌になったのなら、タデメッカ市に行くといい。あの町には、おれの知人でリュウ・ウェイという人がいる。紹介状を書くから、頼っていったらどうだ」

「お気づかいいただいて恐縮です」

ノルトは一礼した。相手の好意がわかっているので、「たらいまわしというやつですね」などという皮肉を口にはしなかった。ひとたび母都市を捨てたからには、どこを住居ないし墓所とさだめても大差ないはずであった。

じつのところ、ＡＡＡの心理も立場も、複雑かつ微妙なのである。ギュンター・ノルトが平凡な生活を望んでいるからこそ、タデメッカ市への再亡命を勧めるのだが、他者の目にはどう映るか。「AAAはノルトに地位を奪われることを恐れて、態よくタデメッカ市へ追い払ってしまったのだ」と言いたてる手合があらわれるのは必至であろう。口には出さなくとも、ブルーム元首もそう考えるにちがいない。親切にしてそしられるのでは、割があわないというものである。だが、全員が不本意の輪のなかに居すくんでいるよりは、ひとりでも、よりよい環境に移ったがよいであろう。そのような事情で、AAAは旧知のリュウ・ウェイに紹介状を書き、感謝してそれを受けとったノルトは、廃車寸前の愛車を運転して、タデメッカ市へと去っていったのである。

II

二一九二年一二月から九三年一月にかけて、ギュンター・ノルトはもっとも長い旅程を消化した地球人であったろう。結果的に彼は地球を四分の三周したことになる。

タデメッカに到着したノルトは、前回の例にこりて、実名を名乗らず、リュウ・ウェイ氏あての紹介状を持っていることのみ告げた。彼を農園に迎え、事情を知ったリュウ

・ウェイは苦笑して首を振った。

「なるほど、ブルームのねらいも水の泡か」

リュウ・ウェイの読みは、ＡＡＡのそれよりさらに一段と深かった。つまりニコラス・ブルームはノルトを自分の陣営に取りこんで、その上でブエノス・ゾンデ市に帰すつもりであっただろう。ノルトがブエノス・ゾンデで政権をとれば、戦わずしてアクイロニアは同盟都市をえることができるし、そのような外交的成功をえて、ニコラス・ブルーム個人の名声もあがるというわけだ。それがノルトの遁走によって水泡に帰してしまったのである。ブルームは、さぞおもしろくないであろう。ノルトに協力したＡＡＡに対しても、愉快ではないにちがいない。説明を受けて、ノルトは表情を曇らせた。

「すると私は、アスヴァール将軍に、二重三重にご迷惑をおかけしたことになりますね」

「なに、かまわんだろうよ。あの男は承知の上だろうし、あの男自身、前後左右に迷惑色のスプレーを振りまきながら歩きまわっているんだから」

リュウ・ウェイは笑い、その笑いをおさめて尋ねた。

「ところで、ノルト君は農業に興味がおありかな」

「いえ、あまり」

非社交的な返答であったが、リュウ・ウェイはべつに気にしなかった。

「気が向いているかぎり、いつまでもこの農園にいてもらってかまわない。姪にいって、君に部屋を用意させよう」

さて、リュウ・ウェイと同居している姪のマリーンは、叔父に相談を持ちかけられると、「叔父さんの好きなようにして」と即答したが、それにつづけて軽く皮肉った。

「この調子で三〇年もたつと、わが家は、才能がありあまってるくせにやる気のない世捨て人のコロニーになってしまうかもしれないわね。ま、世の中はその逆の連中で溢れかえってるから、これでいいんでしょうけど」

いずれにせよ、マリーンは多忙であり、叔父の決定に対してくだくだと異議や苦情を述べている暇はなかった。一階の北向けの部屋を大掃除して、ベッドとテーブルを入れ、居候の居住空間を整備する。ギュンター・ノルト氏専用の食器や洗面用具をととのえ、窓のカーテンをつけかえる。二階にも空部屋はあるが、脚の不自由なノルトには一階のほうがよい。てきぱきとマリーンは事を処理し、ノルトのきらいな食物について尋ね、アレルギーの有無をたしかめた。朝食の時間について申しわたし、ただただうなずく居候に、陽がさしこむような笑顔を向けた。

「へんに遠慮しないこと。それが家の家風よ。これだけは守ってね、ミスター・ノルト」

一方、大家さんのリュウ・ウェイも、のんびり昼寝しているわけにはいかなかった。

容儀をととのえることが嫌いな男だが、場合によってはきちんと青年紳士らしいよそおいをすることもある。ほぼ半年ぶりにネクタイをしめ、麻のスーツに身をつつんで出かけた先は、タデメッカ立法議会の有力者ノースロップ・デイビス氏の事務所であった。そこで彼は、ギュンター・ノルトが平穏な亡命生活を送れるよう交渉したのである。いまひとつ態度を決めかねるようすの相手を彼は説得した。

「才能のある人間が、それを発揮する日まで悠々と生活させておく。それが政治家の度量であり、都市としての豊かさというものです。ギュンター・ノルトをのんびり暮らさせておやりなさい。そうすれば、強引に集めなくても人材は寄ってきます」

「ほんとにそうなるかな」

「なりますとも。現にごらんなさい。私がのんびり暮らしているものだから、ギュンター・ノルトがやってきたではありませんか。これから後はもう、虫が灯火に寄ってくるようなものですよ」

リュウ・ウェイの説得は、かなり詭弁（きべん）めいたものであったが、彼としては凡庸な政治家に真理を説くつもりなど最初からない。ことは技術論のレベルを出ないのである。そして、たしかに、名声を持つ客人の滞在は、都市にとって望ましいことであった。リュウ・ウェイからして、たしかに危機管理型の政治家として、三三歳あまりの若さながら令名があった人物だ。いまはのほほんとして郊外の農園主におさまっているが、いつかはタデメッカ市の役にたってくれるだろう。市のお偉方はそう期待しているのである。

期待するのは先方の勝手であるが、それに応(こた)える義務はリュウ・ウェイにはない。よほどの事情が発生しないかぎり、平穏な農園主として一生を終えるつもりだった。リュウ・ウェイは賢明といってよい男であった。だが全知全能ではない。よほどの事情が、すでに彼のすぐ傍(そば)まで迫って、彼のトマト畑に影を落とそうとしていたのである。

二一九三年一月に到る七都市抗争の歴史のなかで、タデメッカ市はどちらかといえば傍役(わきやく)の地位を占めることが多かった。タデメッカ市民がそれを恥じる必要はない。だいたいにおいて、戦争経験の多さは、為政者の賢明さと反比例するものであり、外交が巧みなほど戦争との縁は遠くなる。それが歴史における一般的な法則であるといってよい。もっとも、タデメッカ市の場合、人間の英知より運命の気まぐれのほうに功を帰(き)してもよいかもしれない。本来、タデメッカはかつて不毛(サハラ)と呼ばれた土地に建設された。大転倒(ビッグ・フォールダウン)の後、この地は豊沃(ほうよく)な亜熱帯性草原に一変し、適度の雨と、水量が一定化したニジェール川の水資源によって、地平線までつらなる農園地帯の中心に位置することになったわけである。果実、小麦、冬野菜、花が市場に溢れかえり、パンとワインと牛肉と牛乳を飲食しているかぎり飢えることもない。あくせく働かなくとも、ゆったりと生きていける環境なのである。

リュウ・ウェイの農園で、一月の平均気温は一〇・二度C、七月の平均気温は二〇・四度Cである。内陸部であるゆえに日較差があるが、一年の大半は夜明け直前の最低温度でも一〇度以下になることはなく、午後の最高気温が二五度を超えることもない。タデメッカが「常春都市(スプリング・シティ)」と称されるゆえんである。この異称には、羨望と同時に揶揄(やゆ)もこめられている。ああいう気候風土だから、のんびりしたその日ぐらしの気風が市民に沁(し)みついて、緊張感に富んだ有為(ゆうい)な人材が出現しないのだ、と。

もっとも、緊張感に欠けるからといって、欲がないわけではない。これは人間においても国家においても同様である。地中海の現在の東岸に、サムワルクという岩だらけの高地があり、その地をめぐってタデメッカ市はサンダラー市と激しく係争中であった。

この一帯に豊富な希少金属(レアメタル)の鉱床が発見されたのは、二一八九年秋のことである。採掘権を所有していたのは、フバイシュ・アル・ハッサンという実業家で、父親はタデメッカ市民、母親はサンダラー市民であった。本人はタデメッカで生まれ、大学はサンダラーを選び、べつに珍しくはないが二重市民権を持って、両市を往来しつつ生活と事業活動をおこなっていた。商才にめぐまれた男で、おそらく必要以上に節税感覚が豊かだった。タデメッカに会社を登記し、事実上の本部はサンダラーに置いて、事業税や個人所得税の節約につとめた。住民登録地も頻繁(ひんぱん)に変えるので、税務調査もなかなかに大変なのであった。アル・ハッサン本人は、両市の税務署を相手どってゲームを楽しんでいた節があるが、会社の登記場所を変更している最中に、急性脳出血で頓死してしまった。彼は金銭を熱愛し、妻子もなかったので、彼の天文学的な遺産は公機関に納められることになった。そこで問題である。タデメッカとサンダラーと、どちらが合法的に彼の事業と資産を受けつぐべきであろうか。

こうなると、協調の象徴であったはずの二重国籍が深刻な不和の要因となった。タデメッカもサンダラーも、自分が損をすることにはどうにか耐えられたが、相手が自分より利益をあげることには耐えられなかった。自分の利益を主張する一方、相手の主張がいかにも欲深く妥協を知らないもののように感じた。わずかの譲歩も肯じないとは、何と軽蔑すべき手合であろう。ここで一時的に妥協して、将来の長期的な利益をえる、というていどの思慮もないのだろうか、あいつらは。殴られねばわからないのだろうか。

サンダラーにせよタデメッカにせよ、つい先日、ペルー海峡攻防戦において軍事力行使の愚劣さを思い知ったのではなかったろうか。だが、不本意な撤退は、しばしば、反省よりも報復心を育てるものであるようだ。ペルー海峡でぶざまに負けたのは、自分たちの非力や無能が原因ではない。いずれ近いうちに必ず汚名を雪いでみせる。われわれが敗北にこりて軍事力の行使をためらうなどと思ったら大まちがいだ！

そのような次第で、一月一七日、サンダラーはタデメッカに宣戦を布告した。ノルトのタデメッカ到着後、わずか四日後であった。ばかばかしい開戦理由というべきであろうか？　だが、人類の歴史上、ばかばかしくない開戦理由など存在したことはないのである。

III

サンダラー軍侵攻の報は、むろん喜びをもってタデメッカに迎えられはしなかった。平手打をくらって事態の急迫に気づいたタデメッカ政府は、対応に苦慮した。

タデメッカの実戦部門の責任者はギイ・レイニエール中将であったが、五〇代半ばの彼は、ペルー海峡攻防戦の負傷が未だ完治せず、療養生活を送っている。制度上、彼の上位にはハリマン・S・コットン中将という人がいるが、この人はすでに七〇歳をこえ、名誉司令官という存在でしかない。ペルー海峡での敗退後、とくに軍組織の改革もなされなかったので総指揮官がいないのだ。どうするべきか。

「そうだ、ブエノス・ゾンデから亡命してきた男がいるではないか。彼がレイニエールを負傷させたようなものだから、ギュンター・ノルトに防衛戦の指揮をとらせよう」

ノースロップ・ディビス氏の名案は、かなり安直なものであったが、右往左往する人々には、神の声に聴こえた。疫病神や貧乏神も神の一種なのだが、この際そういういやなことは忘れたほうがよいのだ。

「だが、母都市の防衛を、来たばかりの亡命者にゆだねてよいのか」

そう疑問を呈する者もいたが、

「なに、もし敗れたときは、奴に責任をとらせればよい。奴が能なしでないことは事実なのだ。リュウ・ウェイの推薦もあることだし、この市に住みつく気なら家賃を前払いしてもらおうじゃないか」

デイビス氏は腹をかかえた。自分の冗談がたいそう気に入ったのであった。

その報が市政府にもたらされていたとき、かつてのアクイロニア市議会議員と、先日までのブエノス・ゾンデ市防衛司令官とは、トマト畑とレモン畑の中間にある草地で、マリーンがつくってくれた弁当をひろげて、のほほんと陽なたぼっこの最中であった。このふたりは、AAAあたりにいわせれば、「本気になって協力すれば世界制覇も夢じゃない」というコンビなのだが、このとき話しあっていたのは天下国家のことではなく、「レモンにつく害虫とトマトにつく害虫とは、どちらが悪質か」という園芸農業の一大命題についてであった。そこへ自転車という無公害の交通機関を使って、マリーンがデザートをとどけに来たのである。そのついでに、立法議会のデイビス氏が連絡を望んでいると告げたのだった。

いやいやスーツに着かえて、リュウ・ウェイはデイビス邸を再訪した。事情を聞いて、リュウ・ウェイは心からうんざりしたが、これはどうしようもない。この際、一度きりということで、ノルトに才幹を発揮してもらおう。そうなると、ノルトが自由に手腕をふるってもらう環境をつくってやる必要がある。

「では、すべてを彼にゆだねてください。いっさいご心配なく。なにしろ彼は現代の戚継光(チアイ・チークアン)ですからね」

大見栄というべきである。戚継光とは、一六世紀の中国、明(みん)代の武将で、水上戦でも陸上戦でも不敗の用兵家であった。一五六三年から翌年にかけて、中国大陸東南岸を寇掠(こうりゃく)していた倭寇(わこう)に潰滅的な打撃を与えた。一五六七年には一転して北方国境の防衛にあたり、モンゴルから南下してきた俺答汗(アルタン・ハン)、図們汗(トモン・ハン)の大軍を撃滅した。いわゆる「北虜南倭(ほくりょなんわ)」を、ほとんどひとりでかたづけてしまったのである。その戚継光の再来がギュンター・ノルトだ、と、リュウ・ウェイは説明したのだ。彼はほらの効用をよく知っていた。デイビス氏は納得し、かつ感動して、ノルトに用兵の全権を与える決議をするよう約束したものである。

ところで、戚継光について、リュウ・ウェイが語らなかったことがある。この人は偉大な用兵家であり、竜行剣(りゅうこうけん)と呼ばれる剣術の流派の創始者であり、公正で高潔な人であったが、ときどき笑話の中に登場する。というのも、この人は、歴史上有名な恐妻家であったからだ。もっとも広く知られたエピソードはつぎのようなものである。

倭寇の討伐を命じられた戚継光は、軍隊のなかから勇者を募り、特別部隊を編成しようと考えた。だが、何をもって勇者の基準とするべきか。剣の名人もいれば虎を殴り殺す者もいる。技や力もだが、やはり勇気を試すべきであろう。そこで戚継光は、広場に自分の部下たちを集めた。広場の一方の端に白い旗を、もう一方の端に紅い旗を、それぞれ立てて、こう命令したものである。

「お前たちのなかで、自分の妻がこわい者は白旗の下に集まれ。自分の妻をおそれぬ者は紅旗の下に集まれ」

すると、剣の名人や、虎を殴り殺した怪力男もふくめて、ほとんど全員が白旗の下に集まってしまった。戚継光は落胆したが、見るとひとりだけ紅旗の下に立っている男がいる。

「おお、これこそ真の勇者である」

喜んで、その男を指揮台に招いた。褒美をやって、特別部隊の隊長にしてやるつもりで尋ねた。

「おぬしはなぜひとりだけ紅旗の下に立ったのだ」

むろん戚継光が期待していたのは、「私は妻などおそれぬ。したがって天下にこわいものなどござらぬ」という返答であった。ところがその男は赤面し、頭をかいて答えた。

「いや、じつは将軍の声がよく聴こえませんでしたので。どうしてよいかわからぬときは、みんなといっしょに行動せず、残ってようすを見るように、と、きつく妻に命令されておりましたので、はい」

戚継光は一言もなかったということである。

だが、いかに笑話の種にされようと、彼が戦場で不敗であったことは事実であった。じつのところ、ギュンター・ノルトを戚継光にたとえたとき、リュウ・ウェイの脳裏には、このエピソードが投影されていた。ノルトが亡き妻の写真を抱いて亡命してくるような人物だとわかっていたからである。リュウ・ウェイ自身には結婚歴がないので、恐妻家と愛妻家とを区別するのは、なかなかにむずかしいことであった。いずれにせよ、彼がさしあたってやらねばならぬことは、タデメッカ市の防衛をギュンター・ノルトにゆだねることとである。

新参亡命者のギュンター・ノルトもだが、リュウ・ウェイにしても生まれながらのタデメッカ市民ではない。そのふたりが市の防衛に関して、多大の責任と権限を与えられたことは、他の時代、ことに国境や国籍への意識が病的にこびりついた過去人の目からは、奇怪事として見えるかもしれない。しかしそれは近代ナショナリズムの毒素に犯されているからであって、中世的な意味とはやや異なるにせよ「都市の空気は自由にする」。都市は集積と受容の場であって排斥の手段ではない。その都市に現在居住する人間であれば、さほど過去を問題にしなかった。それにしても、やはり、新参の人間が事実上の総司令官に選ばれた例は、はじめてであった。人材不足といえばそれまでだが、とにかくこれは歴史上の快挙であった。

Ⅳ

ギュンター・ノルトは、タデメッカ市政府総裁の臨時戦略顧問という肩書を手に入れた。正確には押しつけられたのである。彼の職務は「軍事行動およびその計画立案に関し、市政府総裁ないしその代行者に対して最善の助言をなす」ことにあった。とはいえ、「戦略」という概念自体、この場合はいいかげんなものであって、ノルトが実戦指揮、つまり戦術レベルの課題まで処理しなくてはならないことは明白であった。

結局、自分はどうしても戦場から離れることはできないのだろうか。ふと自分の軌跡をかえりみて、ノルトは苦笑した。

「いやいやだから、つきまとわれるのかな。すこし心をいれかえてみようか」

ただ、ノルト個人のレベルでそのような通俗的道徳論が通用するとしても、戦争をはじめる者にはつねに物質的な利害がからまる。市民や国民の心身を鍛錬するために戦争をはじめる指導者などいない。口実に使う者はいるかもしれないが。

　ノルトとしては、戦いを避けてまたぞろどこかの都市へ亡命するのも、めんどうな話である。リュウ・ウェイも、これは逃げられぬと察して、ノルトのためにいろいろ条件を獲得してくれた。大家さんの好意に酬いるために、まあできるだけのことをやってみようか。

　おそらくノルトは、自分で考えている以上に、ふてぶてしいところがあるのだろう。戦って負けるとはまったく思わなかった。

　独裁者と英雄を同時に失ったブエノス・ゾンデ市では、市民が三〇以上の小党派に分裂して、みな権力はほしい、責任はとりたくない、戦後処理をどうするか、軍隊をどうあつかうか、網のなかで魚群がはねまわるかのような大騒動だという。したがって、亡命したノルトをつれもどそうと追いかけてくる心配もない。そういった情報をもたらしたリュウ・ウェイが、ノルトを見やって肩をすくめてみせた。

「誰かが指導なり調整なりに乗り出さないと、ブエノス・ゾンデは収拾がつかないかもしれんな」

「誰かの手を借りる必要はないんです。自分たち自身の手でやればいい。やれるはずですよ」

ノルトは突き放している。人の世に、救世主などいないのだ。自分たちの問題は自分で解決すべきではないのか。でなければ、エゴン・ラウドルップのような手合に、何度でもでかい面をさせ、自分たちの自由と尊厳を踏みにじられるだけであろう。

「おれは戦うために生まれてきた。おれのいるべき場所は戦場しかない」

そう叫んで陣頭に立つ猛将も歴史上には存在したが、ギュンター・ノルトはそのような型の人物に属さない。片足の不自由なこの青年は、未だに、自分は昨年のうちに死を選ぶべきではなかったか、という明朗ならざる疑念を引きずっている。タデメッカという風光の明るい亜熱帯高原都市の住民となり、リュウ・ウェイの農園でトマトの栽培などしていると、自然の運行に応じておだやかな日々の営みをつづけていけるのではないか、という気もしていたのだが、したとたんに、この状況の変化である。

「一回きりということにしたいものだな」

そう思いつつ、ノルトはリュウ・ウェイの案内でタデメッカの軍司令部を訪れた。そこで対面したのがサンダラー軍からの手紙で、宣戦布告にともない、軍と軍との間に、いわば挑戦状をたたきつけてきたものだった。児戯に類することであったが、心理戦の一環としておこなわれたのであろう。文面は、降服をすすめる内容で、無礼をきわめるものであった。

これがＡＡＡことアルマリック・アスヴァールであったら、「昨年敗れただけではあきたらず、今年もわざわざやられに来たか」とでも毒づくところである。ギュンター・ノルトは、陽性の敵愾心(てきがいしん)という類の感情にとぼしかったから、黙って文面に目をとおし、表情も変えずに破りすてただけであった。

ギュンター・ノルトがタデメッカの戦略顧問となってサンダラー軍と戦う。その報は、傍観ないし漁夫の利を決めこむ他の五都市にも伝わって、好奇の視線が、ふたつの都市に集中した。

ニュー・キャメロット市の軍司令部で、ケネス・ギルフォード中将は鋼玉色の瞳をわずかに光らせた。人前では一片の感想も口にしなかった。一番好きな状態——机の前でひとりになったとき、低くつぶやいた。この男としては珍しいことに、いささか楽しげであった。

「有為転変(ういてんぺん)とはよくいったものだ。ブエノス・ゾンデの英雄がアクイロニアに亡命し、いまではタデメッカの戦略顧問か」

七都市分立の体制は、それほど悪いものでもないようだ、と、ギルフォードは思う。ひとつの都市にいられなくなっても、他都市に逃がれて再出発できる。人類社会が単一の政体によって支配され、同一の政治的価値観を全員が共有せねばならないというのも、うっとうしい話である。

それにしても、たしかに有為転変というべきであり、ケネス・ギルフォードは、つい先年戦ったばかりの相手が、平凡ならざる人生を歩んでいることを思いやらずにいられなかった。ギルフォード自身、平穏な道程を歩んだわけではないが、生まれ育った母都市（マザーシティ）になお居住しつづけており、軍服の色を変えたこともない。あるいはギュンター・ノルトは、先達の道を進んでいるのだろうか。七都市並立の体制が固定化する一方で、人の動きはさらに流動化し、生涯、幾度も軍服の色を変える者が出てくるかもしれぬ。それはそれでけっこうおもしろいことであるように、ギルフォードには思われる。オリンポス・システムの支配下にあって、人生を固定化されることを避けたいのであれば、母都市を捨てて流浪し、他都市で栄達するのもひとつの生きかたであろう。

それにしても、「大転倒（ビッグ・フォールダウン）」の直前、この惑星には一〇〇億人にせまる数の人間が居住しており、一〇〇〇万都市は五六を算（かぞ）えたのだ。それが現在では、七つの都市とその近郊に、合計五〇〇〇万未満の男女が生活しているだけなのである。これでもかなり増大しているのだ。せっかく増大した人口を減らすために、争乱をくりかえす人間どもは、いつかオリンポス・システムから解放された日に、空をふたたび戦場にするのだろうか。

南極大陸のプリンス・ハラルド市（シティ）では、カレル・シュタミッツとユーリー・クルガンがチェス盤をはさんで対峙していた。僧正（ビジョップ）の駒を空中に浮かせ、盤面を見おろしながら、シュタミッツが口を開く。

「わが市政府としては、今回の件で軍を出動させるつもりはないそうだ」

理由を、シュタミッツは説明しない。クルガンも問おうとはしなかった。市政府の方針は、見えすいてもおり、健全でもあった。実戦に参加する意思はなく、出動態勢をととのえるだけでサンダラー軍を背後から牽制し、タデメッカに対して貸しをつくる。タデメッカが勝てば、恩を高く売りつければよいし、サンダラーが目的を達すれば、そ知らぬ顔で過去を忘却すればよい。いずれにしても、両市両軍が全力をあげて対峙している間、プリンス・ハラルドは両者からの脅威を受ける心配はないのだ。

シュタミッツとクルガンは、たがいをチェスの好敵手として認めているわけではない。他に誰も彼らの相手をしてくれないので、しかたないのである。ことにクルガンの相手をして狭心症に似た症状をおこさないのは、南極大陸にただひとり、シュタミッツだけであった。

「南極大陸の資源でさえ未開発のままなのに、このうえタデメッカやサンダラーにまで手を出せるはずがない。ペルー海峡で受けた傷も、まだ癒えるには時間がかかる。まあ今回は常識が勝ったというわけだな」

シュタミッツの感想に対し、ユーリー・クルガンは、冬の借金とりのように冷たく、黙然とうなずいただけであった。シュタミッツの相手をするたびに、何と拙劣なチェスだと思うのだが、不思議なことに、これまでの戦績はまったく互角なのであった。

「お子さんたちは元気か」

　ふとそう尋ねてから、クルガンは自分のいったことに腹を立てたような表情になった。

幼い三つ子の父親であるシュタミッツは、穏和な笑顔をつくった。

「おかげさまでね。ところで王手(チェック)だよ。いつ気づくかと思って待ってたんだが」


　タデメッカは陸封された内陸都市であり、サンダラー軍の主力は多島海に展開する水上部隊である。とすれば、たがいに戦いようがないはずだが、軍事的な欲求は、つねに奇策を見出すものらしい。サンダラー軍は、地上二〇〇メートル以下を飛ぶ大型硬式飛行船によって、陸上兵器と兵員を大量輸送する手段を考案したのである。

　本来、これらの飛行船は他都市との交易を促進するための手段として開発されたのだが、民需(みんじゅ)の技術はそのほとんどすべてが軍需に転用できるものだ。こうして、六〇隻の大型硬式飛行船は、一万四四〇〇名の兵員と七二〇台の装甲車、一八〇基の地対地ミサイル・ランチャー等を積載し、時速一八〇キロでクンロンへの低空路を渡っていったのである。かつてインド洋と称されていた青黒い波濤のつらなりの上を、六〇隻の巨大な飛行船がすれすれに飛び去るありさまは、幾隻かの商船や漁船に乗りこんだ人々を呆然とさせた。

タデメッカ軍としては、陸路と海路によるサンダラー軍の侵攻速度を、時速六〇キロ以内と計算していたから、虚を衝かれる形となった。

ギュンター・ノルトは、いまさらあわてない。与えられた一万五二〇〇の兵力を統率して、タデメッカ市を進発した。これが一月二五日のことである。

V

「あれだけの低空輸送手段を所有していたとはな。ペルー海峡で戦ったときは、温存していたわけか」

わずかにギュンター・ノルトは苦笑した。六都市連合軍を相手にしたのは、ブエノス・ゾンデにとって幸運であったのだ。自分たちが主体となったことでサンダラー軍も本気になったというわけである。本気になった以上、戦意もあれば補給もととのえるというわけだ。やる気のない連合軍より、よほど警戒を要するであろう。

あるいは飛行船による空中攻撃もあるか、と思ったが、対空砲火の前には飛行船の速度は緩慢すぎる。サンダラー軍はニジェール川の北方に集結し、そこから二〇〇キロ離れたタデメッカ市をめざして、陸路での進撃を開始した。こうして、「ジャスモード平原の会戦」が準備されるに至ったのである。

ジャスモードの平原は、世界最大の墓地である。人間が建設した陵墓ではなく、「大転倒」の際に生じた洪水によって多くの人々がこの地へ押し流されてきたのだ。水が退いた後に遺体が積みかさなり、やがてそれは白骨化して、ほぼ三〇〇平方キロの面積の土地に、一〇〇〇万体以上の白骨体が散乱しているといわれる。あくまでも推定数であり、正確な調査はなされていない。この土地にプラチナの鉱床が存在するという説もあるが、いわばこの地はタデメッカ市民にとっては「あかずの間」であって、貴金属に対する多少の欲望も、畏怖の念をしのぐことはできなかったのである。

ジャスモードは比較的湿気の多い土地で、冬季にしばしば空中の上層と下層で気温の逆転現象が生じた。すると平原全体が濃密な霧におおわれ、視界がきかなくなる。タデメッカ軍とサンダラー軍が衝突した日は、まさにそのような冬の一日であった。

二一九三年一月二九日。進撃をつづけるサンダラー軍は、ジャスモード平原に侵入を果たした。霧と湿土のため、その前進速度は落ちたが、ここを突破すればタデメッカまで一日行程である。

ジャスモードの名は、「白骨平原」として他市の住民にまで知れわたっていた。その異名が誇大ではないことを、サンダラー軍の先頭部隊は思い知らされることになった。霧に濡れた地表が黄ばんだ人骨におおいつくされているのを見て、兵士たちは顔を見あわせた。嘔吐する者もいる。通過するだけならまだしも、行軍の妨げ（さまたげ）となる白骨をとりのぞくよう彼らは命令されていた。

「あまり心情（きもち）のいいものじゃないなあ」

白骨をシャベルですくいあげながら、サンダラー軍の兵士が顔をしかめた。同僚の兵士がうなずいて声をひそめる。

「この骨なんて子供だぜ。苦しんで死んだのかなあ。おい、誰か祈りの言葉を知らないか」

すると、その声を耳にした士官が、ジープの後部座席からいたけだかにどなりつけた。

「むだ口をたたくな！　さっさと邪魔なものをどけて、司令官閣下が通りやすいようにするんだ」

その高圧的な態度に反感をいだいた兵士のひとりが、頭蓋骨をつかみ、短い祈りの言葉をささやくと、士官の頭めがけて投げつけた。たまたま士官が顔を動かしたので、生者と死者は斜め正面からキスする形になった。士官は絶叫して飛びあがり、ジープの座席から転落した。白骨の山の上にへたばって、士官は気絶してしまった。どっと嘲笑がおこった。

この時点においてサンダラー軍の実戦面における最高指揮官は、バハーズル・シャストリ中将である。ペルー海峡攻防戦に際して、サンダラー市の実戦部隊を指揮した人物で、四〇代前半の、眼光するどい瘦せぎすの男だ。

ペルー海峡攻防戦は、参加したすべての指揮官にとって、不幸で不本意な戦いだった。砲弾で上半身を吹き飛ばされたクンロン軍のコントレラス将軍も不幸であったが、生き残った他の将軍たちも、やはり不幸であった。勝利をおさめたギュンター・ノルトさえ不幸であったから、敗者たちの不本意は、さらにまさった。

冷雨と泥にまみれ、空腹と疲労に苦しめられた兵士たちも、むろん不幸であった。だが、指揮官たちの不幸は、それとはやや質が異なる。彼らは、自分たちの不幸を、上官の責任に帰せしめることができなかった。ニュー・キャメロット市のケネス・ギルフォードは超然としていた。アクイロニア市のアルマリック・アスヴァールとプリンス・ハラルド市のユーリー・クルガンは、自分以外の者が無能だからこうなった、と、それぞれの表現法によって明言していた。タデメッカ市のギイ・レイニエールは病院の白い壁に傷心を守られていた。サンダラー市のシャストリが、ただひとり、心理的な逃げ場も与えられずにいたのである。

「ギュンター・ノルトがペルー海峡攻防戦で勝者たりえたのは、地の利をえたからだ。

今度はそうはいかんぞ。思い知らせてやる」

シャストリ中将はそう思ったのである。傷心と不名誉を回復する機会が与えられた、と、彼は感じた。公人としての意識と、私人としてのそれとが、境界線を定めかねている。シャストリ個人がノルト個人に優位を占めるため、戦いがおこなわれるわけではない。だが、高級指揮官の心理には、しばしばこの種の陥穽がつきまとうことを、戦史は語っている。

「プリンス・ハラルド軍が実際に動くものか。最大限、牽制でしかない。だが、勝利までに時間がかかれば、奴ら、よけいな欲心を出すかもしれん。なるべく早期に結着をつける必要がある」

シャストリ中将の見解によれば、ペルー海峡攻防戦が惨めな失敗に終わったのは、短期決戦が実施レベルでうまく機能しなかったからであって、短期決戦の構想それ自体がまちがっていたからではなかった。あのときは、六人の軍司令官がそれぞれ勝手に動いたり、あるいは動かなかったりしたから、圧倒的な兵力差を生かすこともできず、惨敗を喫したのである。だが今度はちがう。ギュンター・ノルトの幸運も、ポケットの底が破れたことを、世界じゅうが知ることになるだろう。そうシャストリ中将は考えていた。

「……敗者が最も好む言葉は、『今度こそ』である」（ケネス・ギルフォード氏の談話）

一方、ごく短期間のうちに、ギュンター・ノルトは全長四キロにおよぶ防衛線を構築していた。アクイロニア軍のＡＡＡことアルマリック・アスヴァール将軍もそうであったが、有能な陸戦指揮官に、地理感覚は不可欠のものであるらしい。ノルトの防衛線は、ジャスモードの平原めがけてゆるやかに傾斜する丘陵地に構築され、火線に死角がないという点で完璧なものであった。防衛線のどこか一点を攻撃すれば、かならず他方面からの火線にさらされる。防衛線を迂回しようとしても、それは高地から正確に観察でき、対応が困難ではない。この布陣を見て、ギュンター・ノルトに対し隔意ありげであったタデメッカ軍の高級士官たちも態度をあらためた。

「この地形にあっては、誰でも、私と同じように布陣するだろう」

ノルトはそういったが、これは半分は謙遜のつもりである。べつに理解や納得を、彼は求めてはいなかった。

ギュンター・ノルトは、いちおうタデメッカ軍の高級士官用制服を着用している。この制服に対して、どちらかといえばノルトは好意的であった。階級章さえなければ、民間人が着用するサファリ・スーツと異ならない。ノルトの階級章は中将のものであって、その仰々しさは、画学生めいた容姿や、ひざの上に横たわる杖などとの間に、漠然とした違和感を醸し出していた。

片足が不自由なノルトは、丘陵のひとつトラッド・ダウン・ヒルの頂上にジープを停めて、その座席から双眼鏡と杖で全軍の配置を指示したといわれる。「安楽椅子の司令官」という異称は、誤解を与える恐れがあるが、ノルトが「足でかせぐ」というタイプの指揮官でなかったことは、彼の責任ではない。

これまた、AAA、ケネス・ギルフォード、ユーリー・クルガンらと共通する点であるが、ノルトは、視覚的想像力に富んでおり、未来においておこなわれるであろう敵の攻撃隊形を、実像のように網膜に描き出すことができた。むろんそれは恣意的なものではありえない。戦場の設定そのものが、すぐれた用兵家にとっては、キャンバスをひろげることであったのである。

Ⅵ

こうして一月三一日。地球上で最大の墓地は、現在進行形の墓地となる。旧い死屍の上に、あたらしい死屍が積みかさなっていくのだ。

六時五〇分。霧の天蓋が白くかがやいた。ジャスモードの太陽が、これから死に赴く者たちの頭上に、冷酷な慈悲の一閃を投げかけたのである。冷気が遠ざかり、夜が逃げ出すなかで、号令とともに砲声がとどろいた。サンダラー軍の最初の斉射がおこなわれたのだ。半ば礼砲のようなものである。霧に加え、レーダーを攪乱するためのアルミ片がばらまかれ、熱源感知システムをだますためのもっとも素朴な手段として、各処に火が焚かれている。軍用犬の嗅覚を役立たずにするため、香水がふりまかれることもあって、こうなると、「軍事的な真剣さは、努力するほど滑稽さに近づく」という警句の正しさが確認できる。

　砲戦がまだすまぬうち、偵察を命じられたサンダラー軍の一小隊が、敵の小隊と遭遇し、銃撃戦の末に奇妙なものを入手した。

　それはタデメッカ軍の通信文であった。意外な収穫に驚喜したサンダラー軍は、それを司令部に持ちこんだ。暗号を解読して判明した内容は、つぎのようなものであった。

「サンダラー軍の通信波は、すべてわが軍に傍受されている。すでにわが軍の勝利は明らかであるから、この優勢を敵に知られぬようにせよ」

　ギュンター・ノルトの署名があった。むろんこれはタデメッカ軍の謀略であった。敵軍がすでに解読法を発見しているであろう旧い暗号を用いて、敵を攪乱しようというのである。これはごく初歩の謀略であるが、ノルトにしてみれば、成功しなくとも痛痒は感じない。一方、シャストリ中将にしてみれば、デジタル化された通信を傍受されるはずがないと思っても、不安は残る。

「念のためだ。今後、戦場内における通信は、電波を使用することを禁じる。そう広い戦域でもないから、これで充分なはずだ」

そう命じられた情報参謀ガラスターズ中佐は不満だった。有線通信では戦闘中に線が切れる可能性が高く、かといって伝令など使っていては情報伝達に時差（タイム・ラグ）が生じる。それだけでなく、伝令が敵に捕われでもしたら、作戦指令がつつぬけになってしまうおそれがあるではないか。そう思ったが、通信を傍受されているという総司令官の懸念に対して、公然と反論するだけの根拠もなかった。ガラスターズ中佐は、神妙な表情で命令を受け、ついでのようにこういった。

「伝書鳩を用意してくれればよろしゅうございましたね、閣下」

「そうだな。検討に値する課題だ」

きまじめに、シャストリ中将は答えた。むろん彼は、部下の皮肉に気がつかなかったのである。

こうしてサンダラー軍はジャスモードの野における全面攻勢を開始した。それは砲戦と接近戦の並用を基幹としたもので、ひじょうな戦術的熟練を必要とした。双眼鏡をのぞいたシャストリ中将が、不意に舌打ちした。

「あの丘のおかげで何もできん。あの丘を何とかしろ。地図から消してしまえ」

シャストリ中将の発言は、「深刻だが不条理な」要求の代表例ともいえるものであった。当人は、指揮官の真摯さを全軍に思い知らせるため、というつもりだったが、これは逆効果であった。部下たちから見れば、「ばかばかしいことを。よほど焦ってやがるな」と思わざるをえないのである。

ただ、効果のほどは別として、その丘、ミドル・ラウンド・トップと呼ばれる丘が、戦術上きわめて重要な地点であることは確かであった。その点、シャストリはけっして無能であったわけではない。その丘を地図から消すのは不可能であったから、シャストリは、多少の犠牲をはらっても占拠すべきであると決意した。ホイットニー少佐の指揮する第一四猟兵大隊を、霧にまぎれて接近させ、白兵戦に持ちこもうとしたのだ。ところが一時間後、つぎのような通信がとびこんできた。

「こちら第一四猟兵大隊。現在位置はどこか。われわれの現在位置を知らせよ！」

これほどなさけない通信も珍しいが、当事者たちにとっては深刻をきわめた。完全武装した八〇〇人の歩兵は、霧の迷路を四時間にわたって彷徨しつづけるはめになったのである。もっとも、そのおかげで殺戮に直接参加せずにすんだのだが、まったく無傷というわけにはいかなかった。通信波の発生源めがけて、タデメッカ軍の銃弾が飛来し、六人の負傷者を出したのである。これは通信波の内容が知られていることを証拠だてるものでは、まったくなかったが、サンダラー軍の疑惑を深めるには充分であった。シャストリ中将は、先刻の指令を徹底させ、電波通信をかたく禁じた。当然、座標によって第一四猟兵大隊に彼らの位置を知らせてやることもできなくなったわけであった。これはひとつの伏線となって、会戦の底流に潜在することになる。とにかく命令は実行され、複数の伝令が戦場を右往左往することになった。

タデメッカ軍にも、きわどい瞬間があった。一月三一日一八時に、サイクルズ准将が、左翼前衛部隊を突出させて、サンダラー軍の右翼左方を突破しようとしたのだ。サイクルズは血気にはやって、自分の守っている丘陵斜面を下っていったが、やはり霧のために、距離をかせぐことはできなかった。

事態を知ったギュンター・ノルトは、三秒半ほどサイクルズの独断を低声でののしった後、いそいでミドル・ラウンド・トップ方面を偵察させた。サイクルズ准将の移動と突出によって、ミドル・ラウンド・トップはがら空きになり、無防備となっていた。もしこの高台がサンダラー軍に占拠されたら、タデメッカ軍の中央部隊は頭上から一方的に掃射をあびることになる。ノルトはとりあえず二個の機関銃中隊をミドル・ラウンド・トップの頂上部へ急派した上で、サイクルズ准将に対しては、前進した場所を動かぬよう厳命した。じつに手早い柔軟な処理で、ノルトは、突出しかけた部隊を、そのまま防御と攻勢の双方に使える遊撃兵力に変えたわけである。

「ギュンター・ノルトの用兵家としての真価は、奇想天外な策を考え出すことにはなく、なすべきことを手ぬかりなく為して基本を守りぬくことにある。彼にとって、すべては理論と常識の枠内にあった」

そのような評価がある。たしかにノルトがペルー海峡攻防戦でおこなったこと、このジャスモード平原でおこなおうとしていることは、奇策などではなかった。彼は完璧な防御によって敵を消耗させ、撤退させようとしているのであって、攻撃し殲滅させようとしているのではなかった。その完璧さも、原則に固執する頑迷さとは無縁であって、一見すると、その場その場に応じて対処療法をほどこしているだけのように見える。だが、最初に完全な戦略地理的優位を確立しているので、あとは息の長い執拗な防御に徹して、相手の心身エネルギーがつきるまで保ちこたえればよいのである。

二月一日九時四〇分、この日の朝霧が晴れはじめた。

丘の斜面を上ろうとするサンダラー軍は、タデメッカ軍の銃火に対して、完全な無防備の姿をさらけ出してしまった。タデメッカ軍の狙撃兵旅団長コートレイ准将が双眼鏡をのぞいて大声をあげた。

「何てこった、あいつら、水着もつけずにニジェール川で泳ぐつもりらしいぜ。エチケットってものを教えてやらなくてはならんだろうよ」

自分自身のエチケットについては、コートレイ准将は言及しなかった。絶好のタイミングで敵の行動を把握したのだから、エチケットはこの際、二義的なものでしかなかった。コートレイ准将は、総司令部のすぐ近くに布陣していて、戦略顧問という名の総司令官から、口頭で指令をあおぐことができた。報告を受けたとき、すでにノルトは自分の目で状況を確認していた。コートレイに礼儀知らずと決めつけられたサンダラー軍の部隊は、ウォルドハイム中佐のひきいる装甲車大隊であって、自軍の中核的存在であった。

一〇〇台をこす装甲車が、白骨におおわれた平原を、丘の斜面にむかって並走してくる。車輪の下で、人骨が砕かれる音がひっきりなしにひびき、それが連鎖して、胸の悪くなるような瀆神(とくしん)の交響曲を平原にひびきわたらせた。その曲はギュンター・ノルトの耳にも当然とどいたが、脚の不自由な若い司令官は、べつに表情を変えもしなかった。彼にしてみれば、死者の住まいは生者の胸中にしかなく、死体は単なる容器でしかない、というところであったかもしれない。

「命令がありしだい対戦車ライフルを斉射せよ。充分に引きつけてからだ」

三秒の空白を置いて、もう一度、べつの表現法で指示した。

「命令があるまで絶対に撃つなよ」

これもまた、すこしも独創的なものではない。ギュンター・ノルトにとって戦闘はつねに遂行すべき課題であって、熱狂すべきロマンではなかった。彼は創造的芸術家ではなく、むしろ官僚的技術者であった。それ以上の存在であることを求められる筋合(すじあい)は、どこにもなかった。

鋼鉄とセラミックでつくられた兇暴な肉食獣たちは、たけだけしい前進をつづけ、三〇〇メートルまで接近した。ウォルドハイム中佐の右手が肩まであがり、さらにあがりかけた。

つぎの瞬間、一三五ミリ野戦砲の弾丸が至近で炸裂した。火炎と黒煙と轟音がはじけ、ウォルドハイム中佐の肉体は砲弾の破片をあびて血と肉の塊と化した。彼から五メートルほど離れた場所で地に伏せたひとりの下士官は、落命をまぬがれたかわり、血まみれの肉片を横顔にたたきつけられ、悲鳴をもらして気絶した。

ノルトは一瞬、舌打ちした。指揮官の戦死によって、装甲車群の前進が停止したように思えたからである。だが、すぐに決断した。

「撃て！」

命令は単純をきわめ、しかも効果的であった。三〇〇挺の対戦車ライフルが斉射されたとき、周囲にいた人間どもの視覚と聴覚は、二瞬ほどの間、完全にマヒした。閃光に轟音がつづき、舞いあがった土砂が黒い夕立となって大地をたたいた。鼓膜にこもる残響のなかで、吹きとばされた装甲車の車輪が空をかきむしり、自分の血と他人の血にまみれた生存者がうめき声をあげて地上でもがきまわった。

「ちくしょう、おれの右脚を返せ。脚を返してくれ。返せ」

「目が見えない。助けてくれ。誰かおれをつれて帰ってくれ。恩に着るから……」

これは車外のできごとであり、装甲車のなかでは、油と血に汚れた兵士が、機械や金属片に押しつぶされながら、苦悶のうちに息たえていった。

双眼鏡をのぞきこんだギュンター・ノルトは、自分の命令がどのような結果を生んだか、青白んだ表情で確認していた。双眼鏡をおろしたとき、彼は疲労しきった登山家のようだった。

このとき、サンダラー軍のシャストリ中将の双眼鏡は、不快な情景をとらえていた。敵の一隊、それはサイクルズ准将の部隊であったが、彼らはサンダラー軍の野戦砲隊の兵を追い払い、四門の砲をぶんどって、意気揚々、引きあげようとしていたのである。この小癪な行為をこらしめてやろう、と、中将は考えた。四門もの砲を奪われては、実害も大きいのである。

Ⅶ

ここでサンダラー軍に重大な失策が生じた。戦いの帰趨を決するほどの重大な失策であり、その直接責任は、フレッチャー中尉という伝令士官に帰せられる。だが、基本的な原因は、電波通信を禁止したシャストリ中将にあったであろう。サンダラー軍の左翼にあって着実な前進をつづけていたゴールドスミス少将が、総司令部からの伝令を迎えたのは、二月一日一四時ちょうど。伝令のフレッチャー中尉が伝えた命令内容は、つぎのようなものだった。

「軽装甲ジープ部隊をすみやかに前線に投入し、敵による砲の搬出(はんしゅつ)を阻止せよ」

この指令は、かなり強引で簡略すぎるものに、ゴールドスミス少将には思われた。起伏のはげしい地形と霧のため、少将には、大砲を移動させつつあるタデメッカ兵の姿が見えなかったのである。そこでフレッチャーは、少将の質問に応じて攻撃目標を指さした。その一本の指が、自信満々で指さしたのは、二・八キロ離れた距離にある丘陵上の砲陣であった。

「あそこです。あの敵軍にむけてジープ部隊を投入せよとの命令です。ただちに実行ねがいます」

そういわれて、ゴールドスミス少将は絶句した。それはコンクリートと対戦車用鉄杭で護(まも)られた八門の重砲群で、しかも左右には重機関銃陣地が展開し、砲陣の正面に肉薄する敵がいれば至近距離からの弾列でミンチボールにしてやろうと牙をといでいたのである。双眼鏡でそのありさまを再確認し、ゴールドスミス少将は、うめき声をもらした。

「冗談じゃない、自殺行為だ。犢が自分からオーブンに飛びこんでいくようなものだぞ。タデメッカ軍の奴らは、テーブルについて待ってるだけで、御馳走にありつけるじゃないか！」

ゴールドスミス少将は、命令の変更を願い出るつもりで伝令を呼んだが、フレッチャー中尉はすでに姿を消していた。命令の伝達が終わったので、さっさと総司令部への帰途についたのである。このためゴールドスミス少将は、命令にしたがうか、抗命罪を覚悟でその場にとどまるか、二者択一を余儀なくされた。ゴールドスミスはまじめな軍人であった。彼の立場にAAAがいたとしたら、何のかのと理屈をこね、時間をかせぎ、サボタージュして状況の変化を待ったにちがいない。だが、ゴールドスミスは、結局、命令にしたがう途を選んだのだった。かくして、

「これほど勇敢な、しかも愚劣な突撃は、歴史上に稀れである」

と後世いわれる自動車化狙撃連隊の強行突入が実行されることになったのである。

重機関銃、無反動砲、迫撃砲などを搭載した軽装甲ジープ部隊は、機動力にすぐれ、指揮官の力量しだいで、きわめて大きな戦術効果をあげることができた。これにオートバイ部隊を並用する場合もあるが、この日、ゴールドスミスは、八八〇台の装甲ジープのみを戦場に投入したのである。

ジープに乗りこんだ一七六〇名の兵士は、自分たちの前方に火器つきの墓場が待ちか

まえているとは知らなかった。コンクリートや鉄杭でかためた砲陣に対して、自動車部隊による正面攻撃をかけるなど、常識としてありえなかったからである。だが、戦場において出される命令の、すくなくとも半分は、常識と理性を無視したものである。

二月一日一五時四〇分、ゴールドスミス少将の指揮する八八〇台の装甲ジープは、敵の砲陣へ正面攻撃を開始した。それに先だって、砲陣への砲撃をおこなってはいたが、いわばこれは正面攻撃のアリバイづくりにすぎなかった。前進するにつれてタデメッカ軍の銃火はこわれたシャワーのように猛烈になり、サンダラー軍の被害は急速に増大した。

すさまじい出血に耐えて、サンダラー軍の装甲ジープ部隊は、タデメッカ軍の砲陣に到達した。おそるべき勇気と献身であったが、結局のところ、勇気と献身は浪費されてしまった。コンクリートと鉄杭とが彼らの前進をはばみ、彼らは動けなくなった。銃座の前で立ちつくす敵を掃射しないような軍隊は、人道的だとは称されない。低能と呼ばれるだけであろう。そしてタデメッカ軍は、低能ではなく、人道的でもなかった。

「撃て！　撃ちまくれ！」

命令は実行され、虹色の銃火がサンダラー軍に集中した。士官の胸に赤い花が散り、兵士の頭部からヘルメットがはね飛んだ。タデメッカ軍の銃座は、死神のトランペットを高く低く吹奏しつづけた。銃弾が肉にくいこみ、血を噴きあげた。運転者を失ったジープが暴走することはなかった。「大転倒（ビッグ・フォールダウン）」以前の大都市でときとして見られたように、ジープ部隊は「渋滞」と呼ばれる状態にあったからである。爆発音とともにオレンジ色の巨大な花が咲くのは、燃料タンクを撃ちぬかれたからであった。

　この戦闘に参加したサンダラー将兵は一七六〇名。一五八九名が戦死し、五六名が捕虜となった。かろうじて味方の陣営に逃げ帰った者は一一五名で、そのうち八四名が負傷していた。ゴールドスミス少将も、九発の銃弾をあびて戦死者の列に加わった。

　そのころミドル・ラウンド・トップの東斜面では、より原始的な戦闘がおこなわれていた。ここで展開された白兵戦は激烈をきわめた。

「ラッシュアワーの殴りあい」と後になって称されたこの戦いでは、オートライフルが殴打の武器として使われ、戦死者の数はすくなかったが、骨折等の重傷者がきわめて多かった。攻防の両部隊が銃弾を費（つか）い果たし、補給が追いつかず、しかもいつのまにか双方の距離が三〇メートルほどにまで接近していたため、このような結果になったのである。サンダラー軍のノボトニー曹長は、夢中で殴りあいを演じ、激痛に気づいたら、左手の薬指を敵兵に嚙（か）み切られていた。悲しむべき珍事であったが、ほどなく彼は自分の失われた身体の一部を、地上で発見することができた。彼の指を嚙みきったタデメッカ兵の名は不明だが、人肉を嗜食（ししょく）する趣味がなかったことは確かである。

　白兵戦の輪から脱（ぬ）け出して、ついに丘の頂上に達したサンダラー軍の士官がいた。レッドヴァース中尉という人である。

「見ろ、ニジェール川だ。タデメッカはおれたちの眼下にあるぞ！　もうおれたちのものだ。ベッドにはいった女みたいなもんだ。あとは服をぬがせるだけさ！」

歓喜の叫びは、絶鳴に直結した。同時に三方向から飛来した銃弾が、彼の右頸部、左胸、右膝に命中し、レッドヴァース中尉は三ヶ所の銃創から赤い霧を噴き出しつつ回転して倒れた。彼は「ジャスモード会戦」において、もっとも前進したサンダラー軍人であったが、その名誉と引きかえに生命を失うことになったのである。彼の生涯で最後の言葉は、かならずしも上品といえるものではなかったが、これは軍人としての彼の行動とは、いちおう別次元の問題であろう。

一六時四五分。あいつぐ強攻の失敗を知ったシャストリ中将は、怒りと失望の青白い劫火に焼かれながら、一部下の名を呼んだ。

「フレッチャー中尉はどこだ。フレッチャーの低能めはどこにいる。命令をまともに伝達することもできぬあの低能めが、わが軍を滅亡させるのだ！」

周囲の部下たちは、損害の巨大さと、中将の怒気のすさまじさに、色を喪った。当のフレッチャー中尉は、ついに、怒り狂う司令官の面前に出頭しなかった。責任を回避しようとしたのではない。ゴールドスミス少将のもとから総司令部へ帰還する途中、迫撃砲弾をあび、乗っていたオートバイもろとも吹き飛んでいたのである。彼は自分のあやまった命令伝達が、どのような結果を生じたか知らずに死んだのであった。

二月一日の夜にはいったとき、すでにサンダラー軍の戦死者は四〇〇〇人をこし、軍隊としての機能を満足に果たせない状態におちいりつつあった。一方、タデメッカ軍の戦死者は、五〇〇人に達していない。

ついにサンダラー軍は攻撃を断念し、退却を開始する。二月二日四時四〇分、夜明け前の闇のなかを、敗北感と挫折感に打ちのめされながら。作戦参加人員の二七パーセント以上が戦死するという、記録的な惨敗であった。戦死者率一〇パーセントというのは、指揮官の有能無能を判定する、ひとつの基準である。いかに不本意であれ、シャストリ中将は、失敗した総司令官、四〇〇〇人以上の味方の死に責任を負うべき指揮官としての名を甘受せねばならない。他人に「死ね」と命令する権限を持つ人間は、それにつりあうだけの責任を負わねばならないのである。こうして、「ジャスモード会戦」は終わった。ペルー海峡のときと同様、ギュンター・ノルトは守りぬいて破綻を見せず、そのこと自体によって、自らに勝因をつくるよりも敵軍に敗因をつくったのであった。

二月半ば、サンダラー市長のヘンドリック・セイヤーズ氏が和平交渉のためにタデメッカ市を訪れた。彼は二一九一年四月、前任者ワン・シューの引退にともなってサンダラーの元首となった人だが、今回の出兵が軍部の主導によっておこなわれたこと、自分は出兵に一貫して反対であったことを執拗に訴えた。

「そうかもしれませんな。ですが、他人がやったことでも、当人にとって不本意なことであっても、それが国家の名においておこなわれた以上、最高責任をとらねばならないのが元首の立場というものです。戦争をおこした国家の元首に戦争責任がないとしたら、人の世に戦争責任など存在しませんよ」

タデメッカ市の総裁はそう答えた。りっぱな発言だ、オブザーバーとして出席していた（させられていた）リュウ・ウェイは考えた。願わくば発言者自身がその立場に置かれたとき、発言にふさわしい行動をとってほしいものだ、と。

交渉会場のホテルをリュウ・ウェイが出ると、片脚が不自由な青年司令官が、歩道のベンチにすわって、寄りあつまる鳩にパンくずを投げていた。大家さんに向けて居候は笑顔をむけ、杖を立ててベンチから起ちあがった。

「交渉はすみましたか」

「あれが交渉といえるかどうかね。一方は弁解ばかりしているし、もう一方は勝ち誇ってお説教を垂れている。まあ、今度は誰も死なないから、気がすむまでやればいいさ」

ふたりはゆっくりと駐車場のほうへ歩いていった。ノルトは杖をついており、リュウ・ウェイはごく自然にそれに歩調をあわせた。

「ところで、うちの農園の西のトマト畑、よかったら君にまかせるが、どうだ、気楽にひとつやってみないか」

「感謝します。あまり期待されてもこまりますが、やらせていただきましょう。夏にはＡＡＡ氏にトマトを送ってあげられますかね」

西暦二一九三年二月。多少の変異や屈折をともないつつも、七都市並立の時代は、なお長くつづくように思われた。トマト畑の軍師たちは、ゆっくりと舞いおりてくる水色の黄昏のなかを、肩を並べて農園へと帰っていくのであった。

ブエノス・ゾンデ再攻略戦

I

個人の野心が、一部であっても歴史を動かす例は多い。個人の野心が歴史を動かしうると信じる者も絶えることはない。そのような人物のひとりが、自己の信念にしたがって行動をおこしたことから、人類史上で幾十万番めかの戦いが惹起されることになった。ただ、つねにいわれることだが、火が燃えるには可燃物が存在しなくてはならない。

西暦二一九〇年初頭にニュー・キャメロット市を煽動してアクイロニア市に干渉戦争をしかけさせた人物を、チャールズ・コリン・モーブリッジ・ジュニアという。二一九三年六月にブエノス・ゾンデ市を解体の危機に追いこむことになったのは、それと同一人物であった。モーブリッジ・ジュニアは、三年にわたる流浪と雌伏の末に、彼の陰謀癖を充足させるだけの対象を見出したのである。

西暦二一九三年五月。地球の表面に散在する七つの都市の間では、またしても、平和の女神を失望させ、寝こませてしまうようなできごとが生じることになった。舞台はブエノス・ゾンデ市である。

七都市のひとつブエノス・ゾンデ市は、先年来、美しからざる無秩序と混乱の裡に身を置いている。独裁者エゴン・ラウドルップが政界と人生の双方から退場をとげ、彼の心臓に処刑宣告を撃ちこんだギュンター・ノルトは、押しつけられようとした権力の椅子を蹴倒して、母都市を去ってしまった。倒れたままの椅子と、それをとりかこんでなす術を知らぬ市民たちとが、後に残された。

放心の刻がすぎると、市民たちは行動をおこした。このような状況で、模範的なものとは、残念ながらいえなかった。彼らが熱中したのは政争であった。三〇を算える群小のグループが、咆えたてまた噛みあった結果、ことに攻撃的で排他的な二大グループが勝ち残った。

すなわち「蝶ネクタイ党」と「黒リボン党」である。

両集団に対するこの命名は、事情にうとい者を失笑させるものである。だが、わずかでも事情を知れば、笑いも凍てつくことが確実であった。命名者は確定されず、多分に自然発生的なものであったと見られるが、きわめて黒濁した異様なエスプリ感覚の所産であったろう。この両集団は憎悪と敵愾心に駆りたてられて、深夜たがいの構成員を襲撃しあい、私刑の応酬によって一〇〇人単位の犠牲者を出したのである。そのとき、もっとも多用された処刑法は古典的な絞首刑であった。幾人もの活動家が街灯や橋桁に吊るされたが、そのとき、頸部に巻きつけた紐の色や、その結びかたから、そう命名されるに至ったのである。

前年末から拡大する一途の抗争は、もはや政争などではなく、テロの応酬であった。蝶ネクタイ党も黒リボン党も、いちおう政治的主張らしきものを掲げてはいたが、透けて見える本音は、「おれたちに権力をよこせ」という以上でも以下でもなかった。黒リボン党の指導者をペルドゥル、蝶ネクタイ党のボスをムラードというが、彼らはエゴン・ラウドルップの粛清からまぬがれたていどの小物であった。さして強い指導力があるわけでもなく、いわば濁流にかつぎあげられただけの存在である。流浪の野心家がつけこむにたる隙があったのだ。

モーブリッジ・ジュニアの信念と行動力は賞賛に値したであろう。信念の内容と行動の意味を問わないかぎりにおいては。彼は不屈の利己主義者であって、自分の利益と野心のためには手段を問わなかった。

北極海岸からレナ川にかけての戦闘で、彼はアクィロニア市の攻略に失敗し、行方不明となった。その後、どの地でどのように過ごしていたか判然としない。混乱と昏迷のただなかにあるブエノス・ゾンデ市に姿をあらわしたとき、それほど困窮していたようには見えなかった。ただ、体裁をつくろうために演技もしたし、金銭上の苦労もしたようである。いずれにしても流浪の青年は、テロと安っぽい謀略の渦まくブエノス・ゾンデの政治的迷路を泳ぎぬけ、ごく短時日のうちに政界の大魚になってしまっていた。奇術としか思えぬことだが、彼はふたつのテロ党派と等距離を保ちつつ、ふたつの党派を嫌う人々を集めてボス格におさまってしまったのである。

理想と野心とを峻別するのは容易ではない。前者が後者の化粧でしかない場合は、むしろ判断しやすいのだ。困惑させられるのは、両者が癒着し混合して、所有する当人にも区別がつかなくなった場合である。かつてブエノス・ゾンデ市を支配したエゴン・ラウドルップがその一例であった。彼は自分自身をだますことができる男であったのだ。

モーブリッジ・ジュニアも、結局のところエゴン・ラウドルップの同国人であった——精神世界の地図において。しばしば彼はラウドルップの亜流とみなされるが、じつは強靭さにおいて彼を凌ぐ存在であったかもしれない。ラウドルップは独裁権力を手にしていたが、モーブリッジ・ジュニアは徒手空拳の身であり、自己一身の野心と才覚と執念だけで世界を動かそうとしたのである。

モーブリッジ・ジュニアの正体を知る者も少数ながら存在し、彼らは強い口調で指摘してみせた。

「モーブリッジ・ジュニアは、この市に対して一片の愛情もない。彼にとって、この市は野心の道具であるにすぎない。市の命運を彼に委ねるなど、自殺行為というべきだ」

この種の意見は、発言当時にはだいたいにおいて無視されるものである。モーブリッジ・ジュニア自身、なかなかに巧妙であって、この種の批判や非難に対し、直線的に反発しなかった。流浪の間に、対人技術をみがいたものらしい。「自分は帰るべき母都市を失い、ブエノス・ゾンデ市を終焉の地とする以外に人生はない。それを理解してもらえぬのは残念だが、彼らを責めるつもりはない。彼らもまた市を愛する者なのだから」と、殊勝げに語ったものである。むろん口先だけのことだが、他の二派が口先すら飾ろうとしなかったから、相対的にモーブリッジ・ジュニアの評価が上がったというわけであった。かくして彼の勢力は一定規模に達し、黒リボン党も蝶ネクタイ党も党勢拡張をはばまれてしまった。

こうなっては両派ともに自力で対立勢力を制圧することは不可能であった。では、いかにして勝利の女神を自分の陣営に呼びよせるべきであろうか。

歴史上に多数の例が存在することだが、彼らが選択した方法は、他者の力を借りて女神を誘拐することであった。蝶ネクタイ党はニュー・キャメロット市に、黒リボン党はアクイロニア市に、それぞれ協力を要請したのである。彼らの態度が決定するまでには、かなりばかばかしい事情が介在した。最初、黒リボン党はニュー・キャメロットと、蝶ネクタイ党はアクイロニアと、それぞれ手を組もうとしたのだが、対立陣営の手が自分の求婚相手に伸びているものと誤解し、あわてて相手をとりかえたのである。

両党とも、相手の甘心を買うため、母都市の権益を気前よく譲ることを申し出た。ニュー・キャメロットもアクイロニアも、これを喜び、つまるところ欲に転んだ。

こうしてはじまったニュー・キャメロットとアクイロニアの干渉は、心理レベルから物理レベルへ、たちどころに移動をとげた。べつに対抗意識から決定されたことでもなかろうが、結局のところ思考が同質であるから、やることとなすこと相似せざるをえない。つまり利己主義であり、利益のために視野が狭まり、それにつれて理でなく力を頼む、という順序である。両市の政府は数度にわたって外交折衝と称する脅迫合戦をおこなった。

「ブエノス・ゾンデから手を引いていただこう」

「そちらこそ、汚れた手を引っこめていただきたい。ブエノス・ゾンデの正統な政府は、吾々に協力を求めているのだ」

「何が正統だ。不満分子が集団ヒステリーをおこしているだけのことではないか。真に平和と秩序を求めるのであれば、我をおさえて協力するのが良識ある愛国者の態度というものだろう」

「良識が聞いてあきれる。他人の不幸につけこんで、自市の勢力を拡張するような輩が、良識を口にするとは。よく口が曲がらないものだ」

「曲がっているのは、そちらの性根だろうが」

口ぎたなく応酬しつつ、裏面では軍隊の動員を急いでいる。両市とも、軍事力には自信があり、それだけに、戦争して勝ちたい、という誘惑はつねに大きい。したがって、困ったことに外交努力に関して真剣さが欠けるのだった。

ひとつひとつの発言について、何者がそれをおこなったか確認するのは無意味な作業というべきであろう。軍事力を背景として、弱肉強食的な外交をおこなおうとする公人の精神構造は、双生児を思わせる相似性をしめすのである。各人の個性について言及する必要すら認められぬほどで、これが舞台演劇であれば「外交官A」とか「軍人B」とか記せばすむ。

彼らは自己正当化と他者非難を四時間にわたって継続した末、めでたく決裂した。「勝手にしろ。こちらも勝手にする」というわけであった。もともと、ニュー・キャメロット市とアクイロニア市との間にも「悪縁」と呼ぶべきものがある。それはモーブリッジ・ジュニアが介在したために生じた縁であった。それは先年のペルー海峡攻防戦に際して、両市を含んだ六都市大同盟が成立したため、忘れ去られたかに見えたのである。だが、どうやら一時の寛大さは棄てられ、以前の敵意がよみがえったようであった。視点を変えれば、ニュー・キャメロット市とアクイロニア市とは、過去の歴史から学ぶことなく、またしてもモーブリッジ・ジュニアの魔笛にあわせて踊るはめになった次第である。だが、その笑うべき滑稽さに当事者たちは気づいていないようであった。

II

六月当初、いちおう最後の外交折衝が両市の間でおこなわれた。

「確認しておくが、貴市は本気で軍事的衝突も辞さぬつもりなのだな」

「本市は言動の一致を貴しとする。貴市とちがって、やる気もないのにやるなどと口舌を弄したりはせん」

「よろしい、自分が口にしたことを後日になって失念なさらぬことだ」

使用する言語が複雑になっただけで、精神の水準は幼稚園児と異ならない。欲がからんだだけ汚くなり、規模が大きくなる分、迷惑する人が多くなる。大義名分の厚化粧が、いちおうはほどこされるが、まず迷惑するのは出征を強いられる将兵であった。

ニュー・キャメロット市の軍事力は優秀である。ハードウェアでもそうであったが、ことに高級士官の作戦指揮能力が高い評価を与えられていた。極言すれば、ただひとりの人材が、その声価を背負っている。水陸両用軍司令官ケネス・ギルフォード中将がその人物であった。

ケネス・ギルフォードは公正な男だった。万人に対して平等に無愛想であったのだ。相手によって態度を変えるということがなく、礼儀を守りつつも相手に踏みこませることがなかった。この年三二歳だが、冷静沈毅の印象が強く、年長の政治家たちに圧迫感をおぼえさせる。ありていにいって、彼は政府の要人たちから敬遠されていたが、彼以上に信頼できる軍事専門家はおらず、結局、軍を動かすとなれば彼を責任者にすえるしかない。今回もそうであった。ギルフォード中将がいると思えばこそ、市政府も強気になる。ギルフォードにすれば、その安易さがにがにがしい。

「うちの政府は、無益な出兵をして人命と物資を蕩尽できるていどに豊かになったと錯覚しているらしい。無能な政治家ほど、軍事をもてあそびたがる。こまったものだ」

ただし、ギルフォードは大声でそういったことはない。世の中には低劣な人間が実在しており、軍人が政治家を批判したと知れば、無用の嘴を入れてくる。彼らの半数は、政治家に媚びて軍人を圧さえつけようとし、残る半数は軍人にへつらって政治家を貶め、軍人の勢力をことに政治面で増大させ、自分はそのおこぼれにあずかろうとする。ギルフォードは無能な政治家を嫌っていたが、品性劣悪な輩にへつらわれることは、それ以上に嫌いであった。

民主共和政体のあるべき姿として、軍事は政治に従属せねばならない。その逆であってはならない。そう思えばこそ、ギルフォードは政府命令にしたがっているのだが、じつのところ慢性的に不快感をおぼえるような日々である。ことに、兵士に生命の危機を強制する立場にある輩が、市民から委任されたにすぎぬ権力を自分の私有物と思いこみ、自己一身の利益をはかることに狂奔するありさまを見て、うんざりする。外征するよりまず自分の身体を洗い、腐臭をとりのぞくべきではないか。つい先日、ギルフォードは、若手の政治家のひとりと、つぎのような会話をかわしたばかりだ。

「政治家は道徳や倫理によって判定されてはならず、政策や能力によって評価されるべきだとおっしゃるのか」

「そのとおりである」

「そういう台詞(せりふ)は、有能な政治家が口にするものだ。腐敗している上に無能な政治家が、自己を正当化するために使うべきものではない」

　とはいえ、ギルフォードに対して出兵を命じる権利は彼らにあり、それを拒むことはできないのであった。

　他方、アクイロニア市である。この市の事情もニュー・キャメロットと似ており、AAA(トリプルエー)ことアルマリック・アスヴァール中将が指揮官としての名声をえている。この男は、ギルフォード以上に、政治家に対して不遜(ふそん)であり、元首(ドゥーチェ)ニコラス・ブルームの出兵要請に対して、最初は鼻で笑うような態度であった。

　この不遜な男を驚愕させてやることに、ニコラス・ブルームは秘かな快感を覚えた。

彼はわざとらしく左右を見まわし、声すらひそめて、ＡＡＡにいったものである。周囲の幕僚たちが耳をそばだてた。

「モーブリッジ・ジュニアが生きている。ブエノス・ゾンデ市で彼の生存が確認された」

その一言は、爆弾というより毒ガスに似た効果をあらわした。幕僚たちは気管に有毒な気体が侵入したかのような表情で、ゆっくりと顔色を変えていった。

モーブリッジ・ジュニアは、亡父が五年長生きしていれば、アクイロニアの元首(ドゥーチェ)になりおおせていたはずの人物だ。市を放逐(ほうちく)された後、こともあろうにニュー・キャメロット市の助力をえて母都市に武力侵攻しようとした。アクイロニアにとっては歴史上最悪の裏切者であり、憎悪すべき公敵である。三年前、レナ川上の戦闘でＡＡＡに敗れ、行方不明になっていた。いずこかの地で、のたれ死んだものと思われていたのだ。

モーブリッジ・ジュニアが生存しているとの報は、たしかにＡＡＡをすら驚かせた。死が確認されていたわけでもなかったから、生きていたとしても不思議はない。要するに、死んでしまったとして、誰もがかたづけておきたかったのだ。

「あの野郎、不死身じゃないのか。七都市がすべて死に絶えた後、奴ひとりは生きのこっているかもしれんぜ。憎まれっ子世にはばかるとは、けだし名言だな」

ＡＡＡは毒づいたが、発言の最後の部分は、べつに自省してのことではない。彼のよ

うすを見て、ニコラス・ブルームは、説得に成功したと思った。彼自身、モーブリッジ・ジュニアが生存しているとあっては安心できない。単なる政敵と呼ぶには危険すぎる男を、AAAの手で排除してもらいたいのである。むろん、自分のつごうなど口にしなかったが。

こうして、ニュー・キャメロットとアクイロニアの両市は出兵を決定したのである。

動員された兵力は、つぎのとおりである。ニュー・キャメロット軍はケネス・ギルフォード中将の指揮下に、水陸両用部隊を中心として三万四六〇〇名。アクイロニア軍はアルマリック・アスヴァール中将の指揮下に、装甲野戦軍を主体として三万六九〇〇名。動員限界能力を下まわり、いわば少数精鋭主義がつらぬかれた形であった。

所詮、軍事力は経済力によって拘束される。七都市いずれも、軍事的冒険を好みつつ、それによって経済と社会が破綻を来すことを回避しなくてはならなかった。タデメッカ市の郊外で農園を経営するリュウ・ウェイ氏が居候のギュンター・ノルト氏に語ったように、「健康を害しないていどに悪い遊びをしたがるのさ。自分が若くて体力があると思っているうちはね」ということであろうか。

さて、ニュー・キャメロットとアクイロニアの両市が、懲りもせず軍事的放蕩をおこなおうとしたとき、その行動によって癇の虫を呼びさました都市がある。南極大陸の覇者を自称するプリンス・ハラルド市であった。

「わが市（シティ）はブエノス・ゾンデ市との縁が深い。地理的にも歴史的にもだ。いま貪欲なニュー・キャメロットと餓狼（がろう）のごときアクイロニアとが、ブエノス・ゾンデを攻略し、市民を害し、資源を漁（あさ）ろうとするとき、手をつかねて傍観しているわけにいかぬ」

自分たちも出兵する、というのである。たしかにプリンス・ハラルド市は、ブエノス・ゾンデ市と縁が深い。よくない縁である。侵攻されて撃退し、侵攻して撃退されている。ポルタ・ニグレとペルー海峡とで、たがいに多くの人命を失っている。その悪縁に結着をつけたい。勝てば仇敵の勢力を削ぎ、しかもすくなからぬ権益を確保することができるであろう。

プリンス・ハラルド市正規軍総司令官は、カレル・シュタミッツ中将であった。ひょろりと手足の長い三四歳の青年である。妻がひとりと子供が三人――この数字が逆だったらたいへんだ――の家庭を持つ。副司令官ユーリー・クルガンに比して、温和な常識人という評があるが、クルガンより性質（たち）が悪いといわれる人間は南極大陸には生存しないので、ほめられたことになるかどうか。

「大丈夫だ、今度は勝つさ」

自信満々でそう保証してくれた政治家は、シュタミッツの不本意そうな表情をことさらに無視してみせた。

「あのときは六都市連合軍が混成部隊で指揮の統一を欠いたから負けたのだ。今度は分裂しているのは敵のほうだからな」

これを建設的思考と称してよいものであろうか。シュタミッツは脳裏の辞書をひもとこうとして、溜息まじりに断念した。すでに政治レベルでの決定は下されたのだ。シュタミッツとしては、与えられた権限内で最善をつくす以外に方途はない。

「しかも、現在、ブエノス・ゾンデには、ギュンター・ノルト将軍がいない。だったら君たちでも勝てるだろう」

非礼と無礼と失礼とを完璧に調合して、その政治家は言い放った。シュタミッツは激怒してもよいところであったが、そうはしなかった。こういう輩を相手に腹をたてても無益だ、と悟っている。そのようなことより、彼としては、出征する部下と自分自身のために、他の事情を考慮しなくてはならなかった。

「アクイロニア、ニュー・キャメロット、両市とも、ペルー海峡の攻防戦以降、戦力を温存しております。彼らが本気で軍を動かしてくれれば、いささか事態は変わってくると思いますが」

「それならなおのこと、ブエノス・ゾンデを奴らの手に渡すわけにはいかん」

……不毛な対話を終えて外に出たとき、シュタミッツは、政庁の庭に原色の花々が咲き乱れているのを見た。花の名に精しくはない。ぼんやり眺めるうちに、対話の数々を思いだした。彼に出戦を強いた権力者は、つぎのように語ったのだ。

「……ニュー・キャメロットとアクイロニアの両軍が殺しあうのは奴らの勝手だが、戦火がブエノス・ゾンデの市街地におよぶようなことがあってはならない。市民の安全を守ることが、すでにブエノス・ゾンデ政府に不可能である以上、われわれがあの市を保護してやらねばならん。くれぐれも、あの市を破壊せぬようにな」

保護とはよくいったものだ。シュタミッツは苦笑せざるをえない。

「欲ばりと吝嗇とのちがいは何か」という出題に対して、つぎのような解答の一例がある。いわく、「欲ばりは戦争を愛し、吝嗇は平和を好む」。これはあくまでも一面的な真理であるが、建物が破壊されたり物資が消耗されたりすることを惜しむものであれば、戦争をする気になかなかならぬのは当然であろう。それはよい。だが、その対象が自分たちの都市ではなく他人のものであり、しかも他市の軍隊の前にこちらの軍隊を押し出しておいて破壊を避けよ、という。単なる難題ではなく、矛盾をきわめる難問である。シュタミッツにしてみれば、たまったものではなかった。

このとき、シュタミッツは、困惑とやりきれなさのあまり、原始的な汎神的感情のとりこになってしまったようである。路傍の花に精霊でも宿っているかのような気分になり、出征する兵士たちの命運を思いやるうち、つい花を拝んでしまった。

「どうか助けてやってください。私の手には余ります。ご加護をお願いします」

うやうやしく花にむかって頭をさげる司令官の姿を眺めやって、「フン」とつぶやいたのはユーリー・クルガンであった。相手がシュタミッツでなければ、近づいて背中を蹴とばしたかもしれない。天才を自負するこの不遜な用兵家にしてみれば、「花を礼拝するくらいならおれを拝め」という気がするのである。

実際のところ、プリンス・ハラルド軍の総指揮はクルガンがとる。シュタミッツは補給をととのえ、作戦案に承諾を与え、政治屋どもと折衝してクルガンが手腕をふるいやすいように環境をととのえる。このふたりがコンビを組んで以後、プリンス・ハラルド軍は純軍事的に敗れたことがない。

七都市の勢力は、ほぼ均衡している。人口、軍事力、農工生産力、社会資本整備度、その他さまざまな分野の統計数値において、各都市間に目立つほどの格差はない。それは七都市を建設した月面都市の住民たちが周到に配慮した結果であるが、各都市の市民と政府がそれぞれ市政の運営に努力したからでもある。この均衡は、七都市並立体制による平和と秩序の確立に寄与するはずであった。だが、勢力の均衡がかえって野心家の精神的な土壌に刺激をそそぎこむこともある。一市が他の一市を制圧し、支配下に組みこめば、その勢力は他市を圧倒し、ドミノ・ゲーム式につぎつぎと支配を拡大していくことも可能に思われるのだ。二一九三年当時に至る七都市間の軍事衝突は、その究極的な原因のすべてが、その一点にあるといいきってもよかった。

Ⅲ

「今度こそ負けるはずはない」と三市の為政者たちが考えていたことは既述されたとおりである。だが敗北を倒錯の美学として自己陶酔するような変質者でもないかぎり、誰しも勝算を立てた上で外征の戦端を開くのであり、彼らの半数は勝利方程式のどこかで計算ちがいを犯すのである。

「まったく、負けるつもりで派兵する奴がどこにいるというのだ。それでもう勝ったつもりになっているのだから、想像力の欠けること、まるで豚にひとしい奴らだ」

冷厳な語気で政府をののしるクルガンに、シュタミッツがなだめるような声をかけた。

「まあたいへんだが、よろしく頼む。貴官だけがわが軍の希望だからな」

「花に頼んだらどうだ」

そうクルガンがいったのは、シュタミッツが花を拝んだことを、根に持ったためであるらしい。おれが頼りにならないとでもいうのか、という意思表示である。これはクルガンの客気（かっき）というより子供っぽさであろう。シュタミッツはまばたきし、ついで笑いだした。シュタミッツは才気と鋭気においてクルガンにおよばないが、人格の円熟と包容力とでクルガンを大きく凌ぎ、結局のところシュタミッツの存在なくしては、クルガンの天才も発揮しようがないのであった。

四万一二〇〇名の動員が決定され、大いそぎで編成を進める作業のさなかに、ふと、クルガンがシュタミッツに尋ねた。

「ブエノス・ゾンデといえば、ギュンター・ノルトは現在タデメッカで何をしているのだ」

「畑でトマトをつくっているそうだ。いや、ポテトだったかな。いずれにしても、平和でけっこうなことさ」

「平和ね……」

「人それぞれ理想はちがうだろうが、私としては彼のありかたを否定する気にはなれないな」

否定どころか、羨望を禁じえぬらしいカレル・シュタミッツの表情であった。ユーリー・クルガンはまたしても「フン」といいたげな目つきをした。この男は、シュタミッツを意識して尊敬などしていないはずなのだが、そのくせシュタミッツの下で副司令官の地位に甘んじているのは奇妙なことであった。

七月にはいって、AAAに指揮されるアクイロニア軍は、ブエノス・ゾンデ市から一

○○キロの地点にまで到達した。

「市街戦は避けたい。市民を直接、戦火に巻きこむのは人道にもとる」

ＡＡＡの発言はりっぱなものであり、虚言を弄しているわけでもない。ただ、音声化されない部分にこそ、彼の本音がある。市街戦によって、市の社会資本が破壊されては、戦いの対費用効果(コスト・パフォーマンス)が低下するのだ。戦災を受けた市民に食料品や医薬品を供給し、仮設住居を建て、道路や電線や電話網を再建する。ハードウェアの面のみに限定しても、大きな出費を強(し)いられることになるであろう。まして多くの人間の生命と才能が失われれば、それを回復するのにどれほどの年月を必要とすることか。

ＡＡＡがさまざまに配慮をめぐらし、策(て)を打つ間に、何も考えようとしない人間から連絡がもたらされた。黒リボン党の指導者ペルドゥルが、秘かに市を脱(ぬ)け出して彼の司令部を訪問してきたのだ。手ぶらで来たのだが、土産(みやげ)は彼の舌先に載(の)っていた。

「私が第一市民の座を手に入れたら、アスヴァール将軍には市政府名誉国防相の地位を差しあげよう。その件に関して議定書をとりかわしてもよいが、どうかな」

そういう内容であった。

ＡＡＡの人格には世俗的欲望の要素が豊かである。うまい料理を食いたい、美女を抱きたい、嫌いな奴を不幸にしてやりたい、と、自然に率直にそう思っている。ただし、欲望が理性を侵蝕した例は、これまでなかった。彼の目から見ると、ペルドゥルのような男を信じる気になれないのである。行動力だけはたしかに充分だが、精神的な方向感覚を欠いた人物なのだ。無用な血も大量に流している。

このような人物とうかうかと議定書など取りかわしたら、後日、それを証拠として、恐喝されたり地位を追われたりしかねない。ここはあしらっておくべきであろう。

「私はアクイロニア市の公僕として職責を果たすだけです。ブエノス・ゾンデ市が解放されて以後、そういう話はさせていただきましょう」

誠意を欠く巧言令色の見本であるが、税金がかかるわけでもないから、ＡＡＡはたっぷりとリップ・サービスしてやった。黒リボン党のボスごときが、それを信じて痛い目にあったとしても、ＡＡＡとしては、いっこうにかまわない。

「いずれにせよ、私としては過分なことをしていただこうとは思わんのです。黒リボン党の皆さんこそが、実権と名誉を手にお入れになるべきですな。国防相の地位に値する人材がいくらでもいるでしょう」

おだてあげて彼を帰した。黒リボン党にはせいぜいケネス・ギルフォード将軍の進軍を妨害してもらわねばならない。そしてＡＡＡ自身はといえば、無傷でブエノス・ゾンデ市を手中に収めなくてはならなかった。

「美女の服を剝ぎとって、しかも肌には傷ひとつつけるな、というわけだ。なかなかもって難問というべきだな」

ＡＡＡの発言に、他の幕僚たちは沈黙をもって応えた。何と下品な比喩だ、と思ったことはまちがいなかった。ＡＡＡのほうでは、幕僚たちの内心などかまってはいない。すでに出現しているニュー・キャメロット軍と、至近の未来に出現するであろうプリンス・ハラルド軍と、ふたつの大敵をどう迎えるか、そのほうがよほど重大であった。アクイロニア軍の現況は、どうもはかばかしくない。ペルー海峡両岸の制圧をこころみたものの、当然のことブエノス・ゾンデがわの妨害を受け、海峡を封鎖されてしまった。

海峡封鎖の成功によって、アクイロニア軍は海上からの攻撃路を絶たれた。ＡＡＡことアルマリック・アスヴァール将軍は、このままでいけば、ペルー海峡攻防戦の失敗をくりかえすことになるかもしれなかった。むろん彼は窮状に甘んじるつもりはない。

「なってしまったことはしかたがない。だが、おれたちだけが不幸になる必要もなかろう。ニュー・キャメロット軍も不幸にしてやるぞ」

おれの不幸は奴のもの、奴の不幸は奴のもの。下級悪魔が喜びそうな台詞を胸中につぶやくと、ＡＡＡは、誠意と情熱をこめて、ケネス・ギルフォードの足を引っぱりにかかった。

ギルフォードのほうでは、むろん最初からＡＡＡの好意などあてにしていない。喰えぬ奴だ、ということは、ペルー海峡攻防戦のときに充分すぎるほどわかっている。アクイロニア軍の動静を観察し、ＡＡＡがニュー・キャメロット軍とブエノス・ゾンデ市街の間に割りこんで道路を封鎖しはじめると、はじめて自分も動き出した。アクイロニア軍に圧迫されて海峡部へ押され、そこで進退きわまるかと見えたのだが、これがすべて計算ずくであった。急進したニュー・キャメロット軍は、驚異的なスピードでカルデナス丘陵の背後へ迂回し、二時間にわたる戦闘の末に、これを占領してしまったのである。難攻不落であったはずのカルデナス丘陵が、何とあっけなく失陥したことか。ペルー海峡攻防戦のときに不可能だったことが可能となったのは、いまやブエノス・ゾンデ軍に人材なし、という事実を証明するものであった。

カルデナス丘陵失陥の報を聞くと、思いきり人の悪そうな表情を、ＡＡＡはつくった。

「ペルー海峡なんぞギルフォードにくれてやるさ。おれの狙いはブエノス・ゾンデ市それ自体だ。たかが丘ひとつ、残念がる必要はない」

これは豪語というべきだった。ＡＡＡはギルフォードにひと泡ふかせてやりたいと望んではいたが、それが容易な事業であると考えてはいなかった。ギルフォードにひと泡ふかせることは、ユーリー・クルガンと仲よくすることに匹敵する難事であった。

ＡＡＡは難事がけっして嫌いではなかったが、どう考えても無意味な愚行が難事と結婚して災厄という子供を産むようなことは、ごめんこうむりたかった。じつは彼には、ある奇術を演じるだけの切札があったのだ。アクイロニア市を出立する直前、遠くタデメッカ市から彼の官舎へ、ポテトとトマトを詰めた箱が届けられた。ＡＡＡは、政治と戦略に関して彼の師ともいうべき畏友（いゆう）の存在を思い出し、礼状にかこつけて連絡をとったのである。そして彼が「トマト通信」と呼ぶ、リュウ・ウェイからの返答を受けとっていた。これを生かす機会は、AAAの心算（しんさん）によるが、それまでにAAA自身、一定の軍事的成功をおさめておく必要があるのだった。

Ⅳ

七月九日。プリンス・ハラルド軍がついにペルー海峡西岸に兵力を上陸、展開させた。その総司令部は、先着した両軍司令部に、つぎのように申し送った。

「もし市街に先制攻撃を加えた軍に対しては、平和維持についてわが軍が期待されている役割を、積極的に果たすことになるであろう。自重されたし」

平和維持に強い意思をしめしたものであった――というのは表面上のことである。プリンス・ハラルド軍の真意は、他の二者にとって明確すぎるほどであった。アクイロニア軍とニュー・キャメロット軍とが開戦したとき、口実をもうけて一方に加担し、もう一方をたたきのめそうというのである。しかも、両軍があるていど交戦して傷ついた後で、おもむろに無傷の兵力を押し出せば、労せずして巨利をえることができるであろう。

「何という狡猾なやりかただ。あのクルガンの変悪人が考えついたに決まっている。まったく奴の考えそうなことだ」

ＡＡＡが吐きすてると、高級副官のボスウェル大佐が言語学的な質問を発した。変悪人とはどういう意味か、と。ＡＡＡは答えていわく、

「変人でおまけに悪人のことだ」

「そのふたつの要素は、両立が困難なのではありませんか」

「奴は両立させている。珍種というべきだな」

自分にはどちらの要素も欠けていると信じているので、ＡＡＡは厳しくクルガンの人格に批判と糾弾を加えた。とはいえ、にがにがしく認めざるをえないことだが、クルガンの判断は正しい。何よりも功利的な意味においてだが。そして彼が正しいとすれば、ＡＡＡの属する陣営がまちがっており、彼が賢明であるとすれば、ＡＡＡたちが愚かなのである。まことに不愉快な結論がみちびき出されるのであった。

仮設テントの本営に、ＡＡＡは、三〇枚をこす軍用地図を用意している。そのすべてを地面の上にひろげて、ＡＡＡは両手と両ひざをつき、熱心に視線と指先を動かした。この男には凡人のおよびもつかない視覚的想像力があり、等高線の一本で、その地形をありありと脳裏に思い浮かべることができるのである。

「カルデナス丘陵を奪取したからには、ニュー・キャメロット軍はこのルートを通って市街を迂回し、わが軍の後背に出ようとするだろう。そこでだ、この峠で奴をくいとめる」

　ＡＡＡの指先が押さえた地図上の一点には「モレリア峠」と記されていた。先年のペルー海峡攻防戦においては、六都市大同盟軍はこの峠に接近することさえできなかった。ＡＡＡの地理感覚も生かす機会がなかったのだ。

「そうなるでしょうか、ほんとうに」

「ギルフォードの奴がおれの半分も賢ければそうするさ」

　ボスウェル大佐の常識的な質問に、ＡＡＡは大言壮語で答えた。むろん、モレリア峠の軍事地理的な重要度はきわめて大きなもので、ギルフォードがここを奪れば、ブエノス・ゾンデ市もアクイロニア軍も、まとめて彼の手中に陥ちてしまうであろう。

「そのときは、吾々はどうします」

「そうだな、ポーカーでもやって、チップのなくなった順に首をくくるさ」

　拙劣な冗談をつまらなそうな口調で宙に放り出すと、ＡＡＡはテントを出て双眼鏡をのぞきこんだ。

　彼の視界に、楽園の風景は映らない。むしろ反対方向の風景に、それは思われた。煮えたぎる悪魔のシチューだ。人間と武器と弾薬が巨大な鍋のなかに放りこまれ、熱と光のなかで溶けくずれていく。けっして規模は大きくない戦闘だが、アクイロニア軍の前方に立ちはだかるブエノス・ゾンデ軍、正式には蝶ネクタイ党の戦闘部隊はきわめて強かった。

「モレリア峠でニュー・キャメロット軍を阻止せんと、どうにもならんな」

ＡＡＡはそう思う。普通の指揮官であれば、そのための戦力や戦術について悩むところだが、この男の思案は狡猾であった。というより厚顔というべきであろう。自軍の戦力を惜しみ、黒リボン軍にケネス・ギルフォードという雄敵を押しつけるつもりである。

傍に立ったボスウェル大佐が、気をまぎらわせるつもりか、唐突な質問を発した。

「閣下にとって一番いやな死にかたというのは何ですか」

「トイレにはいっているとき、ガス爆発に巻きこまれることだな」

「私の一番上の姉の二番めの亭主にいわせると、古い食物をもったいないからと食べて食中毒にかかることだそうです」

「……ふん、どちらにしても、戦場以外での死ということだな」

最前線で死の恐怖と同衾している兵士たちの感想を聞いてみたいものだ。ＡＡＡはそう思った。兵士たちが、戦場での英雄的な死を願っているなどと、ＡＡＡにはとうてい信じられない。

いずれにしても永遠につづく戦闘などありえない。すこしでも気のきいた人間なら、終わった後のことを考慮して作戦を立てるものだ。政治屋どもときたら、勝った後の富の取り分ばかり考えているが、外征それ自体の困難さを考えたことがあるのだろうか。

いまさら口にするのもばかばかしいことだが、補給線が長すぎる。各都市軍は長駆して戦場に到着し、また長駆して帰らねばならない。どれほどのエネルギーと物資を消耗することであろうか。本気で侵攻を考えるなら、戦略上の橋頭堡を、補給と作戦行動の根拠地を、目的の都市の近くに建設するべきだ。むろん不可能な注文だが。

「補給物資が少なくなったら撤退するだけのことさ」

ＡＡＡは完全に開きなおっている。これも先年のペルー海峡攻防戦のときと同じだ。物資もなしに悪戦苦闘して母都市のために生命をささげよう、などというマゾヒズムは、ＡＡＡと無縁のものであった。

ＡＡＡが策謀をめぐらしている間に、ケネス・ギルフォードはカルデナス丘陵からモレリア峠へと軍を動かしていた。

「……しかしよ、政治屋どもは毎年毎年、戦争をやってよく飽きないもんだな」

兵士たちの会話が風に乗ってギルフォードの耳にとどいた。

「戦争ってやつは恋愛と同じでな。自分が苦しむのはまっぴらだが、他人が苦労してるとおもしろくてたまらんものさ」

「わかったような口をきくじゃないか」

「そのていどのものさ。お偉方(えらがた)だから高尚(こうしょう)なことを考えているなんて思ったら、とんでもないまちがいだぜ」

兵士たちは同時に市民である。そして権力者たちにとっては単に数でしかなかった。選挙のときには票であり、税金に関しては納税カードの一枚、そして戦争のときは消耗品としての一兵士。それが現実としても、どこか狂っているように思われる。指揮官専用の装甲車の車上でギルフォードは不機嫌な沈黙をたもっていた。

この日、七月一八日、ニュー・キャメロット軍の行動地域は薄い霧におおわれて視界がきかない。ペルー海峡攻防戦以来、ギルフォードは気象にはめぐまれないようであった。

「空が飛べたらいいんですがねえ。頭上から敵軍の状況を知ることができれば、ずいぶんと有利でしょうに」

幕僚のひとりロゼヴィッチ中佐が歎声を発した。

「空の上でまで殺しあいはしたくないものだな」

つぶやいて、ケネス・ギルフォードは空の一角に視線を放った。彼の視線の彼方に、「オリンポス・システム」の一部が浮遊しているはずである。このシステムを考案した人間は、あるいは正しかったのではないか。その思いが彼の心理の地平をわずかによぎり、ギルフォードはわずかに眉をしかめた。とんでもない感傷だ。一方の利己主義を阻害したからといって、他方の利己主義が美化されるものではない。

一四時二〇分、ニュー・キャメロット軍は、モレリア峠に布陣する敵軍の前哨部隊と遭遇した。兵力比は二〇対一というところであったろう。少数の敵部隊は戦意がなく、すぐに陣地を撤収し、峠の上にひしめく味方の本隊に合流した。こうして霧の中、一四時五〇分、戦闘が始まる。

「撃て！」

語尾が消えさるより早く、銃声が反響をかさねた。高密度の火線が空間を埋めつくし、モレリア峠の坂道は着弾の衝撃に土煙をあげ、それが霧と混じって濛々と視界をおおった。

V

血と火薬の匂いで、狙撃兵たちの嗅覚は飽和状態となり、強い刺激でくしゃみを発する者が続出した。鼻血を流す者までいたが、それでもなお彼らは射撃をかさね、死を大量生産する作業に熱中した。

カルデナス丘陵の奪取が迅速に成功しただけに、ニュー・キャメロット軍にはわずかながら精神的弛緩があったことは否定できないであろう。カルデナス丘陵自体は要害ではなく、ギュンター・ノルトの指揮能力と防御構想こそが、それを要害たらしめていたのだ。モレリア峠の場合、どう見ても第二のカルデナス丘陵にはなりえない。冷徹なほど沈着にギルフォードは指揮をとり、一六時には敵の火力の八割までを沈黙せしめた。前線自体も峠の中腹まで前進した、だが峠の頂上に位置する敵陣はなお頑強で、これを破砕するためにロゼヴィッチ中佐が前進指揮をとることになった。

中佐に対して、ギルフォードの指示は短かった。

「この距離ならもうよかろう、曲射砲を使え」

稜線の向こうにいて見えない敵陣に対し、曲射砲をもって頭上から砲撃を加えようというのである。

「装甲車を先頭に立てて強行突破をはかってはいけませんか」

ロゼヴィッチ中佐が提案すると、ギルフォードはただ一言、「無用」といったのみで、その理由を説明しようとしなかった。本来、ギルフォードの威令は軍中でよくおこなわれていたが、このとき、魔がさしたようにロゼヴィッチは自分の意見に固執した。曲射砲よりも、装甲車を使ってモレリア峠を駆けあがり、黒リボン軍の銃座を蹴散らしてやりたくなったのだ。こうして、一五台の装甲車と二四〇〇の歩兵が峠を進むことになった。

黒リボン軍のゲリラ戦術が、ケネス・ギルフォードほど傑出した指揮官に意外な難戦を強いることになった。彼らはモレリア峠の坂道に水を流したのだ。水道管を破裂させて、坂道を「水流階段（カスケード）」に変えてしまった。洪水をおこすにはとうていたりない水量で、ニュー・キャメロット軍の士官たちにしてみれば、笑うべき児戯に思えた。ところが一夜明けて、士官たちは呆然とせざるをえなかった。敵は冷凍機を持ち出して、坂道の表面をおおっていた水流を凍結させてしまい、カスケードは、世界最長の滑（すべ）り台と化してしまったのである。

登ろうとしても軍靴の底が滑って不可能である。滑らぬためには石などにしがみつくしかなく、動くことができない。そこを狙撃されて、ニュー・キャメロットの兵士たちはつぎつぎと倒れていった。これほどばかばかしい、しかも悲惨な戦死のしかたもすくないであろう。

装甲車が氷をひき砕きつつ前進しようとすると、黒リボン軍はふたたび水を流した。水流は装甲車の車輪をひたし、凍結し、装甲車の前進をはばんだ。装甲車が動けなくなったところへ、黒リボン軍は石油を流して火を放った。オレンジ色の炎は火竜の舌となって装甲車へ襲いかかった。仰天した兵士たちは、身体ひとつで車外へ飛び出す。火が装甲車に達し、燃料に引火すると、轟音を発して装甲車は爆発した。オレンジ色の炎が空へむかって舞いあがり、車輪が燃えながら坂を転落していく。混乱の中でさらに銃撃を受け、ニュー・キャメロット軍の死者数は増大した。

ロゼヴィッチ中佐は、司令官が装甲車での強行突破を非とした理由をはじめて悟った。まことに面目ない次第で、ロゼヴィッチとしては司令官に会わせる顔もない。どのように事に処すべきか判断もつかないところへ、ギルフォード中将が援軍を派遣してくれた。援軍は厚い弾幕を張って黒リボン軍の追撃をくいとめ、味方に隊形再編の機会を与えつつ退却戦を巧妙におこなった。これがため、ニュー・キャメロット軍の死者は意外にすくなくてすんだのだが、それでも四〇〇名以上の兵士が母都市への帰還を永遠に阻止されたのであった。

援軍を指揮したのはギルフォード中将自身で、最初の一斉射撃で黒リボン軍を射すくめ、ついで神技としか思えぬ巧妙さで射撃と後退をくりかえして、ほとんど損害も出さず、三キロの距離を撤退した。

そのとき、付近に着弾した砲弾の破片が飛散して、ケネス・ギルフォードが着用した軍服の襟に突き刺さった。長さ四センチ、尖端の角度一五度ほどのぶかっこうなナイフが、ギルフォードの頸動脈から五センチほどの距離で風に揺れている。あやうく惨死をまぬがれたギルフォードは、顔色も変えず破片を引きぬき、退却戦を完璧に演じきったばかりでなく、たちどころに逆撃に転じた。

　そのころAAAは思案していた。黒リボン軍が予想以上にがんばっている。うまくいけばニュー・キャメロット軍を各個撃破の対象にできるかもしれない。AAAの胸中で、ささやかな野心の風媒花が弾けて綿毛が飛び散った。だが、あらたな花が咲きほこるのは、目前の敵である蝶ネクタイ党をかたづけて以後のことであろう。

「だが、こいつらが意外にしぶとい……」

　AAAは舌打ちしたい思いである。黒リボン党にしろ蝶ネクタイ党にしろ、政治的にも軍事的にも二流以下の存在でしかない。本来、ギルフォードやAAAの作戦指揮能力に対抗しえようはずもないのに、これほど頑強に抗戦をつづけるとは信じがたいほどであった。

「烏合の衆に自信と抗戦力を具えさせたのは、ペルー海峡での勝利か」

　そう思うと、たたりの大きさに、AAAとしては頸すじが寒くなる思いである。まったく、賢者たる者はかるがるしく兵を動かすべきではない。おかげでAAAとしては、戦果はあがらぬ、損害は増えるで、気勢のあがらぬことおびただしい。せめてケネス・ギルフォードの奴も苦戦しているというのが、次元の低い慰めであったが、それすらも長くはつづかなかった。

「後背からニュー・キャメロット軍が近づいてきます」

　その報告がもたらされたとき、AAAは腕を組み、ついでに脚も組んで、組立式の椅子を前後に揺すった。

「迂回に成功しやがったわけか。かわいくねえ。ま、もとから、そううまくいくわけはないと思っていたが、さて、どうするか……」

組んだ腕を解いて、AAAは宙をにらんだ。このとき彼は重大な選択を迫られたのである。驍将ケネス・ギルフォードと決戦するべきであろうか。そう思うと、こころよい戦慄が背筋をつらぬいたが、すぐに彼はその軍国的ロマンチシズムを宙に放り出した。母都市の興廃を賭けた一戦でもあるのならともかく、ここで雄敵と生死を競うのはばかばかしいかぎりであった。

「ここはひとつ、リュウ・ウェイさんの構想に乗ってみるか」

決心が秤の一方を重くしかけたとき、ボスウェル大佐から連絡があった。はるばる母都市アクイロニアより通信がもたらされたのである。元首ニコラス・ブルーム閣下が、司令官に戦況を問うてきたのであった。

AAAが通信に出ると、たちまち耳に苦情が流れこんできた。一日も早くブエノス・ゾンデを占拠しろというのが元首の要求である。

「地図ではたった五ミリの距離ではないか。そのていどの距離が、なぜ克服できんのだ。使命感と責任感が君たちの足に翼をはやすということがあってもよいはずだぞ」

「何なら腕を一〇センチばかり伸ばしてやろうか」

ＡＡＡは心のなかでそう答えた。

「それだけ伸ばせば、あんたの頸にとどくだろう。あんたが使っている地図は、よほど縮尺が大きいらしいが、地獄までの距離はちゃんと載っているんだろうな」

だが実際に口にしたのは短い一言だけであった。

「最善をつくしますよ、元首閣下」

誠意をいささかも消費せずに元首との通信を終えると、ＡＡＡは、すぐ別人とコンタクトした。対敵通謀と思われてもしかたない。この男は放胆にも通常交信でニュー・キャメロット軍のギルフォード中将を通信機の画面に呼び出したのである。

「呼び出してすまん。うまい話があってな」

なれなれしく友人口調である。ギルフォードは渋面をつくりつつ、ついつられてしまった。

「どういうことだ？」

「貴官とおれとが協力して、蝶ネクタイ党と黒リボン党を一掃する。どうだ、話に乗る気はないか」

通信機の向こうに、ギルフォードの沈思する表情があった。ＡＡＡは交渉をつづけた。

「どちらの連中が政権をとっても、ブエノス・ゾンデの市民にとっては迷惑な話だ。また、わがアクイロニアならずとも、どこか一市がブエノス・ゾンデを支配下におさめれば、勢力の均衡がくずれる。現状よりもっとひどいことになる。そう思わないか」

「それを考えるのは軍人の任ではない、とは思うがな」

「軍隊は政治の道具ではあっても政治屋の道具ではないはずだ」

「はずとべきで現実を測ると、あまり正確な分析ができなくなるぞ」

警句めいた一言をケネス・ギルフォードは吐き出したが、彼はAAAの提案を頭ごなしに拒絶したりはしなかった。ギルフォードにしてもAAAにしても、単なる戦争技術者で終わるにしては、自分自身の目でものが見えすぎた。政治家よりものの見える軍人は、多くの場合、幸福の天使と仲よくなれない。

AAAとしては、べつに天使と仲よくやりたいわけではない。だが、この際、彼の構想ないし策謀が、政治屋どものそれよりベターではないかと思われるのだ。と、ギルフォードが、沈思の末に語を発した。

「貴官には自信がありそうだが、はたして思いどおりに事が運ぶかな」

「おれは人間だ」

「そう信じるのは貴官の自由だ」

「……つまりだな、人間である以上、無謬(むびゅう)ではありえん。一〇〇回作戦をたてれば、ひとつやふたつやみっつやよっつの錯誤があるのは当然だとおれは思う。が、今度はうまくいくはずだ。貴官が力を貸してくれるならな」

「たしかに、いつつやむっつの失敗があって当然だな」

冷たく乾いていること、ケネス・ギルフォードの声は、冬の夜の砂漠にひとしかった。ただ、それだけに、湿った悪意とも無縁であった。彼は無意識の動作であろう、指をあげて顔の傷をなぞるようにした。その傷の由来をAAAは知りたかったが、尋ねて回答をえられるはずもなかった。とにかく、目前の急務はべつの件である。

「で、どうだ、話に乗るか」

AAAは陰謀を提案しているのだが、陰湿さがなく、どこか悪童が仲間をいたずらに誘いこもうとするような印象があった。ギルフォードは息を吸い、吐きだした……。

一方、ニュー・キャメロットとアクイロニアの両軍に対し、慎重に動静を監視しているのはプリンス・ハラルド軍であった。まだ自軍の動くべき時機ではない、として、一発の銃弾すら発射していない。

「両軍ともたがいに正面から戦おうとしていない」

クルガンにむけて、シュタミッツが状況を説明した。

「名将どうしの戦闘は、そうなるものらしいね。相手に読まれていると思うと、そう能動的にもなれない。ギルフォード将軍もアスヴァール将軍も、なかなか底が深い人だからな」

解説者のような台詞をシュタミッツは口にした。そういう彼自身はどうなのか、と、クルガンは思うのだが、シュタミッツの表情には罪がない。ふたたび口を開いて、とほうもなく日常的なことをいった。

「戦いから帰ったら、また家に遊びに来ないかね。クレメントが……」

と、三つ子の父親は子供のひとりの名をあげた。

「君のことをたいへん気に入っていてね。驢馬のぬいぐるみに君の名前をつけて、寝るにも起きるにもずっといっしょなんだ」

「将来のために趣味を矯正しておいたほうがいいな」

家庭の団欒などというものに触れたら、精神的骨格が崩壊する、と、クルガンは信じているのかもしれない。つい誘いに応じて、先月シュタミッツ家を訪問してしまったことは、クルガンにとっていまいましい不覚事と思われた。天才とはつねに孤高であるべきだ、と、クルガンは意識していたわけではない。何よりもクルガンの為人こそが彼に孤立を強いていただけのことである。

クルガンの返事に、シュタミッツは笑った。この三つ子の父親は、クルガンの毒を中和する生きた薬剤として貴重な存在なのであった。

七月中旬は、間断ない小戦闘のうちに過ぎていった。つまり戦況の進展がない。ギルフォードやAAAのように卓絶した戦争の技術者たちが、執拗なだけの敵をもてあましているように見えた。実際そのとおりで、ふたりとも、いささか持てあましている。ただ主因はむしろふたりの厭戦気分にあったであろう。

そのうんざりするような状況が一変するのは、モーブリッジ・ジュニアが、軍用地図を見てその一点を指先で押さえたからであった。

それはアスプロモンテと呼ばれる山間の巨大なダムで、貯水量は最大二〇億トンにおよぶ。モーブリッジ・ジュニアが考えついたのは、このダムを破壊し、人工の大洪水をもって侵攻軍を一挙に押し流してしまおうというのであった。どこからともなく伝わってきた噂で、アクイロニア軍がダムの下流域に長期戦争用の陣地を構築すると聞いたからこそである。

考えついたモーブリッジ・ジュニアは、自分自身の奇略に感動し、さっそく実行にうつすことにした。この報がまた、どういう経路を伝ってのことか、陣地を構築中のAAAの耳にはいった。

最初、その情報をAAAは軽視した。アスプロモンテ・ダムがブエノス・ゾンデ市にとって不可欠な水資源供給地であることは明白であり、ダムを破壊すれば、自分たちの将来に禍をなすだけのことである。

だが、現在に絶望した者は将来を展望しない。ましてモーブリッジ・ジュニアが計画の首謀者であるとすれば、ブエノス・ゾンデ市を傷つけることに何らためらいはないであろう。そう気づいて、AAAは、アスプロモンテ・ダムの奪取を指示するとともに、陣地を高処に移させることにした。——というのが、表むきの事情である。

自分の陣地だけではない。AAAはニュー・キャメロット軍司令部に対して連絡をとり、ダム決潰による洪水の可能性を知らせた。この事実が母都市(マザーシティ)に知られれば、AAAは利敵行為を理由に処断されかねない。だがAAAは平然と、また公然と、それを実行した。秘密裡におこなっても、かならず露見するものであり、無用な疑惑を招くより、公然とおこなうほうがよほどよい。後日、自分の行為について堂々と弁明するだけの自信がAAAにはあり、いまはともかくケネス・ギルフォードの信用をえておくほうが、彼にとっては重要であった。

ケネス・ギルフォードはAAAを信じはしなかったが、その連絡は信じた。彼もまた、アスプロモンテ・ダムの存在に危険を感じていたからである。地理感覚の鈍い人間は、よい指揮官になれない。

「ダムを決潰させ、連合軍を濁流の底に水没させてやる。ニュー・キャメロット軍にもアクイロニア軍にも思い知らせてくれるぞ」

モーブリッジ・ジュニアは張りきって計画を実行にうつした。これが七月一七日のことで、深夜、彼に指揮された八〇名の工兵隊は、四種類の強力爆薬をダム内外の六〇ヶ所にしかけた。下流域の闇に、敵軍の陣地の灯火がまたたくのが遠望された。

「この作戦で、戦いを一気に終結させてやろう。レナ川以来、一〇〇〇日ぶりに、水ぜめのお返しをしてやるぞ」

カレンダーの日付が変わって、七月一八日〇時四五分になったとき、鈍い音響と振動がブエノス・ゾンデ市民の眠りをさました。内臓全体をえぐるような不吉な音が低くなって静まると、つづいて神経網全体を揺さぶるようなひびきがとってかわった。これは第一の音響とはことなり、低い音からしだいに高まって、大地の悲鳴のごとくとどろきわたった。

二〇億トンにのぼる酸素と水素の化合物が、爆砕されたコンクリートの壁をさらに押し飛ばし、下流へと奔騰（ほんとう）したのだ。夜半の闇でなければ、数万の水竜が宙空から地上へ落下していったように見えたかもしれない。水のとどろきもまた、水竜の咆哮を思わせた。

濁流が低地にあふれた。岩をのみこみ、樹々をのみこみ、武装した多くの将兵をのみこみ、たけだけしく渦まいて、ついには海へと流れ去る。そうモーブリッジ・ジュニアは確信したのだが。

「敵襲です！　敵が攻めてきます」

その叫びの意味を把握したとき、モーブリッジ・ジュニアはどう対処してよいかわからなかった。憎むべきアクイロニア、忌むべきニュー・キャメロットの両軍は、二〇億トンの水流に呑みこまれ、ペルー海峡から大海へと運ばれていったのではないか。

だが、事実はそうではなかった。陣地のテント群をそのままに、高処に上って水難を避けた両軍は、ただちに行動を開始したのだ。水を吐き出し終えたダムの湖底を、あるいは水陸両用装甲車で、あるいは徒歩で、泥に固定剤を注入しつつ横断して、ブエノス・ゾンデ市街まで一四キロの地点に出現したのである。ダム爆破から二時間と経過しないうちに、彼らは、黒リボン軍および蝶ネクタイ軍と母都市との連絡を完全に遮断してしまったのだ。

アスプロモンテ・ダムの破壊は、ブエノス・ゾンデ攻防戦の帰趨を決した。企画者の意図とまったく逆の方向において。

Ⅶ

　七月一九日一〇時一五分。ブエノス・ゾンデ市街を完全な包囲下に置いた三都市軍の最高幹部が一堂に会した。その地はサンラファエルの丘と呼ばれ、ブエノス・ゾンデの市街を見はるかす芝草と灌木の高地であった。参集したのは三都市軍の中将四名とその副官など、二〇名たらずであった。このような高処に参集しえたということは、ブエノス・ゾンデ軍が砲撃能力を喪失したという事情を意味するのである。

　将軍たちは、仮設テーブルでポーカーを始めた。時間つぶしのためであり、単なる遊戯に見えたが、じつはこのとき、きわめて重要な会談がおこなわれたのである。

　提案者はアクイロニア軍の指揮官アルマリック・アスヴァール中将であった。彼は掌（てのひら）の上でモーブリッジ・ジュニアを踊らせたのだ。ジュニアにダム爆破のアイデアを流言の形で吹きこみ、その気にさせた張本人は、ほかならぬAAAであった。地図を見ることに異常なまでの鋭敏さを持つAAAであるからこそ考えついた作戦だが、後日その事実を知ったモーブリッジ・ジュニアからは、「あんな汚ない奴は見たこともない」と非難されることになる。むろん、何といわれようとおそれいるAAAではない。

　さて、この席にいるクルガンとしては、ニュー・キャメロットとアクイロニアの両軍を潰滅させたところで良心の痛みを感じることはなかった。問題は、事が可能か否かである。この両軍を、そして両軍の指揮官を同時に相手どって勝利しえるかどうか。クルガンは、AAAとケネス・ギルフォードの両者に対して敬意などいだいてはいなかったが、彼らの作戦指揮能力を過小評価してもいなかった。

先年、ギュンター・ノルト将軍は六都市連合軍を敵にまわして勝利をえたが、今回は条件がちがいすぎる。AAAの提案を容れたほうが現実的かもしれない。三都市の軍隊の間で協約を結び、これ以上の無益な戦闘を避け、ブエノス・ゾンデを分割占領してしまおう、という、それは提案だった。カレル・シュタミッツがカードごしに副司令官のほうを見やった。

「どう思うかね、クルガン中将」

「判断するのはあんただ。おれじゃない」

シュタミッツを立てたつもりだが、冷然と突き放したように聴こえるのは、クルガンという男の不徳というものであろう。シュタミッツは慣れている。さりげなくうなずき、AAAに対して「よろしいでしょう」といった。ケネス・ギルフォードも無言でうなずいた。この瞬間に、世に謂う「サンラファエル秘密協約」が成立したのである。

ちょうどそのときのポーカーの勝負で、クルガンはギルフォードと張りあって敗れた。ギルフォードがキングのスリーカードであったのに対し、クルガンはツーペアであったが、明らかになった彼の手を見て、AAAが皮肉っぽく口もとをゆがめた。

「死者の手というやつだぞ、そいつは」

一九世紀後半、北アメリカ大陸の辺境(フロンティア)に、ワイルド・ビル・ヒコックと呼ばれる男がいた。本名をジェームス・バトラー・ヒッチコックというこの男は、いわゆる「西部劇(ウェスタン)」のヒーローであり、法の番人(マーシャル)と無法者(アウトロー)の両極端を往来する拳銃使い(ガンマン)であった。一八七六年八月、酒場でポーカーをやっているとき、背後から頭部を撃ちぬかれて死んだ。享年三九歳である。

そのとき、ワイルド・ビルの手中にあったのは、クラブのAと8、スペードのAと8から成る黒ずくめのツーペアであった。それ以後、迷信深い賭博師たちにとって、この手札は不吉きわまるものとされたのである。

ユーリー・クルガンがいますこし可愛げのある為人(ひととなり)であったら、不快げな、そしてうそ寒い表情を禁じえなかったであろう。だが、クルガンは、いたって散文的な表情でカードを投げ出しただけであった。すくなくとも、彼にとって「死者の手」は、これではなかった。

全員のカードを集めて、AAAは低く笑った。

「ではそういうことにしよう。ブエノス・ゾンデ市の全域を制圧するよう命じられた者はいない。誰も政府からの命令に背(そむ)かず、これ以上、死者も出ない。めでたいことだ」

三都市にとっては、たしかにめでたいことだ。むろんブエノス・ゾンデにとっては、いい面(つら)の皮である。が、そこまで気に病(や)むほどの名分家では彼らはなかった。

七月二〇日、ついに三都市軍は三方向からブエノス・ゾンデ市街に突入した。五時〇八分、その日の太陽が最初の一閃を地上に投げ落とした時刻である。

歴史的な瞬間であった。独立主権を有する都市の内部に、他市の軍隊が侵入したのである。組織的な抵抗も脆弱で、ほとんど損害なく侵入は果たされたが、ニュー・キャメロットの軍の前方に、老人や女性や子供を含む五〇〇〇人ほどの市民の列が出現して進撃をはばんだ。

これは蝶ネクタイ党の策略で、ニュー・キャメロット軍の前方に非武装の市民を押し出して、進撃を阻止しようとしたのである。

非武装の市民が人波となって接近するのを見たギルフォード中将は、部隊の針路を変更することを命じた。隊列は右へカーブを切って、べつの街路を進んだ。と、道に面した民家の扉口から、一〇歳ぐらいの男の子が飛び出してきた。服装は粗末だが、両眼がよく光っている。手首がひるがえったかと思うと、石が飛んで、戦車の砲塔から上半身を出していた士官のヘルメットに音高くぶつかった。

「出ていけ、ぼくたちの町から出ていけ！　侵掠者め、とっとと帰れ！」

石をぶつけられた士官が、憤激して腰の軍用拳銃に手をかけると、先立つ戦車から司令官ギルフォード中将の声がかけられた。

「貴官の手に負えるとは思わんな。彼はブエノス・ゾンデで一番の勇者だぞ。無用に手を出さぬほうがよい」

士官は不満げに拳銃をおさめ、戦車と装甲車の列は子供の前を通過していった。

ブエノス・ゾンデに侵攻した三都市軍の首脳部は、性格面でさまざまな欠陥を指摘されていたが、ただ一点において、ぬきんでた賢明さを共有していた。非武装の市民を害せば、武名がたちまち汚名に転落することを、彼らは知っていたのである。ブエノス・ゾンデの統治体制が市民の支持をえており、市民たちが郷土のために自発的に銃をとっていれば、おそらく三都市軍の首脳部は、手を汚さずにはすまなかったであろう。その意味で、ギルフォード、アスヴァール、シュタミッツ、クルガンらの面々は大きな幸運に恵まれたわけであり、「純軍事的に他市軍の侵攻に屈した都市は存在しない」という歴史的な教訓が再確認されたわけでもあった。ブエノス・ゾンデは自らの弱さによって瓦解(がかい)したのである。

さて、ブエノス・ゾンデに侵入した三都市軍は、残念ながら神の軍隊ではなかったので、地上の論理にしたがって行動せざるをえなかった。

三市の部隊は、競いあってブエノス・ゾンデ市街の要処を占拠していったのである。たがいの流血を回避するということになれば、早い者勝ちである。軽火器をたずさえた兵士たちが市街を駆けまわり、ビルの正面玄関にロープを張りめぐらし、屋上に急造の旗を立て、窓ガラスにスプレーで市名を書きつけた。主要道路に線を引いて、「ここからは先にはいるな」とどなるなど、幼児の陣とりゲームと異ならぬ。市庁舎、第一市民官邸、電力局、通信局、市立銀行、官報刊行局、商工会議所、警察本部、正規軍司令部などがことごとく占拠され、黒リボン党と蝶ネクタイ党の本部も、短いが激しい撃戦の末に制圧された。両派の首領であったペルドゥルとムラードは、逃亡の末に捕らえられた。

　中央放送局では、三市の軍がほとんど同時に三方向から敷地内へなだれこみ、入り乱れて占拠をはかった。アクイロニア軍は報道局スタジオを占領したが、ニュー・キャメロット軍は管制センターを奪取した。半歩おくれて殺到したプリンス・ハラルド軍は、クルガンの指示にしたがってガレージになだれこんで四台の放送車を手に入れた後、おもむろに変電および送電システムを破壊し、放送局の全設備を無力化してしまった。放送機能はプリンス・ハラルド軍の掌握（しょうあく）するところとなったが、やりくちの悪辣（あくらつ）さに他の二軍が憤慨し、あわや銃撃戦になりかけた。そこへプリンス・ハラルド軍の司令官カレル・シュタミッツ中将が駆けつけ、手ちがいを謝罪し、手に入れた放送車を一台ずつ、アクイロニア軍とニュー・キャメロット軍に進呈（しんてい）した。後に事情を知って、ＡＡＡは舌打ちし、ギルフォードはわずかに眉を動かした。クルガンのやりようは腹だたしいが、シュタミッツの事後処理を受け容（い）れないわけにいかなかった。

　シュタミッツの存在がいかに貴重なものであるか、これほど明確になったことはなかった。つまり才能だけで連合部隊を指揮することは不可能であり、それ以外の人格的要素が必要であるらしい。シュタミッツに対する、「綿のような男だ」というギルフォードの評は、なかなか示唆的である。

また、四人の中将のなかで彼が最年長でもあった。こうしてごく自然な形で、カレル・シュタミッツは、ブエノス・ゾンデ攻略戦の戦後処理について、調整役とでもいうべき役割を果たすことになった。

Ⅷ

三都市軍の「協調的分割占領」下に置かれたブエノス・ゾンデ市では、いちおう混乱がおさまると、またぞろ英雄待望論が頭をもたげかけていた。占領軍の高官から誰かひとりを指導者として推そう、というのである。

エゴン・ラウドルップを支持していたときと、まったく変わらない。危機に直面すれば、英雄なり超人なりが出現して自分たちを助けてくれるものと思いこんでいるのだ。これがブエノス・ゾンデ市民の思想的体質であるとすれば、いささか救いがたいように思われる。

「他力本願の共和主義などというものが地上に存在すると彼らは思っているのだろうか」

シュタミッツの声に、クルガンは答えなかった。この自称天才にしてみれば、ブエノス・ゾンデの市民たちに対してはいまさら失望する気にもなれない。他人を頼る、ということは、自分たち自身の非力と無能をわきまえている、ということであり、自覚のない奴らよりよほどましではないか、という気がするのだった。民主主義の制度にふさわしいだけの識見と精神的成熟度を持った人間がどれほど実在するというのか。そう思いつつ、口に出したのは、べつのことである。

「いずれにしても市政の責任者は必要だろう。誰をすえるか腹案があるのか」

とにかく形式をととのえねばならぬ。実質は後でともなわせればよい。さしあたり、舞台があるからには中央に俳優を立たせねばならぬのであった。かなり不本意なことだが、人選はカレル・シュタミッツが主としておこなうことになった。やがてその候補者が見つかった。

エゴン・ラウドルップが独裁者として強権をふるっていた当時、粛清された人物のひとりに、アンケル・ラウドルップという男がいた。エゴンの従兄にあたる人で、エゴンの為人(ひととなり)や軍事的冒険主義に対して危惧をいだき、しばしば正論を述べていた。それが独裁者の憎悪を買って殺されてしまったのだが、彼の未亡人でテレジアという女性が健在である。この女性が、新生ブエノス・ゾンデの象徴としてふさわしい人であるように思われた。

将来はともかく、現在ではこの市は人格的影響力によって統治するしかないだろう。アンケル・ラウドルップ氏の未亡人テレジアを市長代行の座にすえる。

これは政治的にそれほど異例の提案ではなかった。故人の名声というものを利用する必要がある、そういういやな状況が実在するのだ。いやなことを他人に委ねるわけにいかぬので、シュタミッツは、自らラウドルップ家を訪れ、鄭重に来訪の意を述べた。返答はこうであった。

「わたしはアンケル・ラウドルップの妻でした。ラウドルップの姓を持つ者が他市の後見をえて政権をにぎるようなことになれば、夫の死も、夫の理想も意味をなくしてしまいます。あなたがたは、わたしに、夫の理想を破棄するように、と、そうおっしゃるのでしょうか」

彼女は雄弁にそう語ったのではなく、ゆっくりと、むしろ淡々としていい、カレル・シュタミッツを感動させた。シュタミッツは鄭重に自分たちの不見識をわび、未亡人宅を辞去した。それはそれでよいとして、市政の責任者の椅子はあいかわらず空席であったから、誰かをすわらせないことには戦後処理は一段落しない。シュタミッツは、ケネス・ギルフォードやＡＡＡの意見を求めつつ人選を進め、結局、政治犯として獄中にあったスピルハウスという人を市長代理とした。法学者出身で、政治手腕は未知数だが、要するに三都市の権益を守り、治安を維持してくれればよいのだ。なまじ大政治家をころざすような人でも困るというものである。

この間、ケネス・ギルフォードは、地下に潜伏したと見られるモーブリッジ・ジュニアの行方を追うことに力を注いでいた。ＡＡＡはといえば、市民との対話によって人心を安定させるという口実のもとに、女子大学や看護婦養成所を歴訪した後、一転して散文的な事業にとりくむこととなった。ブエノス・ゾンデ占領に際して、彼の独断専行が明白であったから、制度上の上司である元首ニコラス・ブルームをなだめすかす必要があったのだ。通信がはいると、ブルームは当然、ＡＡＡの独断専行を非難したが、一〇〇秒ほどの間、いわせるだけいわせておいて、ＡＡＡはおもむろに反撃した。

「軍司令官の個人プレイによって外交政策が決せられるようなことがあってはならない。そうですな、元首閣下」

「そ、そのとおりだ」

「では申しあげますが、小官はただ決定された方針にしたがっただけです。政府の秘かな方針にね。元首閣下の、私は忠実な政策遂行人にすぎません」

とっさに反応の方途を失って沈黙するブルームにむかい、ＡＡＡは意味ありげな笑いを吹きかけた。

「アクイロニア市の元首と軍司令官とが戦略方針で一致しない、などということになれば、他の市(シティ)の連中が手を拍(う)って喜ぶでしょうなあ。元首に対して、統率力がたりないの、指導力に欠けるのと心ない誹謗(ひぼう)を加える奴らも出てくるかもしれませんな。そのような事態を防ぐには、元首に公表していただかねばならんでしょう。ブエノス・ゾンデの分割占領は既定の方針であり、現地の軍司令部はそれに忠実にしたがっただけだ、と」

詭弁と脅迫の、みごとな一致である。AAAの論法は、元首(ドゥーチェ)ブルームの心理的な弱点を的確に突いた。後はブルームの内宇宙で、傷口が拡大していくのを傍観していればよい。

ついにブルームはAAAの策(て)に乗った。正確には、AAAを通じてリュウ・ウェイの策に乗った。いちじるしく名声に弱い彼の精神的体質が彼をそうさせたのである。

AAAが懸案をかたづけたころ、ケネス・ギルフォードも重要な仕事をすませていた。ブエノス・ゾンデ地下の下水道に身をひそめていたモーブリッジ・ジュニアを、ようやく逮捕したのである。

当然のことながら、モーブリッジ・ジュニアがギルフォードやアスヴァールに対して好意をいだくべき理由は、地平線の彼方まで探求しても存在しなかった。彼の野心と計画はまたしてもこの両者によって阻害されたのである。

　とくにケネス・ギルフォードを、モーブリッジ・ジュニアは憎悪した。三年前のレナ河口の戦闘において、ギルフォードは勝利した。そのまま勢いに乗じてレナ川を遡航し、アクイロニア市街に肉薄していれば、挟撃による勝利が可能だったのである。にもかかわらず、ギルフォードはさっさと軍を転じ、モーブリッジ・ジュニアの単独攻撃は失敗に帰したのであった。

　三都市軍合同司令部にあてられたホテル・コルドバの一室で、失意の野心家は旧知の人物と対面した。顔に傷のある、鋼玉色の瞳の軍人は、害虫でも見るような視線を、かつての母都市の賓客に向けた。

「元首のご子息、おひさしぶりですな」

　完全に形式的な挨拶を、失意の野心家は率直な悪意で受けとめた。

「久闊を叙したい、といいたいところだが、会いたくもない面だな」

「はじめて意見が一致しましたな。もう二、三年これが早ければ、死なずにすんだ人間が幾人かいたでしょうに」

　幾人か、というのは控えめな表現を借りたいやみである。同席していたＡＡＡことアルマリック・アスヴァールが、声をたてずに笑った。

　モーブリッジ・ジュニアの口腔で奇妙な音がたったのは、歯を嚙み鳴らしたためであったようだ。彼は呼吸をととのえ、精いっぱい胸をそらした。最後の虚勢であった。

「おれはまだ負けたわけではないぞ。負けてはいない。安心するのは早すぎるぞ。きさまらの夢を、安らかなものにはしてやらんからな」

するとAAAが、浅黒い頬に冷嘲の小波をきざんで口をはさんだ。

「そうとも、お前さんが負けたわけじゃない。おれたちが勝っただけさ。歴史ってやつは主役の視点から叙述されるのでね」

これが会見終了を告げる一言となった。モーブリッジ・ジュニアは、かつて亡父が統治していたアクイロニア市に送還され、裁判を受ける身となった。元首ニコラス・ブルームにとってはこの上ない土産(みやげ)物であり、AAAの地位も揺るぎないものとなるであろう。

……こうしてブエノス・ゾンデ市はかろうじて名目的な独立を保持しつつ、多くの権益を奪われ、軍事力を削減された。拮抗(きっこう)する実力と独立性を保持する七都市のうちから、内部の脆弱性をかかえこんだ一市が脱落し、時代は淘汰(とうた)の方角へ向かうかと見えたのである。

西暦二一九三年七月末のことであった。

「帰還者亭（リターナーズ）」事件

ニュー・キャメロット市(シティ)は他の六都市同様いくつかの街区に分かれるが、東(イースト)二区のなかに従兄妹通り(カズンズ・ストリート)と呼ばれる一角があって、運河沿いに六〇軒ほどの酒場が看板を並べている。近くに兵営や退役兵士の福祉施設や軍病院があるので、客の大半は兵士と下士官である。高級士官(おえらいさん)が足を向けることはめったにないので、客たちはこころゆくまで上官の無能ぶりや無慈悲さをののしることができるのだ。

「帰還者亭(リターナーズ)」はやや異色の一軒だった。店名と実状と、どちらが先だったかは現在(いま)となっては不明だが、客はほぼ全員、戦場から還ったばかりの兵士か、除隊後のもと兵士である。マスターも当然もと兵士で、戦傷のために左目は義眼だし、背中の傷は冬ごとに疼(うず)いて彼の心を戦場に逆もどりさせる。

その「帰還者亭」で殺人事件がおこったのは西暦二一九〇年一二月一日のことであっ

た。その年はニュー・キャメロット市にとっては苦い薬の嚥下を強いられた年である。三月から四月にかけて、アクイロニア市に対する軍事行動が強行されたのだが、レナ川の水上戦においてニュー・キャメロット軍は完敗を喫し、何ら得るところなく撤兵するはめになった。四月後半から五月前半にかけて、傷つき疲れはてた兵士たちの列が母都市に帰ってきた。むろん彼らは幸運なのだ。帰ってくることができたのだから。無益な出兵で、五月一〇日現在、未帰還者の総数は八〇〇〇名に達していた。これには捕虜や行方不明者も含まれているから、すべてが戦死者とはかぎらない。だが彼らの家族や恋人にとっては、なまじ生存の可能性を告げられるほうが苦役であったかもしれない。

大きな戦いの後「帰還者亭」にはしばしば女性のお客が姿を見せた。出征した兵士の妻や恋人が、夫や父や恋人の消息を求めて訪れるのである。戦死の公報を信じられない、行方不明というが当時の状況はどうだったのか、そのようなことを戦友たちの口から聞きたがるのだ。彼女たちは半ば迷惑がられ、半ば尊敬されていた。

アニタ・クレメンスもそのひとりだった。彼女は結婚三年め、妊娠中の身で夫ロスティンを戦場へと送り出したのである。ロスティンは工兵だったが、砲煙弾雨のなかで作業するのだから危険度は他の兵士たちと異ならなかった。公報によれば、ロスティン・クレメンス工兵伍長は、四月二日の戦闘で敵弾を受けて負傷、そのままアクイロニア軍の捕虜となったが、傷が悪化して四月一七日に捕虜収容所で死亡した、ということであった。遺体は埋葬され、遺品は病室の隣のベッドにいたモーリス・コンウェイ伍長があずかった。コンウェイ伍長は傷病者だったので捕虜交換に際して優先され、七月一六日には生きて母都市（マザーシティ）に還ることができたのである。さっそくコンウェイはクレメンス家を訪れて、アニタに夫の死を告げ、遺品を手渡した。アニタは悲しんだが、遺（のこ）された者たちは生きていかねばならない。法的な手つづきが短期間に完了して八月からアニタは遺族年金を受けとる身となった。コンウェイは何かとアニタに好意を示し、繁雑な手つづきの数々を代わりにやってくれた。アニタには頼りになる親族もいなかったので、コンウェイに対して心から感謝したものである。

　ところが九月になると、事態に奇妙な展開が訪れた。第二回の捕虜交換がおこなわれ、ロスティンの戦友であったと称するガルシアという男が還ってきたのだ。このガルシアは顔を負傷したとかで包帯とサングラスをしてアニタの前にあらわれ、奇妙な報告を彼女にもたらしたのだ。ロスティンとコンウェイ伍長とは同じ部隊に属していたが、きわめて仲が悪かったこと。一度ならず口論から殴りあいになったこと。あるときなど酔ったコンウェイが、戦闘にまぎれてロスティンを殺し、美しい妻を自分のものにしてやる、と口走ったこと。それらを陰気な口調で告げると、ガルシアはさらに陰気に自分の意見をつけ加えた。おそらくロスティンはコンウェイ伍長の手で殺害されたにちがいない。コンウェイに気をつけろ、奴がいくら親切にしても気を許すなと。

　アニタは呆然とした。最初は信じなかったが、疑惑の種子は確実に植えこまれた。独身のコンウェイは何かと理由をつけてはアニタを訪問し、しだいに訪問の時刻は遅く、時間は長くなっていく。一〇月にアニタが流産すると、コンウェイは彼女を慰めつつ、はっきりと彼女に対する好意以上のものを明らかにした。アニタに対して、彼とともに再出発し、未来を共有してくれるよう望んだのだ。アニタが拒絶すると、コンウェイはあきらめることなく、別の手段に訴えた。

　コンウェイはアニタに彼女の夫の悪口を並べたてた。ロスティンがいかに不実な男であり、軍隊でも婦人兵を相手に恋愛遊戯に耽(ふけ)っていたかということ。「生還して女房の不景気な顔を見るくらいなら戦死したほうがましだ」といっていたこと。捕虜収容所の住人となっても、たちまち看護婦を籠絡(ろうらく)したこと。工兵隊の備品や資材をめぐって不正をおこなっていたこと……それらはすべて事実であったかもしれないが、アニタが知りたくもないことばかりだった。コンウェイは根本的に誤解していたが、事実を愛情と等価交換することはできないのである。コンウェイが口を開くたびに、彼に対するアニタの疑惑は募(つの)り、ついに質的な変化をとげた。確信に変わったのだ。

　こうして一二月一日に惨劇が発生する。午後八時、期待が七割、不安が三割という態(てい)でコンウェイが「帰還者亭(リターナーズ)」を訪れた。プロポーズに対する最終的な返答を、アニタから聞くことになっていたのである。正装し、花束を持って店にあらわれたコンウェイは、他の客たちにひやかされながらテーブルに着いた。そして一〇分後に胸の中央を撃ちぬかれた死体となって床に倒れこんだのである。

無数の目撃者の前で殺人実行犯となったアニタはその足で軍警察本部に出頭した。そして自分の罪を認めると同時に、収容所内でコンウェイがロスティンを殺害した一件について調査するよう望んだ。だがその件に関しては、ニュー・キャメロット、アクイロニア、両市とも当局は冷淡だった。前者にすれば他市で発生したことだし、後者にすれば収容所の管理や捕虜の監督が万全でなかったことになる。無名の一兵士に関して、たとえ疑惑があろうともいちいち再調査などしていられなかった。両市の間に講和が結ばれた際、形式だけ書類上の調査がおこなわれ、問題なしとして処理された。アニタは、殺人罪に問われたが、情状を酌量され、懲役八年の刑ですんだ。ガルシアは被告側の証人として所在を求められたが、ついに姿をあらわさなかった。

こうして事件は終わった。表面的には。


「それが一〇年前のことか」

カウンターにただひとりの客が溜息をついた。義眼のマスターは微妙な笑いを頬に刻んで、すぐかき消した。コンウェィ射殺事件のことはこれまでに何百回も話をしている。ただしこの晩にした話はこれまででもっとも精密だった。

「要するにすべてロスティンが仕組んだことだったという結末なんだね」

客が口にしたのは質問ではなく確認である。マスターの顔に肯定の表情を認めた、ということにしておいて、客は話をつづけた。

「ロスティンは妻に飽きが来ていた。離婚したかったが、妻は妊娠中だし、一方的に離婚を申したてると、世間がうるさい。出征、負傷、捕虜という一連の境遇が思わぬ幸運になった。彼はコンウェイとしめしあわせ、収容所で他の負傷者と入れかわり、別人になりすましてあたらしい人生をアクイロニアではじめたんだ」

マスターは無言だが、すくなくとも客の話を否定はしなかった。

「それで、ロスティンはその後どうしたのかな。妻をまんまと捨てて、利己的な幸福を手にいれたんだろうか」

「そうでもありませんよ。彼は正体が知られぬままに破滅しましたからね」

「ほう、天罰が下ったというわけか」

ロスティンはアクイロニアの看護婦と結婚し、別名で市民権を獲得してあたらしい生活をはじめていた。このような例はとくに珍しいことでもなかったので、両市の講和が成立して以後は監視もなく、平和な生活が続くはずであった。ところが翌二一九一年三月に至って彼は窮地に立つ。彼はドルフスという戦病死者と入れかわっていたのだが、そのドルフスがギャンブルで多額の負債をかかえた身だったのだ。「ドルフス」の生存と所在を知った債権者たちがアクイロニア当局に告訴し、埒があかぬと見てとると、民間の組織を使って「ドルフス」をつかまえたのである。「ドルフス」の身柄はニュー・キャメロットに送還されることになり、文字どおり進退きわまったロスティンは、途中で逃亡を図ったが失敗した。追われ、追いつめられ、乗っていた水素自動車が断崖から転落した。死体は、大の男たちさえ正視できないような惨状であったという。このため、死体の確認を求められた債権者たちも、有益な意見を述べることはできなかった。表面的には、アニタによるコンウェイの殺害と、「ドルフス」の不慮の死とはまったく無関係のもので、それぞれ別の事件として処理されたのであった。

「それでアニタはその後どうなったんだ」

「さあてね、どこでどうしているやら」

マスターが肩をすくめると、客は腕を組んで考えこんだ。

「ごく脇役だと思うが、ガルシアとかいう男もいたよな」

マスターの返事を待たず、客は自分の思案を言語化していった。

「証拠なんて何もないが、こういう筋書も成りたつな。すべてガルシアが仕組んだことだ。彼は以前からロスティン・クレメンスとコンウェイを憎んでいたので、周到に罠にはめた。彼がよけいなことをいったばかりに、コンウェイは殺されたわけだし、ロスティンがドルフスとやらいう別人になりすましたとして、ドルフスの債権者にも誰かがよけいなことを教えたはずだ」

　客はすばやい視線をマスターの面上に走らせた。マスターは表情を消したまま、乾いた布でグラスを磨（みが）いている。

「ま、くだらん話さ。ところでマスター、ひとつ尋（き）いていいかね」

「何です？」

「その義眼の由来さ。まことに失礼だが、どうしてそんなことになったんだか知りたくてね。むろん無理にとはいわないが……」

　客の注文に、マスターは淡々と応じた。

「私は戦友に恵まれませんでね。若いころの戦闘で白兵戦に巻きこまれました。霧と砲煙のなかで本隊とはぐれて、敵兵に遭遇したんです。こちらは三人、敵はふたり」

「まずは勝てそうじゃないか」

「ところが愛すべきふたりの戦友たちは、私を見すてて逃げ出してしまったんです。私は一対二で闘うはめになりました。で、敵が振りまわした銃剣（ベイアネット）の尖端が、軍医の仕事を増やすことになったという次第で」

「そりゃさぞ戦友を怨（うら）んだろうな」

「いや、すんだことですからね。戦場で勇敢にふるまうのはたいへんなことです。誰でも卑怯者になれる。咎（とが）めてもしかたありませんよ」

「さとってるね」

「そんなことより、オンザロックを一杯いかがです。いい原酒が手にはいりましてね」

おだやかにマスターが笑うと、義眼が照明を受けて一瞬、虹色の光彩を発した……。

(この短い物語はこれでお終(しま)い。その後、アニタやガルシアがどうなったか、マスターから話を聞いた客の身分は何か、という点については「読んだ人の数だけ結論がある(ミリオン・リーダーズ・ハブ・ミリオン・オピニオンズ)」ということにしておこう)

《結末の一例》

「ありがたいが、それより先に仕事をすませたいのでね」

残念そうに客は応じ、襟元の銅バッジを示した。

「ほう、弁護士さんですか」

「そうなんだ」

「アニタ・クレメンスの弁護をなさってるんですね」

「なるほど、知っていたわけだ」

客が椅子にすわりなおすと、マスターはカウンター上にグラスを置き、数個の氷片を放りこんだ。涼しげな音を聴きながら、客は軽く口もとをゆがませてみせた。

「私の前任者は型どおりの弁護ですませたが、私はどうも納得がいかなくてね。再調査をはじめたわけさ。君の話はたいへん参考になった。つぎは裁判所で会うことになりそうだな」

マスターは無言で瑪瑙色の液体をグラスにそそいだ。うやうやしいほどの鄭重さで客に差し出す。客は小さく咳ばらいした。

「君のほうにはいい弁護士がいるのかね。ガルシア君?」

マスターの返答は直接的ではなかった。

「私はいつも自分の身は自分で守ってきたんですよ」

「いい心がけだ」

客はグラスを手にとり、芳香を楽しむように両眼を細めた。

「ところでこの酒に毒なんかははいってないだろうね」

「すくなくとも、すぐに効くような毒はいれてありませんよ」

「はは、そいつはいい」

客は笑い出し、その笑いをとめることができずに、いつまでも笑いつづけた。

あとがきにかえて

この作品は「ＳＦマガジン」および「小説ハヤカワＨｉ！」に掲載されたものですが、上梓するに際して多少の加筆訂正をおこないました。軍事技術に関しては、専門知識を有する友人の協力をえました。彼の立場上、氏名を明らかにすることができませんが、この場を借りて感謝の意を表します。また、「大転倒（ビッグ・フォールダウン）」後の世界地図については、井上祐美子さんと通称「提督」氏ほかの多大な労をいただきました。これもこの場を借りて御礼を申しあげます。

一九九〇年一月三一日

田中芳樹　拝

初出一覧

「北極海戦線」SFマガジン1986年1月号
「ポルタ・ニグレ掃滅戦」SFマガジン1986年11月号
「ペルー海峡攻防戦」SFマガジン1987年6月号
「ジャスモード会戦」小説ハヤカワHi!1号
「ブエノス・ゾンデ再攻略戦」小説ハヤカワHi!3号
「帰還者亭（リターナーズ）」事件」田中芳樹読本（1994年9月）

解　説

作家
森岡浩之

　ＳＦでは、架空の理論、技術を語るのは、ごく普通のことだ。架空理論、技術そのものをテーマとするものも多いが、物語世界を成立させるために使うのもまた、ＳＦの常套手段である。たとえば、作家・田中芳樹の名を世に広く知らしめた『銀河英雄伝説』のように、広大な宇宙を舞台にするには、超光速航法の導入が欠かせない。

　ＳＦでは、こういった足し算のほかに引き算もよく行なわれる。あえて既存の、あるいは近い将来に出現しそうな科学技術を封印し、世界を構築するのだ。

　思いつくところでは、フランク・ハーバートの《デューン》シリーズがある。このシリーズでは、思考機械が反乱を起こし、そのためコンピュータやロボットが禁止されている、という設定になっている。その設定のもと、ＡＩの代わりに超能力が発達しており、独特で幻想的な未来社会を造形している。

　あるいは、アニメ《ガンダム》シリーズだ。このシリーズにはミノフスキー粒子という仮想粒子が登場する。シリーズが進むにつれ、いろいろな「活用方法」が見いだされてくるのだが、当初の設定では、この粒子は電波障害を引き起こすだけだった。だがそれだけで、宇宙空間で巨大ロボットが格闘戦を行うシチュエーションの必然性に説得力を持たせている。

本作『七都市物語』もまた、引き算によって魅力的な物語世界を構築している、と思うのだ。

本作の主な引き算要素は二つある。

一つは、人類発生以来積み重ねられてきた文明をリセットしたことである。この世界では、大転倒（ビッグ・フォールダウン）と呼ばれるカタストロフィにより、建築物などのハードはもちろん、国家などのソフトも地球上から消し去られてしまっている。

人類という種にとって幸いなことに、月面都市に二〇〇万人が居住しており、生存しただけでなく科学技術文明を維持した。彼らがふたたび地球上に拠点として七つの都市を築くことになる。

もう一つは航空・航宙技術を無効にしたことである。月面都市がオリンポス・システムというメカニズムを設置する。これは、地上五〇〇メートル以上に上がった物体、すなわち航空機やロケットを破壊するシステムだった。しかし、システム稼働後、月面都市はパンデミックにより全滅してしまう。オリンポス・システムは管理者を失い、何者にも制御されず、設置当初にプログラムされた命令を冷厳な神のように実行する存在になる。

月面都市はオリンポス・システムの管理者である以前に、地球上の七都市共通の支配者でもあった。したがって、その滅亡は同時に、地球上の七都市が独立したことを意味する。

こうして、七つの都市国家が地上を分割するという、本作の舞台が整ったのだ。

この物語を叙述するのに、連作という形式が選ばれたのは、まことに理にかなっているといえよう。特定の主人公はおらず、ある話でメインを務めた人物が、他の話では脇を固めたりする。舞台となる都市も同様である。

しかし、各話は時系列に沿って配置されているので、大変わかりやすい。

最初の「北極海戦線」では、グレートブリテン島に建設されたニュー・キャメロットによる、シベリアのアクイロニアへの侵攻の顚末(てんまつ)を描く。

次の「ポルタ・ニグレ掃滅戦」では、中米のブエノス・ゾンデが、大転倒によって温暖になった南極大陸を制すべくプリンス・ハロルドに挑む。

つづく「ペルー海峡攻防戦」では、ブエノス・ゾンデが他の六都市に総攻撃を受ける。

さらに、「ジャスモード会戦」では、東南アジア南部の多島海に位置するサンダラーが、草原地帯となった旧サハラ砂漠のタデメッカに宣戦布告する。

そして、「ブエノス・ゾンデ再攻略戦」はその名の通り、ブエノス・ゾンデがふたたび攻撃される話である。攻めるのは、ニュー・キャメロット、アクイロニア、プリンス・ハロルドの三都市で、この戦いの結果、地球の勢力図に一大変化が訪れるのだ。

本作への唯一の不満は、短すぎることなのだが、たしかに「ブエノス・ゾンデ再攻略戦」以降に語られるであろうストーリーは、『七都市物語』というタイトルに違背する。残る「帰還者（リターナーズ）亭」事件」はニュー・キャメロットの酒場を舞台とする掌篇である。

SFマガジン誌上で第一作「北極海戦線」を読んだとき（もう三〇年以上前だという事実に気づき、打ちのめされている）、新たな叙事詩の幕開けを予感して、わくわくした。

策謀家が利益を追い、縦横家（じゅうおうか）が合従連衡（がっしょうれんこう）を企て、名将が戦場で相まみえる。作者の人物造形、およびストーリー・テーリングの巧みさはすでに定評があった。これで面白くならないわけがない。

その期待は裏切られなかった。

皆さんもぜひ、わたしのわくわくを追体験していただきたい。

本書は、一九九〇年三月にハヤカワ文庫JAより刊行された『七都市物語』に「帰還者亭(リターナーズ)」事件」を追加収録し、解説を付した新版です。

星界の紋章／森岡浩之

星界の紋章Ⅰ—帝国の王女—

銀河を支配する種族アーヴの侵略がジントの運命を変えた。新世代スペースオペラ開幕！

星界の紋章Ⅱ—ささやかな戦い—

ジントはアーヴ帝国の王女ラフィールと出会う。それは少年と王女の冒険の始まりだった

星界の紋章Ⅲ—異郷への帰還—

不時着した惑星から王女を連れて脱出を図るジント。痛快スペースオペラ、堂々の完結！

星界の断章Ⅰ

ラフィール誕生にまつわる秘話、スポール幼少時の伝説など、星界の逸話12篇を収録。

星界の断章Ⅱ

本篇では語られざるアーヴの歴史の暗部に迫る、書き下ろし「墨守」を含む全12篇収録。

ハヤカワ文庫

星界の戦旗／森岡浩之

星界の戦旗Ⅰ—絆のかたち—

アーヴ帝国と〈人類統合体〉の激突は、宇宙規模の戦闘へ！『星界の紋章』の続篇開幕。

星界の戦旗Ⅱ—守るべきもの—

人類統合体を制圧せよ！ラフィールはジントともに、惑星ロブナスⅡに向かったが。

星界の戦旗Ⅲ—家族の食卓—

王女ラフィールと共に、生まれ故郷の惑星マーティンへ向かったジントの驚くべき冒険！

星界の戦旗Ⅳ—軋(きし)む時空—

軍へ復帰したラフィールとジント。ふたりが乗り組む襲撃艦が目指す、次なる戦場とは？

星界の戦旗Ⅴ—宿命の調べ—

戦闘は激化の一途をたどり、ラフィールたちに、過酷な運命を突きつける。第一部完結！

ハヤカワ文庫

野尻抱介作品

太陽の簒奪者（さんだつしゃ）

太陽をとりまくリングは人類滅亡の予兆か？
星雲賞を受賞した新世紀ハードSFの金字塔

沈黙のフライバイ

名作『太陽の簒奪者』の原点ともいえる表題
作ほか、野尻宇宙SFの真髄五篇を収録する

南極点のピアピア動画

「ニコニコ動画」と「初音ミク」と宇宙開発
の清く正しい未来を描く星雲賞受賞の傑作。

ふわふわの泉

高校の化学部部長・浅倉泉が発見した物質が
世界を変える——星雲賞受賞作、ついに復刊

ヴェイスの盲点

ロイド、マージ、メイ——宇宙の運び屋ミリ
ガン運送の活躍を描く、〈クレギオン〉開幕

ハヤカワ文庫

小川一水作品

第六大陸 1

二〇二五年、御鳥羽総建が受注したのは、工期十年、予算千五百億での月基地建設だった

第六大陸 2

国際条約の障壁、衛星軌道上の大事故により危機に瀕した計画の命運は……。二部作完結

復活の地 I

惑星帝国レンカを襲った巨大災害。絶望の中帝都復興を目指す青年官僚と王女だったが…

復活の地 II

復興院総裁セイオと摂政スミルの前に、植民地の叛乱と列強諸国の干渉がたちふさがる。

復活の地 III

迫りくる二次災害と国家転覆の大難に、セイオとスミルが下した決断とは？　全三巻完結

ハヤカワ文庫

クラッシャージョウ・シリーズ／高千穂遙

連帯惑星ピザンの危機

連帯惑星で起こった反乱に隠された真相をあばくためにジョウのチームが立ち上がった！

撃滅！ 宇宙海賊の罠

稀少動物の護送という依頼に、ジョウたちは海賊の襲撃を想定した陽動作戦を展開する。

銀河系最後の秘宝

巨万の富を築いた銀河系最大の富豪の秘密をめぐって「最後の秘宝」の争奪がはじまる！

暗黒邪神教の洞窟

ある少年の捜索を依頼されたジョウは、謎の組織、暗黒邪神教の本部に単身乗り込むが。

銀河帝国への野望

銀河連合首脳会議に出席する連合主席の護衛を依頼されたジョウにあらぬ犯罪の嫌疑が!?

ハヤカワ文庫

クラッシャージョウ・シリーズ／高千穂遙

人面魔獣の挑戦
暗殺結社からの警護を依頼してきた要人が殺害された。契約不履行の汚名に、ジョウは？

美しき魔王
暗黒邪神教事件以来消息を絶っていたクリスが病床のジョウに挑戦状を叩きつけてきた！

悪霊都市ククル 上下
ある宗教組織から盗まれた秘宝を追って、ジョウたちはリッキーの生まれ故郷の惑星へ！

ワームウッドの幻獣
ジョウに飽くなき対抗心を燃やす、クラッシャーダーナが率いる〝地獄の三姉妹〟登場！

ダイロンの聖少女
圧政に抵抗する都市を守護する聖少女の護衛についたジョウたちに、皇帝の刺客が迫る！

ハヤカワ文庫

蒼穹のファフナー ADOLESCENCE

冲方 丁

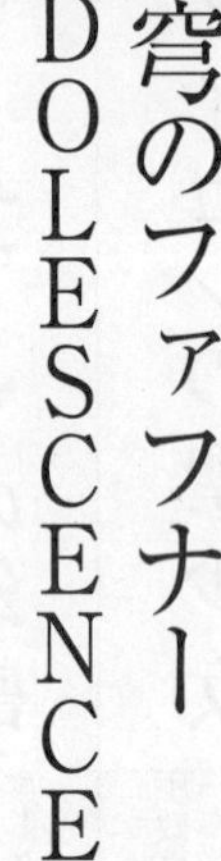

「あなたはそこにいますか」謎の問いかけとともに襲来した敵フェストゥムによって、竜宮島の偽りの平和は破られた。島の真実が明かされるとき、真壁一騎は人型巨大兵器ファフナーに乗る。シリーズ構成、脚本を手がけた人気アニメを冲方丁自らがノベライズ。一騎、総士、真矢、翔子それぞれの青春の終わりを描く。スペシャル版「蒼穹のファフナーRIGHT OF LEFT」のシナリオも完全収録。

ハヤカワ文庫

BLAME! THE ANTHOLOGY

原作　弐瓶勉
九岡望・小川一水・野﨑まど
酉島伝法・飛浩隆

無限に増殖する階層都市を舞台に、探索者・霧亥（キリイ）の孤独な旅路を描いたSFコミックの金字塔、弐瓶勉『BLAME!』を、日本SFを牽引する作家陣がノベライズ。九岡望による青い塗料を探す男の奇妙な冒険、小川一水が綴る珪素生命と検温者の邂逅、酉島伝法が描く〝月〟を求めた人々の物語、野﨑まどが明かす都市の片隅で起きた怪事件、飛浩隆による本篇の二千年後から始まる歴史のスケッチなど、全5篇を収録

ハヤカワ文庫

富士学校まめたん研究分室

芝村裕吏

陸上自衛隊富士学校勤務の藤崎綾乃は、優秀な技官だが極端な対人恐怖症。おかげでセクハラ騒動に巻き込まれ失意の日々を送っていた。こうなったら己の必要性を認めさせてから辞めてやる、とロボット戦車の研究に没頭する綾乃。謎の同僚、伊藤信士のおせっかいで承認された研究は、極東危機迫るなか本格的な開発企画に昇格し……国防と研究と恋愛の狭間で揺れるアラサー工学系女子奮闘記！

ハヤカワ文庫

この空のまもり

強化現実技術により、世界のすべてに電子タグを貼れる時代。強化現実眼鏡で見た日本は近隣諸外国民の政治的落書きで満ちていた。現実政府の対応に不満を持つネット民は架空政府を設立、ニートの田中翼は架空防衛軍十万人を指揮する架空防衛大臣となった。就職を迫る幼なじみの七海を気にしつつも遂に迎えた清掃作戦は、リアル世界をも揺るがして……理性的愛国を実践する電脳国防青春ＳＦ

芝村裕吏

ハヤカワ文庫

クロニスタ

戦争人類学者

柴田勝家

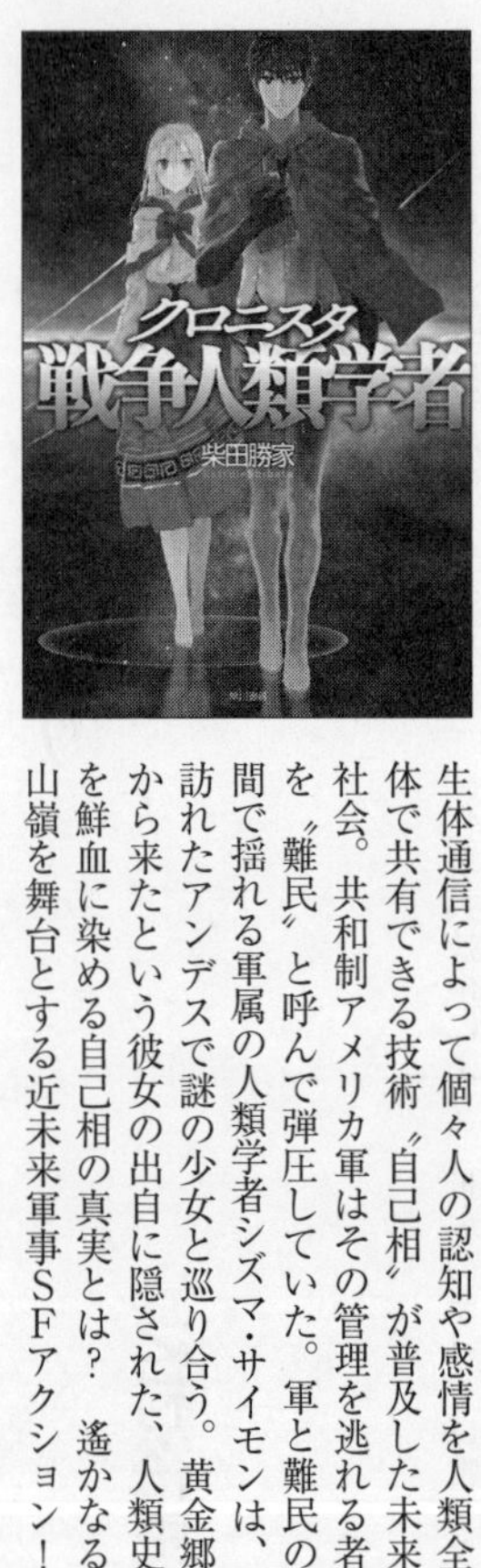

生体通信によって個々人の認知や感情を人類全体で共有できる技術〝自己相〟が普及した未来社会。共和制アメリカ軍はその管理を逃れる者を〝難民〟と呼んで弾圧していた。軍と難民の間で揺れる軍属の人類学者シズマ・サイモンは、訪れたアンデスで謎の少女と巡り合う。黄金郷から来たという彼女の出自に隠された、人類史を鮮血に染める自己相の真実とは？　遙かなる山嶺を舞台とする近未来軍事ＳＦアクション！

ハヤカワ文庫

世界の涯ての夏

つかいまこと

〈第3回ハヤカワＳＦコンテスト佳作受賞作〉
この星を浸食する異次元存在〈涯て〉が出現した近未来。離島に暮らす少年は少女ミウと出会い、思い出を増やしていく。一方、自分に価値を見いだせない３Ｄデザイナーのノイは、出自不明の３Ｄモデルを発見する。その来歴は〈涯て〉と地球の時間に深く関係していた。

ハヤカワ文庫

著者略歴　1952年生まれ。学習院大学文学部大学院修了。作家。著書『銀河英雄伝説』『アルスラーン戦記』『創竜伝』他多数

HM=Hayakawa Mystery
SF=Science Fiction
JA=Japanese Author
NV=Novel
NF=Nonfiction
FT=Fantasy

七都市物語
〔新版〕

〈JA1302〉

二〇一七年十一月十日　印刷
二〇一七年十一月十五日　発行
（定価はカバーに表示してあります）

著者　田中芳樹
発行者　早川浩
印刷者　矢部真太郎
発行所　株式会社　早川書房
郵便番号　一〇一 - 〇〇四六
東京都千代田区神田多町二ノ二
電話　〇三 - 三二五二 - 三一一一（大代表）
振替　〇〇一六〇 - 三 - 四七七九九
http://www.hayakawa-online.co.jp

乱丁・落丁本は小社制作部宛お送り下さい。
送料小社負担にてお取りかえいたします。

印刷・三松堂株式会社　製本・株式会社フォーネット社
©2017 Yoshiki Tanaka　Printed and bound in Japan
ISBN978-4-15-031302-9 C0193

本書のコピー、スキャン、デジタル化等の無断複製は著作権法上の例外を除き禁じられています。

本書は活字が大きく読みやすい〈トールサイズ〉です。